CAROL DIAS

Clichê

1ª Edição

2019

Direção Editorial:	**Arte de Capa:**
Roberta Teixeira	Carol Dias
Gerente Editorial:	**Revisão:**
Anastacia Cabo	Marta Fagundes
Diagramação:	Carol Dias

Copyright © Carol Dias, 2019
Copyright © The Gift Box, 2019
Todos os direitos reservados.
Nenhuma parte do conteúdo desse livro poderá ser reproduzida em qualquer meio ou forma – impresso, digital, áudio ou visual – sem a expressa autorização da editora sob penas criminais e ações civis.
Esta é uma obra de ficção. Nomes, personagens, lugares e acontecimentos descritos são produtos da imaginação da autora. Qualquer semelhança com nomes, datas ou acontecimentos reais é mera coincidência.

Este livro segue as regras da Nova Ortografia da Língua Portuguesa.

CIP-BRASIL. CATALOGAÇÃO NA PUBLICAÇÃO
SINDICATO NACIONAL DOS EDITORES DE LIVROS, RJ
Vanessa Mafra Xavier Salgado - Bibliotecária - CRB-7/6644

D531c

Dias, Carol
   Clichê / Carol Dias. - 1. ed. - Rio de Janeiro : The Gift Box, 2019.
   250 p.

   ISBN 978-85-52923-70-1

   1. Ficção brasileira. I. Título.

19-56099
            CDD: 869.3
            CDU: 82-3(81)

Prólogo

Descobri que a vida em si nem sempre é algo chato e maçante, mas é clichê. Tudo é clichê. Todas as situações difíceis que você, eu e o seu vizinho passamos na vida, outras pessoas já passaram. Várias vezes. E o que achamos que era o fim do mundo, não é. Outras pessoas sofreram o mesmo que eu e você, e sobreviveram. Mas, mesmo assim, eu consigo me irritar.

Porque, se um cara diz "eu te amo" no primeiro encontro, provavelmente ele é louco, ou passou muito tempo com Ted Mosby.

Se um casal fica dez anos juntos e, logo depois de terminarem, encontram o amor verdadeiro e se casam de novo, eu só posso rir da loucura que é a vida.

Se eu vejo um casal de idosos que ainda se ama, caminhando na rua de mãos dadas, eu me pergunto se um dia vou ter isso.

Tento entender por que a vida é tão clichê.

Por que as pessoas conseguem cometer o mesmo erro várias vezes?

Por que a vida não tem criatividade para escrever trajetórias diferentes para todas as pessoas do universo e fica repetindo, repetindo e repetindo a mesma história, inúmeras vezes?

E eu só quero gritar, porque a vida resolveu me dar um dos clichês mais irritantes e insuportáveis.

Eu me apaixonei pelo meu chefe.

Pelo meu chefe *milionário*.

Primeiro

BABÁ

Eu vim aos Hamptons, provavelmente, uma vez em toda a minha vida. Minha tia trabalharia na festa de uma milionária famosa naquele dia. Além das já contratadas, eles precisaram de uma garçonete extra de última hora e minha tia indicou meu nome. O lugar cheirava a dinheiro. E falsidade também, é claro. Onde há dinheiro, há falsidade. Essa é uma máxima que aprendi no decorrer da vida. Depois da tal festa, nunca mais precisei voltar.

Quando todos dizem que querem sair do país em busca de uma vida melhor, eles não têm total dimensão do que acontece aqui fora. Os Estados Unidos não são o paraíso. Aqui não é infinitas vezes melhor do que a nossa casa, nosso povo, e não há nenhuma certeza no mundo de que vamos nos tornar o próximo *American Idol*. Está mais para: vamos trabalhar numa franquia *Starbucks* pelo resto da vida. As pessoas não são receptivas aqui. Se você não sabe pronunciar corretamente uma palavra em inglês, eles não tentam te ajudar. Eles ficam impacientes e o ignoram.

Eles não são brasileiros.

Nós temos inúmeros defeitos, mas a simpatia é nossa maior qualidade.

É claro que eu não estava satisfeita em trabalhar vendendo café para secretárias grossas de executivos (que são assim por conta do maldito clichê, em que chefes tratam mal suas secretárias quando não estão transando com elas), pseudocelebridades e viciados em cafeína, mas eu pagava minhas contas. Obviamente, eu não podia fazer contas muito grandes, mas conseguia sobreviver. Só que, um belo dia, fui demitida.

Recebi o seguro desemprego por um tempo. E dessa vez decidi que tentaria um emprego melhor. Eu era formada na UFRJ e na UERJ, por favor! Uma graduação dupla! Para alguma coisa, meus diplomas de Licenciatura em Música (UFRJ) e em Língua Portuguesa (UERJ) tinham que valer.

Mas não valiam. Pelo menos, não nesse país de bosta.

Alguma coisa sobre *College* e *Graduate*, ou o fato de eu só ter o *College* e precisar do *Graduate*. Algo assim. Desisti de tentar entender o que a mulher da secretaria da universidade falava, já que a falta de educação era uma característica dela.

Foi por isso que, quando as contas começaram a chegar no quarto mês de desemprego e sem ter nenhum salário à vista para pagar por elas, resolvi que era hora de pedir ajuda.

— Tia, não sei o que fazer. Não posso voltar àquela cafeteria maldita. Eu não vou sobreviver àquilo novamente, mas preciso de alguma coisa. Não tenho como pagar as contas da casa e prevejo minha luz sendo cortada nos próximos dias. Eu não paguei nos últimos meses.

— Querida... eu tenho algo pra você, mas não é exatamente o que você está acostumada.

Tia Norma. Mais conhecida como Norma Duarte, quarenta e nove anos, tia por parte de pai. Trabalhava na casa de uma americana muito rica que, por anos, morou no Brasil e voltou para cá.

Minha tia tinha um visto temporário, mas estava no processo de solicitar o *green card*. Mesmo sendo apenas uma empregada, a família era tão rica que eu acredito que ela conseguiria. Eu consegui um visto para morar aqui por um ano. Tinha a esperança de conseguir prorrogá-lo por mais tempo quando conseguisse meu superemprego, o que ainda não tinha acontecido.

Depois de ouvir o que ela tinha para me dizer, aceitei fazer uma tentativa na vaga de babá. Era por isso que eu estava agora nos Hamptons, prestes a realizar uma entrevista. Agora você vê.

Eu queria ter um espelho próximo para checar meu estado, mas não consegui encontrar ao redor nenhuma superfície sequer parecida que pudesse me refletir. Teria que confiar que meus cabelos castanhos bem escuros, quase pretos, e lisos (menos uma coisa para me preocupar), não tinham sido destruídos pela friagem de Nova York.

Sério. Era impossível ficar bem-arrumada no inverno dessa cidade, se você estivesse com a grana curta. O cabelo começa a passar por aquele efeito em que parece que você foi eletrocutado, até estar uma bagunça total.

Eu usava meia-calça grossa e um vestido azul escuro sóbrio, com um sobretudo cinza chique, que Adriana, minha melhor amiga, havia me dado quando contei que me mudaria para os Estados Unidos. Coloquei também um cachecol e luvas pretas, porque o frio absurdo me obrigava a estar completamente vestida. Ainda assim, teria que contar que essa roupa seria suficiente e torcer para que houvesse aquecedor na casa.

Pela estrutura que eu via do lado de fora, deveria ser realmente impressionante. Havia um segurança em uma guarita na entrada da mansão e tive que me identificar, quase como se estivesse entrando no *Empire State Building*. Ele abriu o portão para mim e o jardim mais bonito de todos surgiu à minha frente.

No longo caminho até a casa, fiz um esforço sobre-humano para não olhar embasbacada para tudo. Precisava fingir estar acostumada com aquilo se queria ter alguma chance para a vaga.

— Boa tarde — eu disse, quando a porta da casa se abriu e uma mulher de olhos generosos atendeu. Ela tinha os cabelos castanho-claros e várias características latinas, apesar de não possuir nenhum sotaque. — Meu nome é Marina Duarte. Vim para a vaga de babá.

Ela sorriu.

— A sobrinha de Norma? — Deu-me espaço assim que eu assenti. — Entre, Marina! — Entrei e a porta se fechou atrás de mim. — Sou Sara. O senhor Manning pediu desculpas, pois teve um imprevisto na empresa e não chegou ainda. Se não se incomodar, pediu que eu desse início à entrevista.

Sara-Não-Sei-o-Sobrenome.

Aparentemente, ela tinha a idade da minha tia. Eu diria uns quarenta e cinco anos. Trabalhava em uma casa maravilhosa e devia ter muito o que fazer naquele lugar.

Tomara que ela faça minha entrevista inteira e não seu chefe. Ela é menos intimidadora

Se bem, que, caso conseguisse a vaga, eu não teria para onde fugir.

— Oh, claro! — Arrumei meu vestido e sorri para ela assim que nos sentamos na sala.

— Norma disse que você é formada em Letras e Música.

— Sim — concordei. — Sou formada em Licenciatura em Letras pela Universidade Estadual do Rio de Janeiro e Licenciatura em Música pela Universidade Federal do Rio de Janeiro. — Só então percebi que ela não deveria fazer ideia de que universidades eram essas, então me segurei para não fazer uma careta.

— E o que veio fazer aqui, Marina?

E essa era a pergunta de um milhão de dólares.

Que droga eu estava fazendo nesse país, quando poderia ter continuado a vida que eu levava em casa?

— Nos Estados Unidos? — Mexi-me um pouco desconfortável. Era difícil falar dos meus planos que não deram certo. — Bom, eu tinha a pretensão de passar um tempo aqui aprimorando o inglês, até conseguir um emprego, dando aulas de português, música ou algo do tipo.

— Por que aqui e não no Brasil?

Franzi os lábios.

— Eu queria ficar perto da minha tia Norma. — Achei que essa era uma resposta satisfatória. E foi, porque ela assentiu e fez anotações.

Sara levantou os olhos do papel e sorriu de lado.

— Quais foram seus trabalhos anteriores?

— Bom, antes de vir para cá, dei aulas de português em um colégio particular. Tinha duas turmas com trinta alunos. — Sorri, lembrando-me dos "anjinhos" que eu tive. — Eles tinham entre onze e doze anos. Ao mesmo tempo, dava aulas de música em um projeto social para crianças carentes. Ministrei duas turmas de dez alunos cada. Ao chegar aqui, não consegui nada dentro da minha área. Minha única experiência foi em uma franquia *Starbucks*.

— Quanto você gosta de crianças?

Eu ri.

— Minha resposta pode parecer tendenciosa, já que a vaga é de babá, mas sempre gostei e me dei bem com elas. O fato de ter trabalhado com crianças pequenas na escola e com adolescentes no projeto social, deu-me algum conhecimento real de como eles são, além do que vemos pedagogicamente.

Percebi que estava usando muito as mãos (sempre fazia isso quando ficava nervosa) e comecei a segurá-las para não fazer nenhuma bobagem.

Ela deu um aceno de cabeça e olhou algo atrás de mim.

— Certo, eu compreendo. Agora, vamos mudar um pouco de assunto. Conte-me da sua relação com seus pais.

Suspirei. Outro clichê da minha vida.

— Perdi minha mãe quando eu tinha oito anos. — Seus olhos ficaram tristes, mas eu continuei, tentando não me abalar. Já era uma mulher e tinha aceitado tudo. — Fui criada por meu pai e minha tia Norma. Quando completei dezoito anos e comecei as faculdades, perdi meu pai também. Minha tia veio pra cá com sua antiga patroa há poucos anos e eu fiquei estudando por lá. Foi por isso que resolvi vir, para ficar junto dela. Ela é minha única família agora.

— Obrigado, Sara! Eu continuo daqui. — Ouvi a voz que vinha detrás de mim e a mulher se levantou imediatamente.

Virei-me e encontrei um homem alto, vestindo um belo terno, que gritava "feito sob medida". Não vamos nem começar a falar sobre o porte físico dele, ok? Pelo meu bem, um par de óculos escondia seus olhos, já que eu tinha uma queda por olhos bonitos.

Então esse era o Senhor Manning? Eu não podia ver seu sorriso, mas os lábios e o cabelo aparentemente macio tinham sido aprovados com sucesso. Ter um chefe desses... a vida não era mesmo justa. O pai das crianças não poderia ser um cara *menos* charmoso?

— Claro, senhor Manning. Estarei na cozinha, se precisar de mim.

Ele se sentou na poltrona, onde Sara estava anteriormente, e eu continuei no mesmo lugar.

— Marina, certo? Cheguei aqui bem no começo da entrevista. Sinto muito pela falta de educação, mas não quis interromper. Sou Killian Manning. — Ele estendeu a mão. — Sua tia Norma falou bem de você.

Senhor Manning.

Killian Manning, trinta e um anos, futuro chefe e milionário.

Que gato!

— Tia Norma é muito gentil.

— Sim... — Ele sorriu fraco. — Falando sobre seus pais, Marina, há algo que você precisa saber. — Ele respirou fundo e piscou os olhos devagar. Quando os abriu novamente, qualquer tipo de emoção tinha sumido. — As crianças perderam a mãe há três meses. Dorian é o mais velho e tem sete anos. Desde que ela se foi, não consigo chegar até ele. Briga na escola, não obedece mais aos professores... — Balançou a cabeça. — Não sei mais o que fazer. Alison é mais nova e tem quatro anos. Sempre foi brincalhona, um doce de menina. A cada dia que passa, ela se fecha mais em si mesma. Eu me sinto muito mal por não ter tempo suficiente para os dois. Sei o quanto eles precisam de atenção nesse momento, mas preciso trabalhar. Sara ajuda, mas ela tem que cuidar da casa. — Respirou fundo e tirou o par de óculos. Droga, os olhos são verdes, quase cinzas. — Preciso de mais que uma babá, Marina. Preciso de alguém que goste dos meus filhos e os entenda. Alguém que os trate mais do que como crianças sem mãe; trate-os como parte da família. Que dê distrações a eles. — Ele se inclinou para frente, apoiando os braços nas pernas. — Você é perfeita para a vaga. Pelo que contou, gosta de crianças e sabe como lidar com elas. É professora de música, pode tentar cativá-los com isso. Não vou dizer o que você tem que fazer, mas sei que pode me ajudar. Se você desejar, a vaga é sua — completou, com voz doce.

Mesmo que eu não quisesse, acho que não seria capaz de negar. Ele podia esconder a dor em seus olhos, mas não dava para frear o que transmitia em sua voz.

— Senhor Manning, eu adoraria. Sinto muito pela mãe das crianças. Perdi a minha quando era jovem e sei como é difícil. Farei o que puder para ajudar seus filhos, mas não posso fazer mágica. Se as crianças não gostarem de mim, não sei se poderei ajudá-los.

Ele assentiu lentamente.

— Que tal tentarmos um período de experiência? Se der certo, você continua. Se não der... — Concordei com um aceno de cabeça, compreendendo o que ele oferecia. — Acredito que dois meses sejam tempo suficiente. O que acha?

— É um tempo bom. Podemos fazer assim.

Depois de uma longa conversa sobre horários, tarefas e salário (que eu achei bem generoso), o senhor Manning informou que era o horário das crianças saírem do colégio. Disse que ele e Sara se revezavam para buscá-las, mas essa tarefa agora seria somente minha. Pediu que eu fosse com ele, para que pudesse me apresentar aos professores e me cadastrar na escola, já que para segurança das crianças, nenhum aluno saía sem alguém que estivesse na lista deles.

Eu estava ansiosa para conhecê-los.

Mostrando que era um verdadeiro cavalheiro, ele abriu a porta de seu Jaguar XF para mim. Ao mesmo tempo em que o carro era a cara de um homem multimilionário, havia brinquedos no chão na parte de trás, o que mostrava seu lado pai de família.

Achei isso demais; ele poderia ser o tipo milionário ridiculamente insuportável, mas escolheu o clichê de ser um doce de pessoa. Se ele fosse do tipo perfeito também, eu ia me bater toda vez que decidisse focar nesse aspecto.

Bonito e idiota, tudo bem. Bonito e perfeito, não.

Era simples. Garotas fracas e sem personalidade se apaixonavam por caras ricos, mesmo que eles fossem tremendos idiotas. Esse clichê era quase um axioma. Agora, quem não se apaixona por caras ricos que não são idiotas, mas verdadeiros cavalheiros?

Eu não podia me apaixonar por ele. Não pelo *meu chefe*.

— Não é muito longe daqui. — *Não posso me apaixonar por você, senhor Manning. Não posso me apaixonar por você.* — Há outro carro na garagem que você poderá usar se precisar. É para uso de todos na casa. Você pode buscar as crianças, levá-las para um passeio... essas coisas.

— Tudo bem. Na verdade, ainda não tenho permissão para dirigir nos Estados Unidos. Isso será um problema? — questionei, com medo de perder o emprego para algo tão bobo.

— Vou pedir ao meu advogado que providencie isso para você. Precisaremos que dirija para levar e buscar as crianças. Por enquanto, nós temos um motorista que uso para ganhar tempo. Ele pode ajudar.

— Obrigada, senhor Manning.

Ele me olhou de lado e deu de ombros.

— Acredite, vou precisar que você tenha a carteira mais do que pensa.

Não falamos muito. Todo assunto que surgia era porque ele se lembrava de dizer alguma coisa sobre os filhos ou algo do tipo. Mesmo assim, o silêncio não me incomodava e nós chegamos bem rápido ao colégio.

Quando parou o carro, vi duas crianças esperando no portão, olhando pela grade. Outras estavam ao redor, mas eu logo soube quem eles eram. Os sorrisos ao verem o pai sair do carro confirmaram minhas dúvidas.

Diferentes do pai, as crianças eram loirinhas. Por mais que eles pudessem ter puxado as madeixas da mãe, os olhos de ambos eram verdes, quase cinzas como os do senhor Manning. Sem contar o nariz de Alison e o sorriso fraco de Dorian. Eles eram as crianças mais lindas que eu já tinha visto.

— Senhor Manning — o rapaz que estava na porta do colégio cumprimentou, enquanto as crianças passavam por ele, chamando pelo pai. Ele tinha um sorriso amigável e um corpo magro, era alto, de cabelos escuros e um rosto que ficava rosa com facilidade.

— Olá, Christopher, sinto muito pela demora. — Manning se abaixou na altura de Alison, abraçou-a e bagunçou os cabelos de Dorian em seguida. — Vocês estão bem? — Quando assentiram, ele continuou: — Coloquem as mochilas no carro e voltem. — Eles correram para lá, enquanto o pai voltava-se para o rapaz. As crianças não tinham nem me dirigido um olhar.

— Quero apresentar-lhe Marina — ele apontou para mim — a nova babá das crianças. Daqui para frente, ela virá buscá-los no colégio quase diariamente.

— Claro. Só vou precisar que assine uma declaração, como fez com Sara. São ordens do colégio.

Christopher.

Christopher-Não-Sei-o-Sobrenome, cerca de vinte e oito anos.

Trabalha no colégio das crianças, tem cara de inspetor. Podia ter menos espinhas.

— Preciso ir até a secretaria, certo? — O jovem assentiu. — Peça às crianças que esperem por mim do lado de dentro, por favor.

— Claro, senhor Manning. Eu tomarei conta deles.

— Vamos, Marina. — Ele colocou a mão esquerda na base da minha coluna e me guiou para frente.

Você pensaria que eu tive um calafrio ou algo do tipo, quando sua mão forte tocou minhas costas (afinal, é assim que todos os livros clichês dizem que as coisas acontecem), mas não; eu não senti nada. Era apenas um homem colocando as mãos nas minhas costas.

Mas tudo bem. Esse era só o começo. Eu não estava extremamente atraída e apaixonada por esse homem. Eu gosto de um clichê, mas não vamos exagerar na baboseira de calafrios, conexão instantânea e blá, blá, blá.

Ao chegarmos à secretaria, uma mulher na casa dos quarenta anos veio prontamente atender. Com as bochechas rubras e um olhar hipnotizado para o senhor Manning, eu já entendia como seria a vida dali para frente.

Eu não era a única que me sentia atraída pelo homem.

A mulher atendeu ao pedido dele com uma eficiência inexplicável. Nunca vi uma secretaria funcionar com tanta facilidade. Precisei mostrar passaporte (ainda bem que eu levava o meu na bolsa), assinar dois termos de responsabilidade (um para cada criança) e permitir que tirasse uma foto minha para colocar junto à ficha cadastral. Pelo menos, o colégio era seguro.

Em quinze minutos, estávamos novamente do lado de fora. No caminho, Manning acenou para funcionárias e professoras, que o cumprimentavam com um largo sorriso, na maioria das vezes.

O homem fazia sucesso.

Os filhos estavam brincando do lado de dentro do colégio. Ele pegou os dois pela cintura, um em cada braço, e saiu com eles pelo portão, acenando para Christopher com a cabeça. Ou seja, o homem também era forte. Havia músculos debaixo do terno.

Certo... Droga. Para de pensar nisso, Marina!

— Crianças — ele chamou, ao colocá-las de pé ao lado da porta. — Quero que conheçam Marina. Ela será a babá de vocês daqui para frente.

— Babá? — Alison piscou seus belos olhinhos. — Daquelas que brincam e levam no parquinho?

O senhor Manning sorriu.

— Sim, filha. Ela brinca e leva no parquinho. — Ele colocou a menina para dentro do carro.

— Não gosto de babá! — Dorian tinha um grande bico no rosto. Ele entrou no veículo e o senhor Manning fechou a porta.

— Ele está em uma fase difícil — disse baixinho para mim.

— Tudo bem, eu entendo. — Entrei no carro, enquanto ele dava a volta e entrava pelo outro lado.

— Olá, crianças. — Debrucei-me para o banco de trás. — Como o pai de vocês disse, meu nome é Marina. Mas podem me chamar de Nina.

— O meu apelido é Ally — Alison disse com um grande sorriso.

— Eu não tenho apelido — Dorian resmungou.

— E por que não?

— Não gosto de apelidos — ele resmungou novamente.

— A Marina veio para ajudar o papai a cuidar de vocês, porque eu estava errando muito no trabalho sem ajuda e a Sara também. Mas isso não vai mudar nada no nosso combinado: ainda vamos passar tempo juntos, ok? Sempre que possível, eu vou buscar vocês na escola para fazermos algo legal. Mas eu gostaria que vocês obedecessem a Marina.

— Tudo bem, papai. Eu vou obedecer direitinho — disse Ally.

— *Tá* — Dorian disse, simplesmente.

Felizmente, depois disso, não demoramos muito a chegar à mansão.

— Subam para um banho enquanto eu converso com Marina.

Os dois subiram as escadas correndo.

— Eles são adoráveis.

— Acredite, não sou o responsável por isso. — Ele deu aquele pequeno sorriso que sempre dava quando o assunto eram os filhos. — Siga-me, por favor. — Caminhou em direção ao outro cômodo. — Aqui é a cozinha. Sara reina nesse cômodo. Creio que ela vai lhe passar as regras nos próximos dias. — Ele segurou um risinho.

O senhor Manning me mostrou cada canto da casa, passo a passo. A sala de jantar, que, segundo ele, era pequena, mas deixava a família mais próxima. Para mim, a mesa de oito lugares era grande demais. A área dos funcionários com cinco quartos (dois costumavam ficar vazios, um deles era de Sara e os outros dos demais funcionários), e um banheiro para uso de todos. Eu seria apresentada a eles em breve. Perguntei se eu poderia usar um dos quartos, já que meu apartamento era em Nova Iorque, horas de distância dali. Ele me deu um, sem que eu precisasse pedir duas vezes, para ser usado caso eu quisesse passar as noites por lá.

Nós voltamos para o hall da casa e passamos direto pela sala, porque lá eu já conhecia. Ainda no térreo, havia um banheiro para visitantes e uma sala de jogos – dividida em uma parte para meninas e outra para meninos, que eles tinham acesso de acordo com um cronograma –, além do escritório dele, que era livre para as crianças a qualquer horário, tanto que a porta costumava ficar aberta. E então, me levou ao meu cômodo favorito da casa: a biblioteca. Fiz questão de não olhar muito – ou eu ficaria horas lá dentro –, mas o cômodo parecia bem grande e o senhor Manning disse que eu poderia usar quando quisesse, o que não era muito justo.

Subimos as escadas e chegamos ao andar de cima. Ele apontou duas portas: uma azul, que disse ser um quarto não mais utilizado e que as crianças não tinham acesso; uma cor de madeira normal, que ele disse ser seu quarto. Em seguida, abriu a porta do quarto mais doce do mundo. Era o de Alison, todo rosa, que parecia feito de algodão doce, com um banheiro próprio para ela.

Dali da porta, ouvi a voz da menina e de Sara, então imaginei que ela estivesse no banho.

O quarto seguinte era de hóspedes e o que ficava em frente era o de Dorian, que tinha um tapete felpudo semelhante a um gramado de futebol americano. Ainda ali, havia um quarto de bagunça (fazia jus ao nome, com várias coisas e brinquedos das crianças) e um estúdio de pintura.

— Oh, legal — comentei, surpresa. — Quem pinta na família?

O senhor Manning me deu aquele mesmo sorriso fraco e só então percebi que ele não chegava aos seus olhos.

— Ninguém.

Ele não precisou explicar para que eu soubesse do que se tratava.

Cara, isso devia ser uma droga. E foi nesse momento que eu me toquei que uma mulher morta seria o meu maior desafio naquela casa.

Descemos as escadas em seguida.

Killian

Novembro de 2013

— Kill! — Ouvi a voz de Mitchie no andar de cima e parei com a mão na maçaneta da porta. Voltei até a escada.

— Sim, querida?

Ela desceu os degraus correndo. A pequena protuberância em sua barriga se destacava para mim, levando um sorriso involuntário aos meus lábios.

— Escuta, eu sei que você está meio ocupado, mas preciso de um favor. Ally tem uma apresentação às 16h30min hoje. Preciso que você vá me encontrar na galeria às 16h, para irmos.

— Hoje, querida? Eu tenho uma reunião às 15h. Por que não me avisou?

— Já falei com você sobre isso há semanas, Kill. É você quem tem memória seletiva.

Soltei um palavrão e esfreguei a testa, recebendo um olhar de reprovação.

— Certo, vou adiantar a reunião e buscá-la às 16h. Não se atrase também, ok? — Ela assentiu e passei um braço por sua cintura, beijando-a novamente. — Amo você, Mitchie.

— Eu também amo você, Kill. Agora vai trabalhar.

Saí de casa, mas não deveria ter saído. Deveria ter ficado lá e segurado toda a minha família nos meus braços. Deveria ter nos dado o dia de folga. Então, só sairíamos para assistir à apresentação de Alison, e nada teria acontecido. Mas não. Eu fui trabalhar.

Chegando ao escritório, o dia seguiu a passos bem lentos. Queria apressá-lo para que pudesse ver logo minha família e ouvir minha filha cantando, mas todos os relatórios mais chatos pareciam chegar à minha mesa. Então, apenas esperei o dia passar. Pulei o almoço, já que precisei adiantar a reunião e tinha que ler o relatório com os dados para estar a par do assunto. Estava na porta da sala para a reunião quando o telefone soou e vi o nome de Michele no visor.

— Diga, querida — disse baixinho. Odiava quando os fofoqueiros do escritório ficavam ouvindo minhas conversas.

— Estou atrapalhando? — ela sussurrou.

— Não, não está. Diga. — Mesmo que estivesse, eles que esperassem.

— Vá direto para a escola de Ally. Eu estou em Nova Jersey agora, por diversos motivos. Vou chamar nosso motorista. Chegaremos a tempo.

— Tudo bem. Vá sem pressa, certo?

— Amo você, Kill. — Seu tom era carinhoso.

— Amo você, Mitchie. — Coloquei todo meu amor naquelas palavras.

A verdade era que eu gostaria de ter sabido que aquela era a última vez que eu falaria com a minha esposa e que nunca veria nosso neném nascer. Eu teria proibido que ela fosse; teria trancafiado Mitchie dentro do quarto. Eu teria amarrado seu pé na cama se fosse preciso.

Eu odiava não saber. Odiava a impotência.

A reunião não valia nem a pena ser mencionada, de tão corriqueira que era. Apenas mais uma, que não fazia sentido nenhum, se eu colocasse em perspectiva o que deveria estar acontecendo naquele momento. Ao entrar no carro para ir à escola de Ally, tentei ligar pela primeira vez para Mitchie.

 O número que você ligou está fora de área ou desligado. Tente novamente mais tarde.

Achei estranho que não tivesse nem ido para a secretária eletrônica, mas não pensei que algo fora do normal tivesse acontecido.

Dirigi até o colégio e procurei por minha família. Dorian estava sentado com Sara e veio em minha direção quando cheguei.

— Papai! — ele gritou, enquanto eu o abraçava com força.

— Hey, campeão! — Soltei-o. — Tudo bem?

Ele assentiu.

— Papai, venha se sentar comigo e Sara. — Ele me puxou até onde ela estava.

— Oh, senhor Manning. Achei que a senhora Manning viria com o senhor.

— Ela precisou ir à Nova Jersey. Disse que viria direto.

— Já tentou falar com ela?

— Não consegui. O celular está desligado, mas não consigo acessar a caixa postal. — Respirei fundo. — Ally está lá dentro?

— Sim, sinto muito, senhor Manning. Esqueci-me de avisá-lo que Ally pediu que fosse vê-la quando chegasse.

— Vou tentar novamente o celular de Mitchie e depois vou encontrar Ally. — Sara assentiu. — Comporte-se, Dori. — Deixei-os onde estavam.

Naquela tarde, liguei para o celular dela incontáveis vezes. Até durante a apresentação de Alison eu fiquei ligando, já que ela não chegou a tempo. Ally não chorou quando percebeu que a mãe não fora vê-la, mas minha filha pareceu pressentir que algo tinha acontecido. Pressentiu antes mesmo de mim. Foi só quando ouvi a voz de minha secretária soar chorosa ao telefone que soube que algo estava errado.

— Senhor Manning... ligaram do hospital. Parece que... parece que há algo errado com a senhora Manning. — Ela soluçou. — O senhor precisa ir até lá. Eu sinto muito.

Desliguei o telefone, sem reação.

— Sara, leve as crianças para casa agora. — Comecei a andar, sem me certificar se eles tinham ouvido o que eu disse.

— Aonde vai, senhor Manning?

— Papai, o que houve? — Ally disse com sua voz doce.

— Pai, a mamãe está bem? — a voz de Dori soava preocupada.

Saí sem respondê-los. Cheguei ao hospital no piloto automático. Foi só quando li "Emergência" nas portas do pronto-socorro que a situação caiu sobre mim. Minha respiração ficou mais pesada e precisei de mais um minuto ali fora para tentar me recuperar. Como não consegui, entrei correndo pelas portas de vidro, para chegar ao balcão de atendimento.

Foi o pior momento da minha vida.

VIOLÃO

Acabei me acostumando rápido à rotina daquela casa. Eu chegava bem cedo na segunda-feira, por volta das seis da manhã, e ajudava Sara na cozinha como podia. Ela era mais que uma cozinheira, como eu logo percebi. Sara era responsável por todo o bom funcionamento da casa. Todos os outros empregados respondiam a ela. Maria, que tinha o nome mais clichê do mundo para uma empregada mexicana, era a faxineira da casa. Ela, assim como Sara, morava na mansão e estava sempre disponível. Fazia questão de tirar folga apenas um fim de semana por mês, quando ia se encontrar com sua família. Estevan, que tinha outro nome mexicano clichê, era o mordomo. No dia em que cheguei, ele estava de folga e por isso não me recebeu.

No dia seguinte, quando toquei a campainha na porta da mansão às 6h, ele foi abrir com seu uniforme impecável. Os outros empregados estavam sempre rodando pela casa. Eram como fantasmas, impossível de vê-los, ainda mais se eu estivesse com as crianças.

Sara me proibiu de ajudá-la com o café da manhã (fazia parte das regras de sua cozinha), então nós conversávamos enquanto eu colocava a mesa para tomarmos café.

Às 6h30min eu subia para acordar Dorian, ele era o mais preguiçoso dos irmãos, por isso precisava chamá-lo primeiro. Felizmente, depois de conseguir despertá-lo, eu podia deixá-lo se vestir sozinho. Em seguida, eu batia à porta do quarto do senhor Manning. Ele gostava de levantar para o café com as crianças. Sempre ouvia algum murmúrio através de sua porta. Desejava um bom-dia e seguia para o quarto de Alison. Ela sempre acordava fácil, eu só precisava passar a mão por seu cabelo e seus pequenos olhos se abriam. O bom-dia sonolento que ela me dava era uma das melhores coisas no meu dia. Enquanto os três tomavam o café da manhã juntos, eu arrumava as coisas deles para levá-los ao colégio.

O Senhor Manning costumava trabalhar em casa pela manhã. Quando eu voltava do colégio das crianças, era praticamente expulsa, porque era o momento em que todos estavam organizando as coisas, já que os pequenos não estavam lá para tirar tudo do lugar. Era nesse momento que eu entrava na biblioteca e lia. Passava quase toda a manhã por lá. Quando saía para o almoço, o senhor Manning já havia ido e a casa estava mais tranquila.

Por volta das três, eu ia à escola buscar as crianças. Eles estavam sempre à minha espera no portão, por mais cedo que eu chegasse. Dorian, sempre calado; Ally, sempre tímida.

Esse era o comportamento que definia os dois. Dorian mantinha um bico gigante no rosto, vinte e quatro horas por dia. Pelo menos, no tempo em que estivemos juntos. Nunca foi agressivo comigo, mas não era a criança carinhosa que seus olhos doces sugeriam ser. Ally, no entanto, era a menina mais meiga do mundo, como o pai disse. Eu podia ver fagulhas da menina brincalhona e sorridente que ela foi um dia, mas também enxergava a dor em seus olhinhos inocentes.

Quando chegavam do colégio, Dorian precisava fazer o dever de casa. Os dois tomavam um banho, comiam um lanche preparado por Sara e, enquanto Dorian ficava ali na mesa fazendo os trabalhos de casa, Ally brincava. Eu me dividia e supervisionava os dois, ajudando nas dúvidas de Dorian e estimulando as brincadeiras de Alison, para que ela não se fechasse em seu próprio mundinho.

Em apenas uma semana naquela casa, pude perceber que eles não eram de muitos amigos. Dorian afastava as outras crianças com seu comportamento explosivo e Ally simplesmente se isolava. Em contraponto, o amor entre os dois era evidente e forte. Por mais que ele não dissesse, Dorian estava sempre topando as brincadeiras de Ally – mesmo que não gostasse –, e sempre cuidava para ela não se machucar. Era um excelente irmão. Alison também se preocupava com o irmão e, por mais que fosse tímida no começo, estava sempre tentando cuidar dele.

Em resumo, eu estava gostando muito de trabalhar para a família Manning. As crianças eram doces – por maior que fosse o trauma que carregavam –, o senhor Manning era um ótimo chefe e fui bem-recepcionada por todos os outros funcionários. Era por isso que eu sabia que precisava dar meu máximo para ajudar no desenvolvimento das crianças.

As palavras do senhor Manning sobre a necessidade de cuidar das crianças, amá-los e estimulá-los a se abrirem se repetiam o tempo todo em minha mente. Ia fazer o possível e o impossível para que eles se sentissem amados, crescessem como crianças felizes e se tornassem excelentes adultos.

Foi por isso que carreguei meu violão por todo caminho até os Hamptons na segunda semana de trabalho. Às 6h em ponto, eu estava do lado de fora da propriedade aguardando o rapaz da portaria destrancá-lo. A caminhada era um pouco longa, mas passei a gostar de tudo naquele lugar e, quando cheguei à porta da casa, Estevan estava lá me esperando.

— Bom dia, Marina — saudou o mordomo sorridente.

— Bom dia, Estevan. — Ele pegou a mochila e o violão das minhas costas. — Obrigada, mas eu podia carregar.

Ele balançou a cabeça.

— Você trouxe por todo o caminho. Posso carregar até dentro de casa.

Enquanto íamos até meu quarto, Estevan me atualizou sobre o que as crianças fizeram no dia anterior, já que domingo era minha folga. Sara não estava na cozinha, mas eu podia ver vários ingredientes espalhados pelos móveis, o que significava que ela estava terminando o café. Deixei minhas coisas por lá e Estevan se retirou.

Voltei para a cozinha e Sara já estava lá.

— Bom dia, menina. — Ela sorriu para mim e eu retribuí.

— Bom dia, Sara, precisa de ajuda? — Parei em frente à bancada, olhando as coisas que já estavam prontas. Sara tinha mãos de fada.

— Preciso de você sentada aí me contando sobre o domingo. — Sorri e me sentei.

— Gostaria de ter algo para contar, mas foi mais um mesmo. Fiquei em casa com meu violão.

Ela apenas assentiu, pois sabia que a minha vida não era muito badalada.

— Viu o filme que recomendei? — Ela continuava focada na panela à sua frente.

— Não, cortaram minha TV a cabo. — Dei de ombros, mesmo que ela não visse. — Pensei que fosse em um dos canais abertos.

— Sério? Há quanto tempo você não paga? — Sara olhou rapidamente por cima dos ombros, ela sabia da minha dificuldade financeira momentânea e não me julgava.

— Desde que fui demitida... há coisas mais importantes do que ver minhas séries.

Ela assentiu.

— Acho que vai reprisar hoje à noite. Vou falar com o patrão para liberar a TV para nós.

— Não, Sara. Você já viu o filme, não precisa ver de novo.

— George Clooney, querida. — Ela riu. — E outros jovenzinhos muito bonitinhos que vivem tirando a camisa. Não me importo de assistir outra vez.

Tive que rir. Ela podia ser uma mulher madura, mas não tinha marido e não podia ver um peito nu sem surtar.

— Você não tem jeito, Sara.

Ela deu de ombros e colocou um prato de *waffles* na minha frente. Levantei-me e peguei a garrafa de café quentinho enquanto ela se sentava na outra cadeira.

— Falei com sua tia ontem. Ela perguntou por você e disse que não consegue te ligar.

— Cortaram meu telefone na quarta-feira. — Dei de ombros novamente. — E meu celular está com defeito.

Ela balançou a cabeça, os olhos arregalados.

— Como as pessoas se comunicam com você, minha filha?

Nesse momento, ouvimos passos entrando na cozinha. Eu estava de costas e não vi quem era. Ia virar para olhar, mas Sara fez esse favor antes.

— Senhor Manning, bom dia.

— Bom dia, Sara. — Ele colocou a pasta ao meu lado no balcão. — Bom dia, Marina.

Murmurei um bom dia em resposta. Ainda não estava acostumada a ter refeições com meu chefe.

— Oh, vou colocar a mesa para o seu café da manhã. Espere um momento. — Ela se levantou.

— Não será preciso. — Ele se sentou. — Importam-se se eu comer com vocês?

Tirando o fato de que nossa conversa sobre "jovenzinhos tirando a camisa" não iria retornar, eu não me importava com isso.

— Claro que não. — Levantei-me para pegar uma xícara, enquanto Sara servia um prato de *waffles* para ele. — Como quer seu café? — Coloquei a xícara na frente dele e comecei a servir.

— Está ótimo, obrigado! — Colocando duas pequenas colheres de açúcar, o senhor Manning mexeu e provou. — Sara, sou tão sortudo por ter encontrado você — ele disse enquanto pegava o prato de *waffles* de sua mão.

Preciso deixar gravado aqui quão estranho era chamar de *senhor* este homem de trinta e um anos. Ainda mais quando ele não tinha nada de velho nele.

— Acordou cedo, senhor.

— Tenho uma reunião no primeiro horário hoje. Diga às crianças que chegarei a tempo para o jantar. — Ele tomou mais uma xícara de café.

— Quer algo de especial para o jantar, patrão?

Ele torceu o nariz.

— Até você, Sara?

— Não me julgue, senhor Manning — ela riu. — No fim do dia, o senhor é o meu patrão.

Ele balançou a cabeça.

— Não a ouça, Marina. Patrão é algo formal demais.

Fiquei me perguntando o que era informal para ele, já que aceita "senhor Manning". Nunca, nem em um bilhão de anos, eu aceitaria um "senhora" tranquilamente.

Um belo "senhora é a sua mãe" viria em seguida.

— Claro, senhor Manning. Nada de "patrão" — coloquei um pouco de sarcasmo na frase, mas não muito, ele era meu chefe, afinal. Então, uma ideia me veio à cabeça. Eu era brilhante. — Como quiser, *chefe*.

Ele torceu o nariz de novo.

— Vocês não têm jeito. — Ele engoliu um pedaço de *waffle*, enquanto Sara e eu ríamos.

— Patrão, eu e Nina gostaríamos de ver um filme mais tarde. Tudo bem se ficarmos com a TV da sala depois que as crianças forem dormir?

— Fiquem à vontade. Por que não veem no *Netflix*?

Ah, claro. É claro que eles tinham *Netflix*. É claro que podiam ver o que quisessem no horário que quisessem. Só eu que não podia pagar a TV a cabo. Ou a *Netflix*. E em breve, não poderei pagar nem a conta de luz.

— Claro, patrão. Vamos encontrar um horário mais tranquilo e assistir no *Netflix*, então. — Sara sorriu para ele e nós agradecemos.

Terminamos o café da manhã em uma conversa casual. Quando o relógio marcou meu horário de acordar as crianças, pedi licença e saí. O senhor Manning foi trabalhar logo em seguida.

Levei as crianças à escola sem atraso (o fato de George, o motorista de Killian, ter corrido um pouquinho não alterou nada) e disse que eles teriam uma surpresa na volta. Eu queria que Dorian ficasse animado, porque sentia que ele ia se interessar mais pelo violão do que Alison, mas ele não pareceu muito feliz.

Eu tinha que me preparar para a rejeição dele. Mais do que isso, fui para casa e, usando o computador de Sara, baixei as cifras da discografia do filme *Frozen*, aprendendo-as no violão.

Quando fui buscá-los no colégio (meia hora antes, dessa vez), eles ainda não tinham saído. Comemorei internamente por estar lá antes deles e, assim que saí do carro, vi que a turma de Dorian estava caminhando para o portão. Aproximei-me e vi Christopher sorrindo para mim.

— Oi, Chris! — saudei o inspetor, também conhecido como porteiro da escola. Ele era um doce.

— Hey, Nina. Conseguiu chegar no horário hoje.

Rolei os olhos. Eu sempre fui pontual, odiava me atrasar. Mas a escola das crianças era um problema. Eu nunca chegava no horário, fosse para levá-los ou buscá-los.

— Acho que você estava me dizendo o horário errado, Chris. — Ele balançou a cabeça e as crianças me viram. — Ei, garoto! — Bagunçei o cabelo de Dorian quando ele passou por mim. — Entra lá no carro. — Peguei a mochila dele e fiquei olhando, enquanto o menino assentia e entrava no veículo. — Foi tudo bem com eles hoje? — perguntei a Christopher. Ele me mantinha informada sobre o desempenho das crianças na escola.

— O mesmo de sempre, Nina. — Ele fez uma cara triste enquanto liberava algumas crianças. — Já pensou no que fazer para animá-los?

Balancei a cabeça.

— Levei o violão para a casa deles. Espero que funcione. Quero ver se consigo fazê-los se interessarem por música.

— Tente *Frozen*. Acho que os dois gostam bastante. — Ele ficou pensativo e nós vimos a turma de Ally vindo. — Há algum tempo, Dorian foi a um show do Coldplay com a mãe e voltou falando sem parar sobre isso. Agora não sei como está, mas...

— Obrigada, Chris. Vou começar com *Frozen* e ver se ele gosta da ideia do Coldplay.

Ally veio em minha direção e me abaixei em sua altura.

— Oi. — Ela me deu um beijinho e sorrindo, eu retribuí.

— Oi, Ally. — Beijei seu rosto e me levantei, pegando sua mochila e segurando sua mão. — Tchau, Chris! Depois te digo como foi.

— Tchau, tio Chris — Ally acenou.

— Tchau, pequena Ally — ele respondeu enquanto acenava de volta.

O caminho até em casa foi curto. Sentei-me na frente com George como sempre e as crianças foram atrás, em silêncio. Eu precisava fazer alguma coisa, e rápido, porque nunca havia visto crianças tão caladas quanto esses dois.

Não ia permitir que eles fossem tristes.

— Os dois no banho. Em seguida, desçam para o lanche.

Comportados como eram, eles obedeceram. Fui até o quarto e levei o violão para a sala de jantar. Enquanto Dorian estudasse, eu ficaria tocando com Alison. Além de entretê-la, era um motivo para Dorian terminar mais rápido. Em seguida, subi até o quarto de Ally, que me esperava sentada na cama. Ela ainda precisava de supervisão no banho, mas podia separar sua roupa sozinha.

— Eu já venho querida, vou ver seu irmão. — Beijei a cabeça dela. — Vá para o banho e me espere lá, certo?

Ela assentiu e antes de eu sair, ouvi a porta se fechar. Fui ao quarto de Dorian, vendo que ele já estava no chuveiro.

— Tudo bem aí, campeão? — perguntei, com a porta entreaberta. Ele não gostava que ninguém o ajudasse e já fazia tudo sozinho, perfeitamente. Dorian só murmurou em concordância. — Precisa de ajuda?

— Não — foi tudo o que ele respondeu.

— Estou com a sua irmã. Se precisar de mim, é só chamar. — Ele murmurou novamente. — Não demore muito, hein?

Voltei ao quarto de Ally. O banho dela era mais um momento em que a garota se fechava. Eu tentava animá-la, mas ela mal conversava comigo. Meu palpite era que esse devia ser um momento importante entre ela e sua mãe. Depois da morte dela, o banho deve ter perdido a graça. Essa era mais uma coisa que eu precisava conversar com o papai Manning sobre as crianças.

Deixei que ela se vestisse sozinha e fui até a sala de jantar. A mesa já estava posta com os lanches, mas o que me chamou a atenção foi Dorian. Em vez de estar devorando seu lanche, como sempre, ele estava parado ao lado do violão, olhando fixamente.

— Tudo bem, Dorian?

Ele desviou o olhar por um minuto.

— É seu? — Eu assenti. — Você sabe tocar? — Assenti novamente. — Pode me ensinar?

Eu sorri. Dorian tinha dito três frases seguidas. Eu nunca conseguia isso dele.

— Claro, querido. Depois de fazer a lição, vamos praticar um pouco, ok?

Clichê

25

Ele assentiu e correu para a mesa. Alison entrou em seguida.

— Isso é um violão? — Ela veio até ele e o encarou como o irmão tinha feito.

— Sim. Depois que você comer, vou tocar um pouco. E depois que Dorian terminar a lição, vou ensinar alguns acordes a ele.

— Legal! — Ela correu para a cadeira e se sentou, comendo seu pedaço de bolo.

Não consegui evitar o sorriso. Essa, definitivamente, tinha sido uma boa ideia.

Meia hora depois, Dorian entrou correndo na sala de jogos.

— Terminei! Terminei! — E estendeu o caderno para mim.

Eu nunca vi tanta animação nele. Tudo estava realmente feito, então disse para guardar os materiais e vir. Ele sentou-se à minha frente e ao lado de Ally, enquanto ela insistia que eu tocasse *Let It Go*.

— Eu vou tocar, mas quero que os dois me ajudem a cantar, ok?

As crianças assentiram freneticamente. Eu comecei a versão do filme, porque sabia que essa era a que eles conheciam. Os dois olhavam para mim fixamente. Então começamos a cantar.

Era engraçado como Ally sabia cada frase da música enquanto Dorian se concentrava em meus dedos, por isso não cantava. Ally, ao contrário, cantava junto como fez em todas as outras músicas que tocamos juntas. Por mais que ela ainda fosse bem pequena, seu timbre era doce e bonito. Se trabalhássemos desde agora, ela poderia ser uma criança afinada e crescer com uma bela voz. Por isso que eu gostava tanto de ensinar música a crianças... Era possível moldá-las desde pequenas e fazer estrelas surgirem. Olhando para Dorian, eu já conseguia ver o guitarrista habilidoso que ele queria ser. E nós iríamos trabalhar para que ele realmente fosse um.

Quando começamos a cantar o primeiro refrão, Alison se levantou e começou a dançar e cantar. Foi divertido e vê-la tão feliz apenas confirmou que eu estava fazendo a coisa certa.

Perceber isso trouxe alívio ao meu peito.

Cantamos a música toda. No fim, Alison e eu ficamos disputando quem conseguia segurar a última nota por mais tempo. Por mais que não tivesse sido totalmente afinada (a menina tinha quatro anos), percebi que seus pulmões deviam ter três vezes o tamanho do meu, porquê, quando eu parei completamente sem ar, ela ainda segurou por mais algum tempo e caiu no chão em seguida, gargalhando. Dorian e eu rimos também, e eu me apaixonei mais um pouco por aqueles dois logo em seguida.

— Você acha que essa música é muito difícil para eu aprender? Você vai mesmo me ensinar?

Sorri ao ver a animação de Dorian.

— É um pouco difícil para agora, querido, mas posso te ensinar, sim. — Dei o violão a ele. — Vamos começar com algo mais fácil hoje, pode ser?

O violão era praticamente do tamanho dele, o que foi engraçado.

— É grande, Dori! — Ally se sentou bem de frente para o garoto, enquanto ele arrumava o violão no colo. Eu fiquei atrás dele.

— Aqui, querido. — Peguei seus dedos e ensinei a fazer o Sol, primeira nota do refrão. — Esse é o sol. Nós representamos pela letra G. — Ele assentiu e peguei sua outra mão. — A batida da música é assim. — Ensinei-o a fazer uma batida simples.

— Não é tão difícil. — Ele olhou para mim e soltei suas mãos.

— Faz sozinho, então. — Ele fez e foi bem. Sorri e passei para a próxima nota. — Vamos fazer outra agora. — Mexi seus dedos para um Ré. — Esse é o Ré, a próxima nota da música. Representamos pela letra D. Tenta fazer com a mesma batida.

Enquanto estávamos compenetrados, não ouvi os passos e a pessoa parar na porta da sala; nem Ally, que estava deitada no chão, a barriga para baixo, suas mãozinhas apoiando o queixo, enquanto olhava fixamente para o irmão; nem Dorian, que estava tão feliz por tocar e tão focado no que fazia, que o mundo podia acabar e ele nem perceberia. Foi só quando a voz falou que percebemos que não éramos mais os únicos ali.

— Isso soa bem, filho. — Nós olhamos para o homem que preenchia a porta. Guardei todos os sentimentos diferentes de respeito no fundo da minha mente, porque o homem não podia ver o desejo estampado nos meus olhos, e sorri. — O que estão tocando?

— Papai, Marina está me ensinando a tocar violão.

Dorian tinha o sorriso mais lindo no rosto e o senhor Manning pareceu aprovar, porque sorriu também. Ainda assim, evitei rolar os olhos para o meu nome completo, porque eu acho que nunca conseguiria fazer Dorian me chamar por meu apelido.

Cliché

— Estou vendo, filho. Posso me juntar a vocês?

Em uma felicidade imensa, as crianças concordaram. Ele tirou o paletó e a gravata e sentou-se no chão perto de nós. Ally foi para o seu colo e ensinei a Dorian as duas notas seguintes. Quando ele estava indo bem nas passagens, achei que podíamos tocar o primeiro trecho. Dorian realmente tinha talento, porque aprendeu quatro notas em menos de meia hora.

— Vamos, Dorian. Eu e Ally vamos cantar enquanto você toca. As quatro notas que aprendemos, Sol, Ré, Mi menor e Dó, fazem as duas primeiras frases do refrão. Você precisa tocar duas vezes para nós, ok? Vamos devagar — ele assentiu. — Vamos juntos, ok? — Ally concordou também, porque eu olhava para ela. — *Let it go...*

Dorian começou a tocar e Alison, a cantar junto comigo. Cantamos as duas primeiras frases e o orgulho que eu sentia estava refletido nos olhos do senhor Manning.

— Muito bom, garoto. — Estendi a mão para que ele batesse. Dorian sorriu. — Vamos treinar mais depois, ok? Agora, que tal tocarmos juntos enquanto Ally canta para o seu pai? Eu toco as notas e você, a batida, pode ser? — Ele concordou. — Ally, vou precisar de sua ajuda, ok? — Ela assentiu com veemência. — Vamos lá, Dorian. — Fiz o acorde e ele começou a batida.

Cantamos toda a música e até o pai das crianças acompanhou no refrão. Ele tinha uma voz gostosa de ouvir, por mais que não fosse treinada para o canto. Segurei-me para não derreter mais, porque só o que me faltava era o cara ser bom músico também.

— Ah, que lindo — Sara disse ao entrar no quarto. — Que gracinha, meu filho! — Ela deu um grande beijo no topo da cabeça de Dorian. — E você canta como um anjo, filha! — Ela beijou a testa de Alison. — Nem preciso falar de você, querida. — Ela beijou minha mão. — Deus abençoe essas mãos. — Nós rimos. — O jantar está pronto. Vamos todos para a cozinha, sim?

Peguei o violão de Dorian, levantei-me e coloquei o instrumento em um canto.

— Vão com Sara, crianças. Quero falar com Marina por um minuto — o senhor Manning pediu, e eles foram obedientemente.

Ele deixou que as crianças saíssem de perto antes de falar:

— Obrigado. Alison parece tão feliz e Dorian está realmente dedicado. Há muito tempo não os vejo desse jeito.

— Alison vai crescer com uma boa voz e Dorian nasceu com talento. Eles vão se sair muito bem e ele realmente gosta disso. Acho que estamos no caminho certo.

Ele assentiu.

— Eles precisam de instrumentos, ou de alguma outra coisa? O que eu preciso fazer?

Sorri.

— Dorian pode querer um violão do seu tamanho. O meu é muito maior que seu braço. Não é impossível tocar, mas é pesado para ficar segurando de pé e incomoda. Acho que seria bom para ele ganhar um violão.

— Vamos comprar um, então. — Ele começou a sair do quarto, mas parou novamente e olhou no fundo dos meus olhos. — Obrigado. — Então sorriu aquele maldito sorriso sexy.

— Não há de quê. — Dei de ombros.

— Vamos comer.

CORDAS

O primeiro mês na casa da família Manning passou rápido, quase voando. As crianças e eu estávamos em uma rotina confortável e eu ficava contando as horas para voltar desde quando saía no sábado até quando voltava na segunda-feira. Eles eram as crianças mais doces que eu conhecia e eu amava cuidar e passar um tempo com elas. Esse foi o melhor trabalho que poderia encontrar.

Dorian estava em seu quarto preparando-se para sua grande apresentação essa noite. Ele estava muito empolgado com tudo o que tínhamos praticado e insistiu em apresentar as músicas depois do jantar para seu pai, Sara, Ally e eu. Por isso, trancou-se no quarto desde que terminou a lição. Já subi até lá duas vezes para ver como ele estava e o ensaio ia bem.

O violão de Dorian se tornou seu objeto favorito. O senhor Manning nos levou para comprar e ele ficou muito tempo olhando cada um dos instrumentos. Disse aos dois qual seria a marca mais adequada para Dori e afastei-me, deixando pai e filho terem esse momento. Ally queria conhecer todos os instrumentos da loja, então dei corda e deixei que explorasse cada um. Nós podíamos experimentar os instrumentos e ela insistiu que eu tocasse um violino para ela.

— O que você quer que eu toque?

Ela deu de ombros. Dessa idade e já sabia fazer isso.

— Qualquer coisa.

Eu assenti e comecei a tocar o refrão de *I Will Always Love You* para ela. Ally provavelmente não conhecia por conta de sua idade, mas ela era linda e toda a loja parou para ver. Ela começou a dançar ao meu redor e foi a coisa mais fofa de todas. Vê-la desse jeito enchia meu peito; eu já podia ver mudanças nas crianças. Quando terminei e guardei o violino, ela sentou-se em meu colo.

— Você me ensina, Marina?

— Ensino, amor, mas você vai precisar crescer mais um pouquinho para aprender esse, tudo bem?
— Quando eu for do tamanho do Dorian? — Ela enrolava as mãozinhas, ansiosa.
— Um pouquinho maior que ele, pode ser?
Ela assentiu e pulou do meu colo.
— Vamos ver o violão que o Dori comprou. — Peguei a mão dela e nós fomos até onde estavam.
Nossa estadia na loja não demorou muito mais e voltamos todos para casa. Desde aquele dia, Dorian não largava o violão.
O que nos trazia de volta ao dia de hoje e seu grito desesperado enquanto eu estava brincando com Alison.
— Marina! Marina! — Dorian entrou correndo na sala de jogos. Parecia um minifoguete. Ele tinha os olhos cheios de lágrimas e carregava o violão nas costas.
Levantei-me e parei na sua frente, ajoelhando para olhá-lo nos olhos.
— O que foi, meu amor? — perguntei preocupada.
— Não conta para o papai, por favor. Por favor, Marina. — Ele lutava bravamente para não deixar as lágrimas caírem.
— O que houve, Dori? — O menino congelou, e vi ressentimento em seus olhos.
— Não me chama assim. — Ele bateu o pé no chão. — Não me chama de Dori! — ele gritou.
— Ok, amor, calma. — Tentei segurar seu braço, mas ele se afastou.
— Ally, suba para o seu quarto. — A menina passou correndo por nós, obedecendo prontamente. — Tudo bem, não vou chamar de Dori. Agora se acalme e fale.
— A mamãe me chamava de Dori. Agora eu não gosto que me chamem de Dori. Papai não me chama mais de Dori. Só a mamãe pode me chamar assim. Agora mamãe se foi, não sei para onde e ela não vai mais voltar. E eu estraguei o violão que o papai comprou para mim... ele vai brigar muito comigo. — As lágrimas dele não caíam, mas a voz estava embargada. Seus olhos brilhavam marejados e eu sabia que ele se esforçava para não chorar na minha frente.
— Calma, querido. O que houve com seu violão? — Achei que ele não ia querer falar sobre a mãe agora.
Ele tirou o violão da cabeça.

Clichê   31

— Olha... arrebentou. — Estendeu a mim e vi que uma corda tinha arrebentado.

Sorri de lado.

— Calma, Dorian. A corda só arrebentou. A gente troca por outra novinha em folha, tudo bem? Não vai acontecer nada.

Sentei-me no chão.

— Papai não vai brigar comigo porque eu arrebentei? — ele perguntou ainda amedrontado e eu passei a mão em seu cabelo para acalmá-lo.

— Não, meu amor. — Ele caiu de joelhos no chão e eu o abracei. — Eu já arrebentei um milhão de cordas. Isso sempre acontece.

Coloquei-o sentado em meu colo.

— Desculpe-me por chamá-lo de Dori. Eu não sabia que só sua mamãe podia chamar você desse jeito.

Ele se aconchegou no meu colo. Não era normal Dorian ser assim, então achei que essa era a hora de empurrar alguns botões e fazer com que ele falasse.

— Eu sinto muita falta da mamãe. Sinto falta de ouvi-la me chamar de Dori.

— Quer falar mais sobre sua mãe? — Abracei-o mais forte.

— Para onde ela foi, Marina? — ele perguntou enquanto abraçava minha cintura. — Papai disse que ela se foi e que está morando no céu agora. A gente não pode pegar um avião e buscar ela? O avião não voa no céu? Eu nunca mais vou ver a mamãe?

Acariciei a cabeça dele.

— Vai, amor. Vai ver sua mamãe sim, mas não agora. — Ouvi passos e olhei para a porta. O senhor Manning estava parado ali; Ally estava escondida em suas pernas. Ele parecia assustado. — Mas não agora. Um dia, quando todos morrermos, vamos para o céu. — Ele me olhava fixamente, e eu assenti com a cabeça para que se unisse a nós. — Lá encontraremos as pessoas mais importantes para nós. Sua mamãe estará lá e, nesse dia, você poderá vê-la.

Manning se sentou à nossa frente e Ally estava ao seu lado, protegida nos braços do pai.

— Mas eu sinto falta dela agora.

Senti as lágrimas dele molhando minha blusa.

— Dorian, olhe pra mim. — Ele levantou o rosto, e eu o segurei em minhas mãos. — Sua mamãe está sempre olhando por você. Deus precisa de anjos e eu tenho certeza de que ela é a sua. Lá do céu ela olha por você, cuida de você. Ela amava você, Dorian, e nunca vai deixar de amar.

Ele me abraçou mais forte.

— Eu amo a mamãe também.

— Isso, criança. — Eu sorri. — Lembre-se sempre disso, ok? Mamãe está com você.

Ele assentiu.

— Será que a gente pode tocar aquela música que você me ensinou?

Foi a minha vez de assentir. Estávamos trabalhando nessa música há duas semanas, quando Ally pediu para ver um DVD antigo de Hannah Montana e Miley cantou a música.

— Antes vamos colocar cordas novas no seu violão, ok?

Ele assentiu e me soltou. Só então viu o pai.

— Papai. — Ele me olhou com medo.

— Oi, filho. O que houve, meu amor? — O senhor Manning perguntou enquanto acariciava o cabelo do filho.

— Nada. Eu só estava com saudades da mamãe.

O pai compreendeu.

— Agora vá tocar para mim e sua irmã, tudo bem?

— Vá lá no seu quarto buscar a capa do violão, Dorian. Deixei as cordas lá. Eu vou buscar o meu.

Ele assentiu e saiu correndo. No tempo que levei para ir até meu quarto e pegar o violão, Dorian já estava sentado, com o violão no colo, dizendo ao pai que eu tinha dito que era normal arrebentar a corda do instrumento. E adicionou que eu já tinha feito isso milhares de vezes no meu.

Sorri, peguei a corda sobressalente na capa e me sentei ao seu lado. Troquei-a e entreguei o violão afinado para ele. Comecei a introdução em sol e Dorian me acompanhou. Cantei a música devagar. Ela falava do carinho que a mãe tinha por ele e como ela o chamava de anjo, então segurei as lágrimas que se formavam nos meus olhos para que não caíssem. Eu deveria ser forte por todos eles, mas a dor daquela família doía em mim.

Vi quando o senhor Manning colocou Alison em seu colo e apertou-a em seus braços e eu me preocupava em fazer Dorian aprender mais do que a música; eu queria que ele aprendesse o significado dela. Essa era uma forma excelente de me focar no trabalho e não nas lágrimas.

Na segunda parte da música, olhei para Alison e sorri, porque essa era a parte em que ela começava a cantar comigo. Ela passava todo o tempo ao nosso lado enquanto ensaiávamos e a concentração que empregava ao cantar a música era emocionante. Eu sabia que ela não compreendia totalmente as letras, mas eu sempre dava um jeito de explicar a ela o que significavam. Nesse caso, com o pouco que ela me ouviu falar com Dorian e com os sentimentos que eu tentava colocar na canção, eu sabia que ela entendia.

Quando terminamos de cantar, Dorian se jogou em cima de mim novamente, abraçando-me. Era uma atitude diferente vinda dele, mas eu não o rechacei; pelo contrário, beijei o topo de sua cabeça. Ele estava me agradecendo do seu jeito e eu aceitava. Olhei para seu pai e vi nele um sorriso que dizia: *Vamos conversar. Obrigado por estar com ele.*

O prazer é meu, chefe.

Ouvi a campainha soar e os passos apressados de Estevan. O porteiro já estava em sua posição a esse horário, então ele nunca estava perto da porta quando alguém chegava. Quero dizer, se fosse algum conhecido da família, não. Caso contrário, o interfone soava e ele se prostrava ao lado da porta até que o convidado chegasse.

— Senhor Manning!

Franzi a sobrancelha ao ouvi-lo exclamar em saudação ao chefe com tanta felicidade, já que Killian Manning estava em casa há bastante tempo.

— Estevan! Quanto tempo, homem! — *Não era a voz do senhor Manning.*

Ok, eu não aguentava mais ficar na sala. Daria a desculpa de ir à cozinha, mas minha curiosidade seria saciada. Levantei-me do sofá e fui inocentemente pelo corredor. Um espécime bem parecido com Killian Manning estava colocando uma mala no chão do corredor. Bem parecido em partes. Esse daí estava muito longe de se parecer com um pai e empresário.

Ele parecia mais uma estrela do rock.

Vamos dizer que os dois compartilhavam os músculos, os belos olhos e (esperançosamente) o tanquinho.

Ok, eu não sabia se o senhor Manning tinha um tanquinho, mas uma mulher podia sonhar.

— Quem é a moça? — Com a sobrancelha franzida, o dito senhor Manning balançou a cabeça para mim (parada feito uma idiota no corredor), querendo uma resposta de Estevan.

— Senhor Manning, essa é Marina, a babá de Alison e Dorian. Nina, esse é Carter Manning, irmão do senhor Manning.

Oh, agora estava tudo muito bem explicado.

Senhor Manning 2.

Carter Manning, um pouco mais novo que seu irmão (talvez vinte e nove?). Irmão do chefe. Veste-se como uma estrela do rock.

O gene da beleza ficou todo concentrado na família Manning?

— É um prazer, senhor Manning. — Estendi a mão e ele a pegou, depositando um beijo. E o safado ainda era um mulherengo.

— O prazer é meu, Marina. — Ele piscou e soltou minha mão. — Você pode me chamar apenas de Carter. Não seja como os outros funcionários dessa casa que só conseguem me chamar de senhor.

— Carter será, então. — Sorri e percebi que era a minha deixa para partir. — Se me dão licença. — Entrei na cozinha, mas podia sentir o olhar do Manning mais novo me seguir.

Só consegui respirar fundo.

Carter, aparentemente, ficaria por um tempo. Ele foi instalado no quarto de hóspedes e Ally imediatamente pulou em cima do tio, que passou a carregá-la nos braços o tempo inteiro, sempre conversando baixinho com ela.

— Onde estão meu irmão e sobrinho? — ele perguntou a Sara, sentando-se na cozinha com Alison no colo.

Por um milagre dos céus, Sara permitiu que eu ajudasse na cozinha. Estava responsável pela sobremesa, que, por sinal, ficaria ótima.

— Seu irmão está trancado no escritório, trabalhando o dia inteiro. Dorian está no quarto ensaiando para sua grande apresentação.

— Grande apresentação?

Eu me calei, porque não queria me meter na conversa, mas estava tão ansiosa quanto Dorian. Queria vê-lo se sair bem.

— Marina tem ensinado violão a ele. Desde então, está empenhado e decidiu fazer uma apresentação de todas as músicas que aprendeu até agora.

Tio Manning riu.

Ei, tio Manning era um bom apelido para ele. Melhor do que chamá-lo de senhor Manning, porque só existe um desses.

— Não fazia ideia de que ele queria aprender música. Eu teria ensinado.

Sara deu de ombros. Ela era a única que não estava beijando os pés do homem desde que ele chegou.

— Muita coisa mudou desde a última vez que você os viu.

O silêncio que se seguiu foi tão profundo que levantei os olhos da minha massa e encarei os dois. Alguma coisa não estava certa ali.

Briga, briga, briga.

— Eu vou ver como Dorian está. — Ele se levantou, levando Ally consigo. — Se meu irmão sair da toca, diga onde eu estou.

Fui educada o suficiente para esperar até que ele estivesse um pouco distante.

— Devo perguntar ou você vai me dizer?

Ela apagou a panela, lavou as mãos na pia e virou-se para mim, enquanto as secava.

— Algumas pessoas, Nina, merecem muito de nós, porque dão muito de si. Outras querem muito de nós, mas não estão dispostas a dar nada de si. Carter Manning é o segundo tipo de pessoa.

A grande apresentação de Dorian foi ótima. Ele ficou nervoso, mas soube levar todas as músicas muito bem. O plano era que eu cantasse todas as músicas para ele, mas seu tio quis fazer uma participação especial no show. Franzi o cenho, porque isso só reforçou a pose de estrela do rock, e o senhor Manning reparou, porque cochichou para mim.

— Carter é músico. Produtor e músico. Dirige minha gravadora.

Tentei não deixar o queixo cair, porque eu não sabia que o homem tinha uma gravadora. Será que era dali que vinha toda a grana?

Como a boa-babá que eu era, apenas assenti. Na verdade, o homem poderia fazer uma carreira para si mesmo, porque com aquela voz...

É claro que minha felicidade não durou muito tempo. Descobri facilmente, nos três dias que Carter Manning passou na mansão, o motivo de Sara não gostar dele.

Fevereiro de 2007

— Mitchie, onde você está? — chamei pela terceira vez, enquanto andava pela casa. Entrei no quarto e, mesmo que a TV estivesse ligada, estava vazio. A porta do banheiro estava entreaberta e a luz acesa. — Mitchie?

Entrei no cômodo e encontrei minha esposa sentada no chão, olhando fixamente para o nada. Ela parecia congelada, então caminhei até ela.

— Mitchie? — Ela ainda não respondia, então me ajoelhei à sua frente e toquei seus joelhos. — Querida? — Ela me olhou e finalmente me viu. — O que houve?

— Kill... — As lágrimas rapidamente se acumularam nos seus olhos.

— Amor, o que está acontecendo? — Eu a peguei em meus braços, querendo diminuir sua dor. — Fale comigo.

Ela engoliu em seco e afastou-se um pouco, olhando em meus olhos.

— Kill... — Ela tremeu em meus braços. — Eu sei que não planejamos, então eu sinto muito. A gente falou em esperar, mas eu não sabia...

Segurei seu rosto entre minhas mãos.

— Querida, o que aconteceu? — Ela piscou seus olhos e, quando me encarou de novo, soltou a bomba.

— Eu estou grávida.

Eu literalmente caí de bunda no chão.

Eu era casado com Mitchie. Mitchie era minha esposa. Ela estava grávida. Eu estava grávido. Ela ia ser mãe. Eu ia ser pai.

EU IA SER PAI! PAI!!!

Abracei-a com força. Esmaguei minha esposa em meus braços. Há maior felicidade do que ouvir essas palavras da mulher da minha vida?

Com nossos olhos fixos um no outro, vi o exato momento em que ela entendeu tudo errado e começou a chorar.

— Eu sinto muito, Kill. — Ela apertou os braços em torno de si mesma. — Eu sei que essa é a hora errada.

Balancei a cabeça, feliz demais para torturá-la.

— Meu amor... — Emoldurei seu rosto em minhas mãos. — Não planejamos, mas quem liga? Essa é a melhor notícia que você poderia ter me dado. — Beijei o topo de sua cabeça. — Estou me sentindo o rei do universo só por saber que vou ser pai. — Um pequeno sorriso dançou em seus lábios. — Vou ser pai do seu bebê. Quão bem isso soa?

— Você não está bravo?

Olhei ao redor do banheiro, ergui-a em meus braços e a levei para o quarto.

— Bravo? Com você? Porque você vai me dar um filho? — Coloquei-a no centro da cama e me deitei sobre ela. — Como eu poderia? — Beijei

Clichê

seus lábios e separei-me para tirar os sapatos. Deitei ao seu lado e puxei-a para meus braços.

— Tem certeza de que não está triste, Kill?

— Claro que não, querida. Não planejamos, mas eu estou tão feliz... — Apertei-a mais forte em meus braços. — Você vai querer saber se é menino ou menina? — Sequei algumas lágrimas com a ponta dos dedos.

— Claro que vou querer, Killian. — Ela se elevou sobre mim e deitou sobre meu peito. — Você acha que vou conseguir esperar até esse bebê nascer para saber?

Eu ri. Minha mente tinha vários nomes circulando. Coloquei a mão na barriga dela.

— Quando podemos saber o sexo?

Vi o rosto dela franzir.

— Eu não sei. Eu ainda preciso ir ao médico para ver.

— Você não foi ao médico?

Quando ela negou com a cabeça, peguei meu celular no bolso da calça e disquei para minha secretária.

— Para quem você está ligando? — Ela estava confusa.

— Jenny. Precisamos de uma consulta.

Ela franziu a testa.

— Não quero que todo mundo saiba ainda, amor.

Sorri para ela e passei o polegar por sua testa, tentando desfazer o franzido que ela deixou.

— Fique tranquila.

Minha secretária atendeu ao telefone.

— Oi, Jenny. Sinto muito por ligar a essa hora, sei que está de saída. Preciso que você ligue para o ginecologista da Mitchie e marque uma consulta.

— Claro, senhor Manning. Para quando? — Eu podia ouvir o som de teclas no fundo.

— O primeiro horário que ele tiver na agenda. E cancele qualquer compromisso que eu tenha nesse horário, mesmo que seja com o Obama.

— Está tudo bem com a senhora Manning? — Havia preocupação em sua voz.

— Sim, tudo está bem — respondi, olhando no fundo dos olhos dela. Eu não poderia amá-la mais.

— Eu vou mandar o dia e horário da consulta por SMS assim que marcar.

— Obrigado, Jenny. — Desliguei o telefone.

— O que você acha de Dorian? — Ela desenhava padrões irregulares em meu peito.

Dorian, o nome soou em minha mente.

Era um bom nome.

Quarto

IRMÃO

Quero deixar bem claro que a última coisa que tenho interesse em narrar aqui é como meu banho é. Ou o que faço depois dele. É que isso é realmente importante para a história e a autora arrancou isso de mim. Sinto muito pela imagem mental. Então, aqui vai.

Terminei meu banho e, depois de uma secagem rápida, meus olhos varreram o cômodo em busca das minhas roupas. Xingando todas as gerações de Duarte que eu conheço – o problema do esquecimento é genético –, lembrei-me exatamente de onde ela estava. Em cima da cama.

Quão sortuda eu sou, hein?

Prendi melhor a toalha ao meu redor e espiei pela porta. O corredor estava vazio e silencioso, como eu previra. Perdi a hora escrevendo uma canção depois que deixei as crianças dormindo. Era por volta de duas da manhã quando entrei na ala dos funcionários e vi que todos estavam dormindo. Foi a sorte da minha vida, já que ninguém me veria de toalha no corredor. É, foi o que pensei.

Pisei no corredor vazio e um calafrio me tomou. O chão estava gelado e um vento frio vinha da janela entreaberta. Andei o mais rápido que pude, evitando barulho desnecessário. Escorreguei para dentro do quarto e tranquei a porta. Respirei aliviada. Eu tinha conseguido, afinal.

— Não estou reclamando, mas acho que você não quer que eu te veja nua sem um jantar e toda essa frescura antes. — Pulei, enrolando a toalha novamente e procurando o dono da voz. — Mas, se você quiser, não sou orgulhoso. Posso assumir que estava errado.

— O que você está fazendo no meu quarto? — Como a casa estava silenciosa, eu tentei falar baixo e não gritar. Ainda.

— Ei, babá, fique calma. Só preciso falar com você um minuto. — O idiota displicente ainda estava com os sapatos em cima da minha cama.

— E você invadiu meu quarto? — Eu estava irritadíssima e queria gesticular com ele, expulsando-o do quarto, mas estava segurando a toalha ao redor do meu corpo como se minha vida dependesse disso.

— Estava esperando por você. Não sabia que apareceria seminua.

Enfureci-me. Que direito esse cara tinha de dizer isso?

— Saia do quarto, porra! Agora! — Não sei se foi a fúria em meus olhos ou o sapato que arremessei, mas vi o Manning caçula correr feito louco. Mesmo que eu não estivesse gritando, fui enfática.

Para você ver meu nível de nervosismo, eu disse "porra".

Merda, disse de novo.

— Quinze minutos. Precisamos mesmo conversar — ele disse antes de bater a porta.

Quis gritar de frustração, mas sabia que outras pessoas dormiam ali e perceberiam se eu começasse a gritar. Quão humilhante seria ter o irmão do meu patrão no meu quarto quando eu estava seminua? Certamente as pessoas diriam coisas sobre isso, inventariam fofocas... Eu não poderia me arriscar. Vesti-me rapidamente, escolhendo meu pijama mais confortável. Se ele não gostasse das calças xadrez e da camisa da Minnie, eu sentia muito.

Quando abri a porta, eu o vi sentado no chão do corredor.

— Você pode entrar.

Ele se levantou em silêncio e encostou a porta. Sentei-me encostada à cabeceira da cama e ele se sentou na minha frente.

— Não foi a minha intenção assustar você. Só precisava fazer algumas perguntas. — Segurei-me para não rolar os olhos. Ele poderia ser mais inconveniente? — Meu irmão estava meio desesperado com... coisas. Não confio no julgamento de caráter dele. — Franzi as sobrancelhas. Que droga esse Manning estava insinuando? — O que você sabe?

Ele me encarou. Eu sabia a que ele estava se referindo, então não ia fingir. Balancei a cabeça, porque não podia acreditar na cara de pau dele.

Realmente inacreditável.

— Sei o básico, Carter. — Respirei fundo. Era só o que me faltava.

— A mãe das crianças morreu. Ninguém superou. É isso. — Ele olhou fundo nos meus olhos e eu não quis acreditar que isso estava acontecendo. — Agora posso saber como e por que você resolveu que ficar esperando dentro do meu quarto às duas da manhã era uma boa ideia?

— Você estava tocando debaixo da minha janela. Quando a música parou, eu soube que estaria aqui. — Ele deu de ombros.

— Eu pediria desculpas pelo barulho, mas você está meio que me

Cliché

41

devendo — rebati.

Ele deu um sorrisinho.

— Acho que eu estou no lucro nas duas situações. Você é boa. — Estreitei as sobrancelhas. — Na música, Marina. Você é boa na música, foi o que eu quis dizer. — Diminuí o olhar fulminante. — Depois falamos disso. Quero saber o que pensa que está fazendo com essas crianças.

— Acha que estou fazendo algo de ruim para eles?

Eu só estava na casa há pouco mais de um mês, mas, se você me perguntar, diria que fiz bem para as crianças tímidas que conheci.

— Não. Eu só não conheço você. Da última vez que falei com as crianças, elas não estavam exatamente fazendo grandes apresentações ou dançando pela sala.

— Então acho que você não tem visto seus sobrinhos com muita frequência. — Ele ficou de pé e aproximou-se de mim. Olhando-me de cima, ele estava tentando me intimidar. — Sério, Manning. Você acha que as crianças estão piores do que elas estavam? Quando eu cheguei, os dois eram totalmente tristes. Não estou dizendo que eles se recuperaram da perda por minha causa, mas que eles já avançaram muito, isso eles fizeram. Não diga que não.

— Só... Tenha cuidado com essas crianças. Eles já perderam a mãe e você não tem ideia do que é isso.

Segurei a risada. Se ele soubesse.

— Já acabou?

— Vou ficar de olho em você, babá. — Ele olhou no fundo dos meus olhos.

Levantei-me e abri a porta do quarto para ele.

— Boa noite, Manning.

Ele saiu do quarto e eu pude finalmente respirar fundo. Que saco de homem.

No dia seguinte, quando bati à porta do quarto do senhor Manning, ele não resmungou. A porta logo se abriu.

— Bom dia. — Ele sorriu, mas eu estava afetada demais para responder alguma coisa. Era de manhã, eu dormi pouco e o fato de ele aparecer do nada me assustou.

— Bom dia — falei quando consegui. Ele podia ter fechado os dois botões de cima da camisa, sabe? O peito malhado estava aparecendo.

— Pode me fazer um favor e bater na porta do meu irmão também? Nós vamos levar as crianças na escola hoje, ok?

— Claro. Ele é fácil de acordar?

Ele riu.

— Não mesmo. — Estreitei os olhos para ele. — Bata na porta com força. Se ele não acordar, direi que você tentou e terei o prazer de puxá-lo da cama.

Segurando o riso, eu balancei a cabeça.

— As crianças estarão prontas no horário.

— Não me julgue, ele é o meu irmão caçula. — Ele mal podia conter o sorriso. Maldito sorriso bonito.

— Longe de mim julgá-lo.

Ele riu e fechou a porta.

Acho que a boa-educação ficou retida toda nesse Manning.

Nem fiz esforço para acordar o outro Manning. Bati na porta duas vezes e nem sinal dele. Enquanto eu terminava o banho de Alison, ouvi uma série de palavrões no quarto ao lado e tampei o ouvido da menina. Em seguida, a risada do senhor Manning ecoou pela casa.

E eu achando que só tinha duas crianças na casa.

Carter Manning simplesmente me irritava. Resolvi assumir isso no momento que percebi que ele era onipresente, estava em todos os lugares que eu ia. Não me deixava em paz por nada e era ladrão de crianças, pois ficou todo o tempo que não estava trabalhando com elas. E, para ser sincera, ele parecia ter ajustado seus horários de trabalho para coincidirem com os momentos em que elas estavam na escola. Ele era irritante e um porre, afinal, o cara não precisava de muito para me tirar do sério.

Todo o tempo livre que tive em decorrência de ele ter roubado as crianças de mim foi convertido em uma lista de coisas que eu precisava falar com o senhor Manning. O fato de Dorian ter pirado quando o chamei de Dori ainda martelava na minha cabeça. Eu não queria fazer as crianças chorarem de jeito nenhum e eu precisava saber de algumas coisas para continuar a ser babá deles. Por exemplo, será que eu tinha alguma palavra que não podia usar, além do apelido de Dorian? Por que Ally ficava tão calada e tristinha na hora do banho? Qual era o problema com aquele quarto lá de cima que ninguém mais usava e que as crianças não tinham acesso? E por que a porta dele era azul (fato que não percebi no dia em que fiz o tour pela casa)? Por que ninguém mais pintava na casa? Será que as crianças não tinham interesse em aprender a pintar como a mãe?

E o pior: por que nunca se falava sobre a mãe das crianças naquela casa? Se formos muito sinceros, eu nem sabia o nome dela ainda. Ninguém nunca me disse e eu não tinha coragem de perguntar. Será que eles não sabiam que era importante manter a memória da mãe viva na casa? Em pouco tempo, as memórias de Ally e Dorian sobre a mãe se apagariam (eles eram muito pequenos) e seria mais difícil resgatá-las se elas já tiverem sido apagadas.

Decidida a falar de uma vez, todas essas coisas para o senhor Manning, fui ao seu escritório. Franzi o cenho, não querendo atrapalhá-lo, mas com muito medo de esquecer o que eu tinha a dizer.

— Senhor Manning, com licença. — Ele levantou os olhos da pilha de papéis que tinha à sua frente. — Muito ocupado?

— Bastante. — Ele tirou os óculos e colocou sobre a mesa. — É urgente?

Vi no olhar dele que ele não queria se ver livre daquilo agora.

— Não muito, isso pode esperar. Eu gostaria de falar sobre as crianças.

— Eu também quero. — Ele respirou fundo. — Vou conseguir um tempo para conversarmos. Sei o quanto isso é importante. Peço que espere só um pouquinho.

— Claro, quando estiver desocupado.

— Obrigado. — Ele sorriu. — Eles estão bem, certo?

— Acredito que sim. Seu irmão os levou para passear e dispensou minha ajuda.

Ele assentiu.

— Carter é meio egoísta no seu tempo com as crianças.

— Se precisar de ajuda com algo que eu possa fazer, estou um pouco livre no momento.

— Não é sua função, não precisa ajudar.

— Minha função aqui é facilitar a vida do senhor para que tenha mais tempo para os seus filhos. — Dei de ombros.

— Veja, é um pouco chato. — Ele fez sinal para que eu fosse até ele. — Tenho que ler estes papéis e fazer algumas anotações, mas estou perdendo muito tempo organizando todos eles. É por isso que amo o computador, mas esses são contratos antigos. Será que você pode organizar para mim?

— Claro que posso.

Ele estendeu a mão para que eu me sentasse à sua frente.

— Esses eu já arrumei. — Separou uma pilha e deixou mais perto dele, entregando-me a outra. — Organize esta. — Eu a peguei. — Veja, não há numeração nem nada do tipo. Você precisa ver o fim da página e o começo da outra.

— Você precisa de uma secretária.

Ele riu.

— Acredite, eu tenho uma secretária. Ela não me aguenta mais. — Nós rimos um pouco.

— Ao trabalho, chefe.

Ele assentiu e nós nos focamos no que tínhamos que fazer.

Trabalhamos até o jantar. Quando terminei de organizar os contratos, ele arrumou alguns dados para passar para planilhas. As planilhas levaram um tempo infinito e ele me encheu de agradecimentos quando paramos.

— Marina, não sei nem como agradecer. — Ele desligou o Macbook e levantou-se da cadeira. — Eu e o Excel temos uma relação de amor e ódio, porque eu sei ler essas coisas, mas não tenho paciência para criar tabelas. Você me livrou de um dia inteiro de trabalho burocrático. — Caminhamos até a porta e ele a encostou atrás de nós. — Você merece um aumento.

Balancei a cabeça.

— Usei o horário de trabalho. Não quero um aumento por causa disso. — Dei de ombros. — Se você conseguir um horário para mim, está ótimo.

Ele riu e nós descemos as escadas para a cozinha.

— Obrigado, de verdade. Você é um anjo.

Sem ter mais nada a falar, apenas o segui para a cozinha.

No dia seguinte, pela manhã, Sara me entregou um pequeno pacote vermelho com um laço.

— O patrão mandou para você.

Sorri de lado e voltei para o quarto. Fechando a porta, abri o pacote e vi que era uma caixa de chocolates belga. E tinha um bilhete dentro.

Obrigado por ser a melhor secretária-babá de todas. Espero que goste.

Clichê

O dia passou novamente e eu mal vi meu chefe. Ele já tinha saído quando tomei café com Sara e tio Manning tinha ido com ele (acho que o apelido não é tão bom assim). Ouvi um carro estacionar na garagem e, meia hora depois, da sala de jogos, ouvi a porta do escritório se fechar. Deixei Dorian e Alison brincando juntos e resolvi ir até lá.

Repassei mentalmente a lista de coisas que eu precisava falar com o senhor Manning:

- Palavras que eu não podia usar, além do apelido de Dorian;
- Ally e a hora do banho;
- Quarto azul: qual o problema dele e por que a porta é azul;
- Pintura;
- Silêncio eterno sobre a mãe das crianças.

Eu não podia me esquecer de nada. Minha mente precisava estar focada. Se Killian Manning queria que eu fosse babá dos seus filhos, eu precisava de algumas condições. Respirei fundo, pronta para bater. Então ouvi um grito.

Assustada, dei um passo atrás. Vamos analisar o grito: era um "ah" e tinha um pouco de dor nele. Era feminino. "Mais forte", a mulher gritou em seguida. Parei e encostei o ouvido na porta. Os sons eram inconfundíveis. Não era dor, era prazer.

Estavam transando no escritório.

Isso mesmo que você leu: *tran-san-do*.

Não sei o porquê, mas eu não conseguia acreditar que o senhor Manning estava ali com alguém. O amor que ele tinha pelos filhos... Não acredito que estaria ali, nesse horário, fazendo aquilo. As crianças estavam em casa; elas entravam e saíam do escritório o tempo todo. Ele permitia isso.

Mas quem teria a cara de pau de transar no escritório do chefe?

— Marina? — Estevan perguntou ao me ver parada feito uma estátua. — Está tudo bem?

Eu corei. Não sei por que, mas isso aconteceu. Vergonhoso.

— Eu vim falar com o senhor Manning — falei, completamente sem graça.

— Ele ainda não chegou. Avisou que vai se atrasar.

Ouvimos um grito masculino e Estevan arregalou os olhos, indo até a porta.

Eu estava prestes a gritar que ele não entrasse, mas não tive tempo. A porta foi escancarada e a imagem mental que tive naquele minuto me perseguiu por muito tempo.

Não era o senhor Manning que estava ali.

Tudo bem, era o senhor Manning, mas não o que eu pensei.

Reformulando, não era Killian Manning que estava ali.

— Rita? — Vi os olhos do mordomo se abrirem mais ainda. A mulher correu para trás do Manning caçula, que não estava nem um pouco acanhado com seu vestuário atual. Ou a falta dele. — Senhor Manning, perdão. — Estevan fechou a porta apressado. Ainda segurando a maçaneta, ele me encarou. — Você não pode dizer nada ao patrão.

Eu o encarei.

— Mas e se fosse uma das crianças, Estevan?

Ele segurou em meus ombros.

— Nada, *chica*. Prometa que não vai dizer nada.

Aquilo me corroeu pelo resto do dia. As perguntas eram tantas que meu cérebro começou a montar uma lista.

Responda:

a) O que leva uma mulher a correr o risco de ter relações sexuais com o irmão do seu chefe dentro do escritório dele, mesmo que ele tenha um maravilhoso tanquinho?

b) O que leva um homem a ter relações sexuais com uma das empregadas no escritório do próprio irmão?

c) O que leva duas pessoas a fazerem sexo em um cômodo que não lhes pertence, à luz do dia, com a porta destrancada?

d) O que leva duas pessoas a fazerem sexo em um cômodo que não lhes pertence, à luz do dia, com a porta destrancada e crianças em casa?

e) Essas pessoas não têm senso?

f) O que será que o senhor Manning (o original, já que agora me recuso a chamar o caçula de senhor) acha disso?

g) Por que no inferno, céu e terra eu não posso dizer nada?

h) Por que Estevan não ligou correndo para o chefe e colocou os pingos nos is?

i) Por que todo mundo nessa casa odeia o Caçula Manning, mas o protege de algo assim? (Caçula Manning é o novo apelido dele, pronto).

— Eu não acho justo, Sara — resmunguei, terminando de descascar uma batata. — O cara entra no escritório do irmão dele e transa com a empregada, no meio do dia. É um cômodo que as crianças têm total acesso e ninguém, repito, *ninguém* conta ao senhor Manning. O que está acontecendo nessa casa?

Cliché

Ouvi Sara bufar.

— É assim mesmo, Marina. Eu disse a você que Carter Manning não é o melhor tipo de pessoa. Essa não é a primeira vez que o encontramos com uma empregada. Ele já nos ameaçou e ninguém quer perder o emprego por conta de um mimado. — Hum, Mimado Manning era um bom apelido para ele também. — Você já viu em primeira mão como ele pode ser inconveniente. O senhor Manning não é perfeito, mas é um chefe excelente para todos nós.

— Eu só queria entender como pode ser assim. Como alguém pode ser tão diferente do irmão.

De repente, ouvimos uma batida na porta.

— Marina? — Sara congelou ao ver o senhor Manning parado na porta. Cara, será que ela não poderia ser *mais* indiscreta sobre isso? — Ainda precisa falar comigo?

Minha lista de coisas a dizer a ele estava totalmente embaralhada na minha cabeça e havia pouco que eu conseguia decodificar.

— Sim, eu precisava falar algumas coisas sobre as crianças.

Sara olhava para mim agora. Seus olhos diziam: *"não conte a ele"*. Sorri para tranquilizá-la.

— Tenho algum tempo livre agora. Vamos?

Ele foi na minha frente, mas segurou a porta da biblioteca até que eu passasse. Lá, trancou a porta. Eu sabia que não deveria me preocupar, já que – diferente do irmão – Killian Manning era um homem decente.

— Sente-se, Marina. Achei que aqui seria mais confortável que meu escritório. — Ele se sentou no sofá e deixou que eu me acomodasse na poltrona. — Olha, sei que precisa falar comigo sobre as crianças. — *Droga.* — E vou conseguir tempo para você nas próximas 24 horas, mas acho que temos um assunto mais importante para falar. — *Droga, droga, droga.*

— Sinto muito, ouvi sua conversa com Sara. — Escondi o rosto nas mãos.

— Escute, preciso que me conte o que houve. — Ele se sentou mais para frente e apoiou os cotovelos nos joelhos. — Não vou fazer nada que prejudique os funcionários.

Assenti. Sinto muito por isso, pessoal.

— Vim falar sobre as crianças ontem. Achei que já estivesse em casa, mas não. Quando fui bater na porta do escritório, ouvi um gemido de mulher. Quando percebi o que era, fiquei paralisada, porque não queria que as crianças entrassem no escritório e vissem alguma coisa. Então Estevan apareceu no corredor e disse que você não estava em casa. Eu ia dar meia-volta depois disso, mas ouvimos um grito masculino e Estevan se assustou. Não sei o que ele pensou que era, mas eu não tive reação de dizer a ele minhas suspeitas. Ele abriu a porta e nós vimos seu irmão com uma das empregadas.

Foi só aí que eu o encarei. Seu maxilar estava cerrado e aquele rosto sexy parecia muito irritado.

— Você pode ser mais específica sobre o que viu?

Eu o encarei. Mais específica? Sério?

— Mais específica a que ponto? Quer que eu descreva a cena em detalhes? Não é uma imagem mental que eu acredite que você queira. — Ainda tentei. Eu não queria reviver a cena.

— Detalhes não muito específicos, por favor.

Respirei fundo. A cena voltou à minha mente.

— Seu irmão estava nu. A empregada também. Estavam intimamente conectados. Foi específica demais ou de menos?

Esfregou os olhos. Ah, sim. A imagem machucaria a visão de qualquer irmão.

— Obrigado — disse, depois de alguns momentos de silêncio. — Infelizmente, estou com uma péssima imagem mental do meu irmão agora. — Ele olhou fundo nos meus olhos. Eu sabia que sua próxima pergunta era importante. — Quer me dizer quem era a empregada?

Gemi involuntariamente. Eu sabia que chegaríamos a isso.

— Senhor Manning, eu não...

— Eu entendo. — Ele assentiu. Obrigada, homem. Muito obrigada. — Muito obrigado por contar. Pode chamar o Estevan, por favor?

Eu sabia que era a minha deixa para sair, mas o que será que ele faria com meu mordomo favorito?

— Ele...

Balançando a cabeça, ele nem me deixou continuar.

— Não vou fazer nada. Só quero perguntar algumas coisas.

Assenti. Aí sim me levantei e saí.

Depois de encontrar Estevan, voltei à cozinha. Sara viu em meus olhos que eu tinha sido encurralada e derramei o que tinha acontecido sobre ela.

— O que eu podia fazer, Sara? Ele ouviu o que dissemos — foi tudo que pude argumentar.

Quando o dito cujo chegou com as crianças, um senhor Manning fumegante o recepcionou no hall de entrada. Fiquei quietinha com Sara ouvindo tudo da cozinha.

— Parado aí, irmãozinho.

Sara me olhou e eu não consegui identificar o que tinha em seus olhos. Ela continuou a cozinhar em seguida, mas eu sabia que ela estava, como eu, ouvindo tudo.

— Papai! — A voz de Ally soou e eu soube que ela estava agarrando o pai, como fazia sempre que o via.

— Oi, meu amor. Oi, Dorian. — A voz dele ficou mais doce, como sempre ficava quando falava com os filhos. — Marina! — Eu o ouvi me chamar. Treinei minha cara inocente e fui até o hall.

— Sim?

Ele nem me olhava. Ally estava em seus braços e Dorian abraçava suas pernas.

— Leve as crianças lá para cima, ok? — Ele me entregou Ally e estendi a mão para Dorian, levando-os pela escada.

— No meu escritório, irmão. Acho que você sabe o caminho.

— Foi uma loucura, Nina — Sara disse, mais tarde naquela noite. Estávamos conversando no meu quarto. Não precisávamos de ninguém ouvindo. — Há muito tempo não via o patrão daquele jeito. Eles passaram uma eternidade no escritório e os gritos eram ouvidos de longe. Caçula Manning saiu e não voltou ainda.

Isso aí, Sara. Usando o apelido.

— Será que o senhor Manning o expulsou?

— Acho que não. — Ela negou. — O patrão já perdeu demais para abandonar sua família desse jeito. — Então eu entendi.

— Ela era tudo para ele, não era?

Sara me deu um sorriso triste. Tudo nessa casa girava em torno dela. Pior: da perda dela.

— Ela era tudo. Essa casa funcionava diferente. Havia um brilho, uma coisa no ar. Quando ela se foi, o brilho se apagou. Foram três meses tão tristes para todos... Desde que você chegou, as coisas têm melhorado. As crianças estão mais felizes e o patrão está mais tranquilo. Alguns quilos parecem ter saído do ombro dele. Isso é ótimo. Só podemos agradecer a você por cuidar tanto das nossas crianças.

— Como está a Rita?

— Com medo, é claro. — Sara me olhou, sabendo que eu estava fugindo dos elogios. Ela respirou fundo. — Ela não pode perder o emprego. Passou todo o tempo odiando você.

Ótimo, eu tinha uma *hater* no meu ambiente de trabalho.

— O senhor Manning já falou algo com ela?

Sara negou.

— Estevan também não disse. Ele quer descobrir ainda quem era a empregada e eu acho que virá falar comigo, ainda não sei.

Não foi bem o que aconteceu. O aviso na manhã seguinte estava colado nas paredes da área dos empregados:

> *Todos os funcionários devem se reunir na área da piscina para pronunciamento do senhor Manning às oito horas.*

O pânico circulava pelos corredores. Quando voltei da escola das crianças, a ala dos funcionários era uma loucura. Todos estavam correndo, arrumando uniformes, fazendo coques perfeitos... Tive medo de entrar lá e voltei para a cozinha de Sara.

— O que está acontecendo lá dentro?

Ela preparava alguma massa com as mãos.

— É o aviso. O patrão nunca deixa esse tipo de comunicado. Todos esperavam que ele chamasse Rita no escritório, mas não foi o que aconteceu. Ninguém sabe o que esperar. — Ela deu de ombros.

— Você não parece preocupada.

Ela sorriu para mim.

— O pior que poderia acontecer é: ser demitida.

— O chefe nunca demitiria você.

— Por isso não me preocupo. Não fiz nada grave, por que ele me demitiria? E o que ele faria sem mim para dar um jeito nessa casa? — Nós rimos.

— Acha que eu devo me preocupar?

Ela gargalhou.

— Eu duvido que o patrão planeje demitir alguém. Se ele fizer isso, tenha certeza de que você é a última da lista no momento. Vamos, Nina.

Clichê 51

Temos que ficar do lado de fora. — Assenti e esperei que ela lavasse a mão. Sara abriu a porta da ala dos funcionários e gritou. — Cinco minutos!

Fomos para o lado de fora e os funcionários se uniram a nós aos poucos. Filas foram sendo formadas e eu não tinha ideia do que fazer. Todos usavam uniformes pretos e eu era a única de jeans e regata. Nunca tinha reparado nisso, mas era a verdade. Sara estava na frente da primeira fila e olhei para ela pedindo ajuda, que explicou que todos se enfileiravam de acordo com sua função na casa e o tempo em que estava trabalhando ali. Como eu era a única babá, ela me orientou a ficar ao seu lado.

Às oito em ponto, o senhor Manning saiu da casa. Vestindo terno completo, ele parou em frente a nós. O semblante estava fechado e ele estava sexy demais para o próprio bem.

— Bom dia, senhores. — Não esperou que nós o cumprimentássemos, mas ninguém moveu os lábios, de qualquer jeito. — Agradeço por estarem aqui no horário. Como todos devem saber, uma funcionária teve um comportamento indecoroso. Não tenho intenção de ser rígido na punição, caso haja cooperação desta equipe. Quero saber quem foi a funcionária. Não me importo se ela mesma virá até mim ou se outra pessoa virá, mas serei mais benevolente caso a dama o faça. Vocês têm o resto do dia. — Olhando para a direção onde Sara e eu estávamos, ele continuou: — Tenho minhas formas de descobrir quem foi, caso ninguém se manifeste.

Ninguém se manifestou. Ninguém sabia o que fazer e Rita estava com muito medo, pedindo que ninguém dissesse nada. Na manhã seguinte, enquanto Sara e eu tomávamos café na cozinha, Killian Manning entrou.

— Vamos tomar café da manhã no meu escritório, tudo bem?

Sara assentiu e começamos a levar as coisas para a sala dele.

É, ele tinha as formas dele de descobrir quem foi.

— Eles ficaram com medo, eu acho — Sara começou assim que nos sentamos em frente à mesa dele. Estava misteriosamente vazia.

— Eu sei. Não queria que eles tivessem exatamente medo. Não estou com raiva de ninguém. Só quero conversar. Preciso que as pessoas respeitem essa casa, respeitem meus filhos. Respeitem a mim. É horrível pensar que eles me desrespeitaram a ponto de usarem o meu escritório, sabe? E com meus filhos em casa… — Ele tomou um gole do café, olhando para longe. — Nem meu irmão, nem essa garota, imagino, são adolescentes com os hormônios descontrolados. Carter tem um quarto para usar. Existe uma coisa chamada hotel. — Ele balançou a cabeça. — A porta estava destrancada... — Ele colocou a xícara no lugar e se debruçou para frente, olhando para nós. — Sei que não querem contar quem foi, mas entendam o meu lado.

— Dessa vez, foi a Rita — Sara começou. Se ela não tivesse falado, eu diria. — Mas você precisa entender que seu irmão não é um anjo, senhor Manning. Sei que o ama, mas ele nos ameaçou das outras vezes e invadiu o quarto da Nina no meio da noite. Essa coisa de invadir os lugares é realmente irritante. Ele é seu irmão, sei disso, mas precisa entender nosso lado...

— Espera aí, Sara... — Ele a interrompeu. — Ele invadiu seu quarto, Marina? – Ele cerrou os olhos para mim.

Ah, merda, Sara! Que boca grande!

— É, não foi nada demais...

— Fala sério, Marina. — Ele balançou a cabeça. — Meu irmão invadiu seu quarto?

— Invadiu. Eu estava voltando do banho e ele estava lá. — Nunca diria que eu estava de toalha.

— Era mais de duas da manhã. Ela esqueceu a roupa no quarto, então estava de toalha.

Eu fiquei multicolorida.

Obrigada, Sara. Agora você foi longe demais.

Os olhos do senhor Manning estavam arregalados.

Nossa, obrigada de verdade, Sara.

— Eu sinto muito. Costumo ter cuidado para não esquecer nada no quarto, porque ser esquecida é coisa de família, mas estava tarde e achei que ninguém estaria acordado.

Ele balançou a cabeça, parando meus argumentos..

— É culpa dele, não sua. Ele deveria esperar no corredor. Quando você o visse no corredor, não sairia do banheiro de toalha.

Fiquei rosa de novo.

Que merda. Eu odiava corar.

— Vou falar com meu irmão de novo, tenham certeza. Eu quero falar com Rita agora. Quando terminarmos o café, podem chamá-la, por favor?

Sara assentiu.

Rita não foi demitida. O senhor Manning passou horas com ela lá dentro e o rosto dela estava cheio de lágrimas quando saiu. Recebeu o dia de folga, mas voltaria a trabalhar no dia seguinte. Passei com as crianças horas mais tarde para a sala de jogos e ouvi outra discussão no escritório do senhor Manning. Não os deixei saírem dali até a discussão acabar, porque não queria que ouvissem nada.

Um pouco antes do jantar, Mimado Manning entrou na sala de jogos e despediu-se das crianças. Eu só agradeci ao universo por não ter que conviver mais nenhum dia com ele.

Eu estava sendo observada. Levantei os olhos para ver Killian Manning encostado no batente da porta da biblioteca. Ele parecia carregar o mundo sobre os ombros.

— Sinto muito, chefe. Estava distraída. — Arrumei-me na poltrona.

— Sua leitura parecia interessante, não quis incomodar... — Coloquei o livro de lado para dar atenção a ele. — Podemos falar sobre as crianças?

Eu assenti e ele veio até mim, depois de encostar a porta da biblioteca. Sentou-se no sofá ao meu lado. Permaneci em silêncio, já que ele era o único que queria conversar ali.

— Obrigado, em primeiro lugar.

Eu sabia do que ele estava falando, então não iria levar todo o crédito.

— Eu não fiz muito, senhor Manning. Sei que Sara e você tentaram, mas não podem estar o tempo todo com eles. Ter alguém sempre ali, à disposição para brincar, ensinar música, cuidar deles... Isso ajuda a curar o coração. Poderia ser qualquer pessoa.

Ele balançou a cabeça.

— Você é boa demais para eles... Pode me dizer o que houve com Dorian naquele dia? Eu cheguei na metade. Gostaria de ter conversado com ele naquela noite, mas com a chegada de Carter... as coisas ficaram complicadas demais, como você bem sabe.

— Ele achou que tinha quebrado o violão quando a corda arrebentou. Sem nem perceber, eu o chamei de Dori. Estava com Alison o dia todo e ela não parava de falar sobre o irmão, chamando-o desse jeito, e isso ficou na minha cabeça. Foi aí que ele reagiu, reclamando sobre a mãe dele chamá-lo assim. Ele começou a chorar descontroladamente enquanto conversávamos sobre isso. Acho que essa parte você deve ter visto.

— A mãe deles o chamava assim o tempo todo. Era Dori e Ally. Foi ela quem sugeriu o apelido para ele. — Ele respirou fundo e mexeu no cabelo. — Depois que a mãe morreu, acho que Dorian se deu conta de que ela nunca mais poderia chamá-lo assim. Desde então, odeia o apelido. A única pessoa que o chama de Dori é Alison, não me pergunte o motivo.

Com isso, mais uma vez, eu percebi que, quando a senhora Manning partiu, levou o coração de toda a família junto com ela. Decidi não insistir na minha lista de coisas a dizer sobre as crianças. Com o tempo, ele me diria.

Quando o senhor Manning saiu da biblioteca, eu sabia que poderia perguntar o que queria saber mais tarde. Falar sobre a esposa morta colocava ainda mais peso naqueles ombros largos.

Março de 2014

— Qual é o seu maldito problema? — gritei assim que Carter entrou no escritório.

— O que eu fiz dessa vez?

Eu o encarei. Era impossível que meu irmão fosse tão cara de pau.

— Você conhece os meus filhos, irmão?

— Vá direto ao ponto, Killian. — Ele me encarou, cruzou os braços e fechou a cara, como se eu fosse ficar com medo dele.

— Eu tenho dois filhos, Carter. Dorian, de sete anos; Alison, de quatro anos. Eles passam a tarde em casa, sabia? Do outro lado do corredor, é a sala de jogos deles. — Apontei para a porta. — Eles ficam o tempo todo ali. Eu deixo a porta aberta, para eles virem me ver sempre que quiserem. Às vezes, a porta fica fechada, mas eles sabem que podem entrar, desde que em silêncio. Quando a porta está fechada, ainda consigo ouvi-los brincar, porque a porta é fina. Se eu estou gritando aqui dentro, eles me ouvem do corredor. Pode ser que você não esteja familiarizado com algumas dessas coisas, então estou te informando. Você sabe que não ligo a mínima para o que você faz com a sua vida, desde que faça o seu trabalho, mas não vou admitir que você desrespeite essa casa. Não é a sua casa; é a casa dos meus filhos. E você não tem direito nenhum de entrar no meu escritório, repito, meu escritório e transar com a minha funcionária. O que tinha nessa sua cabeça de ameba quando decidiu isso?

Ele bufou.

— Eu só... — A mandíbula dele se apertou. — As crianças estavam com a babá. Elas não iam aparecer no escritório.

Ele balançou a cabeça.

— Claro, Marina amarra as crianças no ferro da cama para que elas não saiam da vista dela. — Aproximei-me dele. — Essa é a pior desculpa que você pode me dar.

— Isso não é da sua conta, Killian. Não preciso me desculpar com você.

— Não é da minha conta o caralho — estourei. Mitchie passaria sabão na minha boca se ouvisse. — Tudo que acontece debaixo desse teto é da minha conta. A *minha* babá e o *meu* mordomo encontraram você, irmão, na droga do *meu* escritório com a *minha* empregada. Acho que usei pronomes possessivos o suficiente nessa frase para provar que é sim da minha conta. — Eu tinha o indicador apontado no peito dele.

— Por falar dessa sua babá, eu não confio nem um pouco nela. Ela não é uma boa-influência para as crianças.

— E você é, irmão? — falei baixo, em meu tom mais ameaçador. Dei mais um passo à frente, ficando bem perto dele. Cruzei os braços e cerrei os punhos para não socar a cara daquele que, mesmo que duvidasse, era sangue do meu sangue.

— Sou, merda. Olha há quantos anos eu cuido dessas crianças e eles são as crianças mais amáveis do universo!

Atingi meu nível máximo de estresse nesse momento. Ele cuidou das crianças? O infeliz aparecia em casa a cada quatro meses para passar um fim de semana com meus filhos e quer opinar quanto às minhas decisões.

— Vou ignorar seu último comentário e dizer só uma coisa. — Comecei a caminhar pelo escritório, impaciente. — Essa babá só fez coisas boas desde que colocou os pés nessa casa. Você tem noção de quanto tempo fazia desde que eu não via minha filha sorrir de verdade? Você tem noção de que Dorian brigava todo santo dia na escola, que não estava nem um pouco interessado em estudar? Desde que ela começou a ensinar música a ele, Dorian passou a prestar atenção nas aulas e está focado em coisas realmente importantes. Então morda a sua língua antes de falar da Marina, porque ela tem feito um trabalho muito melhor do que o seu e o meu juntos!

— Você vai ficar do lado dela agora?

Frustrado, eu gritei:

— Não há dois lados, irmão! — Respirei fundo e, quando falei, diminuí o tom de voz: — Há apenas o maldito fato de você ter escolhido o meu escritório para transar.

— Ok, eu fiz isso. Eu peguei a empregada aqui. As crianças poderiam ter aparecido, mas dane-se. Elas não apareceram. Se não fosse sua babá enxerida e seu mordomo, ninguém iria saber. Vai me dizer que nunca transou nesse escritório com Mitchie?

Olhando para o meu irmão naquele minuto, eu sabia que precisava me segurar ou daria um belo soco nele e iria acabar me arrependendo depois. Agredi-lo não daria em nada.

Mas que eu queria... ah, como eu queria. Trazer Mitchie para o assunto não era o caminho certo para guiarmos esta discussão.

Quinto

BRIGA

Eu estava mais que envolvida no oitavo capítulo de *Mentiras Genuínas*, que rapidamente estava se tornando um dos meus livros favoritos da Nora Roberts, quando Sara entrou como uma flecha na biblioteca. O senhor Manning tinha ficado lá por horas, envolvido em algum trabalho. Ele já estava lá quando eu cheguei, mas disse que não se importava de eu ficar também. Era o melhor cômodo da casa para ler – o ambiente tranquilo, o cheiro de biblioteca, todos aqueles livros olhando para mim... Eu estava completamente absorta e, se não fosse o furacão Sara, nunca teria levantado os olhos da leitura.

— Senhor Manning, sinto muito por atrapalhar. Acabaram de ligar da escola. — Ela olhava para mim e para ele, já que eu era a babá (e responsável por buscar as crianças), mas ele era o pai delas.

— O que houve, Sara? — Ele colocou o par de óculos sobre a mesa e olhou apreensivo para ela, enquanto o livro que eu lia já estava totalmente esquecido na mesinha ao lado da poltrona.

— Dorian brigou com um garoto no colégio. O diretor pediu que alguém fosse buscá-lo.

O senhor Manning bufou e apoiou os cotovelos sobre a mesa, esfregando o rosto com as mãos.

— Eu tenho uma reunião daqui a pouco... — disse, pensativo.

— Estou indo buscá-lo, chefe. Não se preocupe. — Levantei-me, guardando o livro na prateleira.

Ele balançou a cabeça.

— Não, eu vou com você. Preciso de alguns minutos. — Assenti. — Certo, preciso que você me dê uma carona depois que formos ao colégio, pode ser? Eu peço ao motorista para me trazer de volta para casa.

— Sem problemas.

Ele começou a juntar seus papéis com pressa.

— Vá tirando o carro. Eu já encontro você lá na frente.

E eu fui. Tudo o que eu precisava ficava dentro do carro, então tirei-o da garagem e manobrei até a porta da casa. Ele entrou no banco do carona e nós fomos.

— Jenny, finalmente — ele disse ao telefone. — Preciso que remarque minha reunião para meia hora mais tarde. Eu tive um problema com as crianças. — Fez-se silêncio. — Sim, Jenny. Eles estão bem. Eu falo quando chegar aí. — Ouviu o que ela respondeu. — Acalme-se, mulher. Só reagende, ok? — Desligou em seguida.

— Tem certeza de que quer ir até lá? Eu posso ouvir a lição de moral e repassar quando você estiver em casa.

Ele balançou a cabeça.

— Sou o pai dele, Marina. Preciso estar lá.

Apenas assenti e continuei dirigindo. Enquanto eu o fazia, foi engraçado vê-lo trabalhar. O senhor Manning não saiu do telefone por um minuto – quando não estava falando, estava digitando. É claro que boiei em todas as conversas, mas ouvi atentamente, porque ele ficava hipnotizante quando estava no modo homem de negócios.

Não sou de ferro, *julgue-me*.

— Sinto muito, sou a pior companhia de todas no momento — ele disse ao desligar uma ligação. — Essa coisa com Dorian vai atrasar toda a minha agenda do dia. Geralmente não me importo, mas hoje o dia está lotado. — Ele passou a mão pelo cabelo. — Acho que sou o pior pai do mundo, sabe? Como posso sequer pensar algo como isso quando meu filho claramente precisa de mim?

Parei em um semáforo bem nessa hora e, não me contendo, peguei a mão dele, que estava em seu colo.

— Se quer minha opinião, eu acho que você está fazendo um excelente trabalho, se considerarmos tudo o que vocês passaram nos últimos meses. — O sinal se abriu e voltei a dirigir. — Não se crucifique por isso.

Só então eu me dei conta de que tinha segurado na mão dele e que Killian não era um brasileiro acostumado ao contato excessivo. Era um americano, e meu chefe ainda por cima. Ah, Marina... Por que você faz essas coisas? Precisei dirigir por mais cem metros até a escola. Estacionei na rua – que era bem tranquila – e saímos do carro. Vi pela cara de Chris que a coisa não havia sido boa.

— Bom dia, senhor Manning. — Ele balançou a cabeça e meu chefe

Clichê

59

murmurou um bom-dia. — Bom dia, Nina.

— Bom dia, Chris. Recebemos uma ligação...

Ele assentiu, e não precisei continuar.

— Ela está esperando por vocês na secretaria. Podem ir até lá.

Eu apenas segui o senhor Manning.

A reunião com a diretora foi maçante. Era a terceira briga séria de Dorian na escola desde a morte da mãe deles, mas ele sempre brigou com meninos do seu tamanho. Crianças de sua turma que o importunavam. Dessa vez, o menino era menor do que ele. Era por isso que a diretora estava furiosíssima. Eu entendia que o que Dorian fez foi errado, mas ela não podia falar todas as coisas que ela falou para o pai das crianças. Principalmente quando Dorian e Alison estavam na sala.

Dorian não era um moleque mal-educado.

Dorian não precisava seriamente de um psicólogo, porque tinha algum distúrbio.

Dorian não era um *rebeldezinho*.

O senhor Manning não era um irresponsável que não sabia cuidar dos próprios filhos.

— Se me permite, senhora diretora, vamos concordar em discordar. — Eu cheguei para frente em minha cadeira, olhando em seus olhos, e falando enquanto o senhor Manning não conseguia dizer uma palavra: — As crianças estão passando por um período difícil e o comportamento de Dorian é reflexo disso, mas nada justifica a falta de respeito da senhora em dizer o que disse.

— A senhorita é a mãe das crianças?

Só de ouvir a palavra mãe, Dorian sentou ereto e Ally apertou os bracinhos em torno de seu corpo.

— Não, senhora diretora. As crianças estudam aqui há anos, creio que a senhora sabe perfeitamente quem foi a senhora Manning.

— Esse é o ponto, babá. Por mais que tente o seu máximo, nunca será a mãe que eles precisam. Coloque-se no seu lugar, por favor.

Ela uniu suas mãos sem permitir que eu respondesse e continuou:

— Esse é o último aviso que dou sobre seu filho, senhor Manning. Dorian não será recebido por nossa escola no próximo ano. Precisará encontrar outro local de ensino para ele.

Quando Killian Manning se levantou, encostou suas mãos à mesa e lançou seu olhar dominador sobre a bruxa velha, eu vi a jararaca estremecer pela primeira vez.

— Não terá o desprazer de nos receber para o próximo ano letivo, diretora. E peço que, no decorrer dos dias que o contato com meus filhos ou com a senhorita Duarte for necessário, dirija-se a eles da forma mais cortês possível. Não quer mexer comigo, diretora. — Então ele se afastou e começou a sair da sala. — Marina, crianças, vamos.

— Vem, Ally. — Peguei a menina, que estava calada e assustada, no colo e dei a mão para Dorian.

— Papai está bravo? — ele perguntou baixinho, vendo que o pai estava a uma distância segura.

— Sim, Dorian, mas não com você. — Apertei a mão dele. — A diretora disse algumas coisas ruins, mas vai ficar tudo bem. — Dei-lhe um sorriso encorajador e continuamos caminhando.

O silêncio perdurou até entrarmos no carro. Eu ia dar partida, mas o senhor Manning segurou minha mão e pediu que eu esperasse. Olhando para frente, respirou fundo várias vezes. O silêncio no carro era enorme. Ally ainda não falava muito e Dorian estava encolhido em um canto. Todos nós podíamos sentir a tensão no veículo – meu chefe ainda estava fervendo de raiva e isso emanava.

— Chefe?

Ele permaneceu sem me olhar. Quando falou, não foi a mim que se dirigiu.

— Dorian. — Nunca ouvi sua voz soar tão brava com um dos filhos. — Estou profundamente decepcionado com seu comportamento. Vou ligar para Estevan e dizer a ele que retire o videogame do seu quarto. Está de castigo pelo próximo mês.

— Mas, pai... — ele tentou falar.

— Sem "mas", Dorian. Não estou criando um moleque para brigar no colégio. Não quero ser chamado na escola o tempo todo e fazer papel de idiota. — Ele se virou para trás. — Você está de castigo e pronto.

— Mas aqueles garotos... — Ele tentou novamente.

— Cale-se, Dorian. Não vai fugir dessa. — O tom, ora baixo, mesmo que bravo, estava alto agora. Vi Alison encolher-se no canto do carro. Quando olhei para o lado de Dorian, vi que ele tinha lágrimas nos olhos. — E não me olhe desse jeito.

Olhei para ele, segurando minha língua para as palavras que eu queria dizer.

Quem era esse cara sentado ao meu lado e o que ele fez com meu chefe gentil, charmoso e sexy?

— Eu te odeio, pai.

Isso quebrou meu coração em pedacinhos.

Olhei para Dorian, que chorava; depois para Ally, que estava com os olhinhos fechados. Por último, encarei Killian Manning. Cerrei a mandíbula, para não dizer ao meu chefe o que ele merecia ouvir de mim. Em seguida, liguei o carro e arranquei com ele.

O silêncio no carro foi sepulcral. Era assim que eu preferia, se fôssemos muito sinceros. Antes o silêncio eterno a ter que ouvir meu chefe ser um grosso com as melhores crianças do universo. No entanto, quando estava chegando perto do trabalho dele, soube que precisaria falar. Respirei fundo duas vezes para controlar o tom da minha voz.

— Preciso que me indique o caminho.

Foi tudo o que falamos durante todo o percurso: vire à direita, à esquerda depois do sinal. Duas ruas à direita. E quando chegamos a um prédio que tinha, no mínimo, trinta andares, ele disse que eu poderia parar. Ok, não tinha trinta andares, mas era alto. Na frente do prédio estava escrito *ManesCorp*. Anotei o nome mentalmente para usar o *Google* depois.

No caminho para casa, coloquei uma música para tocar. Nem mesmo Demi Lovato e seu *Let It Go* eterno animou minhas crianças dessa vez. Quando estacionamos na casa deles, nos Hamptons, uma hora depois, tive duas reações diferentes. Ally não se mexia, congelada na sua cadeirinha no carro. Dorian já estava grande demais para as cadeirinhas, então apenas saiu correndo.

Peguei Alison no colo e levei-a até o interior da casa, ouvindo a porta do quarto de Dorian bater. Fechei os olhos e Ally apertou os bracinhos em meu pescoço. Sara veio com uma feição preocupada da cozinha.

— O que houve? Só ouvi Dorian correr.

— Depois eu conto, Sara. As crianças tiveram um dia difícil.

Ela assentiu. Comecei a subir as escadas.

— Precisa de ajuda?

Neguei, balançando a cabeça. Sara voltou para a cozinha e entrei no quarto de Ally com ela. Ela desceu do meu colo, caminhou até o guarda-roupa e pegou uma roupa limpa. Em seguida, sentou-se na cama.

— Não fique assim, princesa. Papai estava um pouco chateado, mas vai melhorar.

Ela olhou no fundo dos meus olhos, as lágrimas salpicando seus lindos olhinhos.

— Mas não foi culpa do Dori. Ele só queria me proteger. — Aproveitei que ela queria falar, então segurei suas mãos e assenti. — Aqueles meninos maus estavam falando coisas feias e puxando meu cabelo. Eles eram maiores do que eu. Dorian disse para eles pararem, mas eles não pararam. — Uma lágrima desceu pelos olhos dela. — A professora não acreditou em mim. Ninguém acreditou em mim ou no Dori. — Ela começou a chorar compulsivamente. — E agora papai está bravo com Dori. Não quero que o papai fique bravo com ele. — Essas foram suas últimas palavras antes de se debulhar em lágrimas.

Abraçando minha pequena menina, pensei em como eu poderia fazê-la se acalmar. Ela era pequena demais para entender qualquer coisa profunda que eu pudesse dizer, então fiz o que eu sabia de melhor. Cantei. O refrão de *Safe and Sound*, da Taylor Swift, veio fácil. A letra era simples, a melodia quase uma canção de ninar. Como eu não conhecia nenhuma cantiga americana, sabia que essa era a minha melhor opção.

Quando vi, Ally tinha parado de chorar, mas ainda me abraçava.

Depois de mais um banho silencioso, desci com Alison até a cozinha. Pedi que Sara ficasse de olho em Ally, peguei meu violão no quarto e subi para o quarto de Dorian. Bati na porta, mas não tive resposta nenhuma. Eu imaginei que ele não abriria.

— Dorian, estou entrando. — Ouvi a maçaneta ser destrancada e imaginei que ele estava por perto, então abri a porta devagar. Ainda bem, pois ele estava encostado contra a porta. — Oi. — Dei-lhe um sorriso triste.

— Oi, Marina — ele disse ainda mais triste. Terminei de entrar no quarto e fechei a porta, sentando-me ao seu lado. — Eu sabia que você ia acabar aparecendo.

Rindo, coloquei o violão encostado na parede ao meu lado e me sentei junto dele, encostando-me à porta do quarto.

— Sua irmã me contou o que aconteceu, Dorian. — Ele me olhou, os olhinhos ainda vermelhos. — Se não quiser falar sobre isso, tudo bem. — Percebi que ainda estava com o uniforme da escola. — Você precisa de um banho agora. Está com algum machucado? — Ele assentiu. — Vamos cuidar disso, pode ser? Você vai tomar um banho. Eu vou descer e pegar o curativo. Quando você terminar, vou estar aqui te esperando, tudo bem? — Assentiu novamente. Levantei-me e ele veio em seguida. — Não vou demorar.

Descendo para o banheiro comum, encontrei a caixa de primeiro socorros e a levei para o andar de cima. Dorian não demorou e eu estava lá

quando saiu. O menino se sentou ao meu lado na cama.
— Aqui, olha. — Ele apontou o joelho. — E aqui também. — Ele virou o braço e me mostrou o cotovelo.
— Vamos colocar remédio, ok?
Devagar, fiz o curativo. Dorian segurou e não soltou nenhuma lágrima, mesmo quando ardeu. Terminamos, guardei as coisas ao pé da cama e fui pegar o violão.
— Pegue o seu e decida o que quer tocar, pode ser?
— Será que o papai deixa?
Sorri de lado.
— Ele disse sem videogame, não falou nada sobre o violão.
Ele assentiu e correu para pegar. Sentamos frente a frente na cama.
— Eu peguei a cifra de uma música na internet. — Ele me estendeu a cifra de *The Scientist* do Coldplay. — Mamãe amava essa música. Será que você pode me ensinar?
Sorri para ele.
— Claro, querido. — Coloquei a cifra na minha frente. — Primeiro, você precisa aprender esse acorde, que é novo pra você. — Estiquei a mão ao violão dele e posicionei seus dedos. — É um Si bemol. É um pouco difícil, mas você vai se acostumar. — Ele segurou a nota e começou a dedilhar, como eu ensinei a ele a fazer quando aprendia um acorde novo. — Alguma dúvida nos outros acordes?
Ele negou.
— Vamos devagar? E você pode cantar?
Assenti. Comecei a contagem e nós começamos a música. Não era uma música fácil, mas Dorian conseguiu ir bem na introdução. As letras da canção fluíram facilmente de mim e eu me preocupei apenas em ter Dorian me acompanhando. Depois de dois meses de aulas quase diárias, Dorian já pegava as músicas com imensa facilidade.
— Essa era a música favorita da mamãe — ele disse quando paramos de tocar a quarta vez. — Quando o papai não estiver bravo, eu quero que ele escute.
— Eu tenho certeza de que ele adoraria.
Ele balançou a cabeça.
— Desde que ela morreu, ele não escuta mais Coldplay. Essa era a banda favorita dela. — Suspirou. — Por que ela teve que morrer, Marina? Mamãe não era uma pessoa boa?

Respirei fundo e aproximei-me dele.

— É claro que sim, Dorian. A morte não chega apenas para aqueles que são maus. Deus precisa de pessoas boas ao lado dele, para serem seus anjos.

Ele concordou.

— Eu não queria bater neles, sabe? Mas eles estavam mexendo com a Alison. Mamãe disse que eu precisava cuidar dela. Pedi que parassem, mas não me ouviram. — Apenas assenti para o rostinho preocupado dele. — Eu não queria, juro. Peço desculpas se o papai quiser. Só queria fazer o que disse para a mamãe: proteger minha irmã.

— Eu sei, Dorian. — Afaguei a cabeça dele. — Seu pai estava bravo, mas vai passar. Da próxima vez, conte a algum adulto, pode ser? Bater não adianta. Isso só vai fazer o papai ficar chateado com você. Promete?

— Prometo. — Assentiu. — Você conhece outra música que eu possa cantar para a mamãe quando eu sentir falta dela?

Parei e pensei. Sim, eu tinha a música perfeita.

— Conheço. — Peguei minha pasta dentro da capa do violão. — Veja, é uma música brasileira, mas eu escrevi uma versão dela em inglês. Vou tocar pra você. Se gostar, eu ensino.

Fechei os olhos e deixei a música me guiar. A música falava sobre as lembranças que se tinha de uma pessoa e sobre perdas inesperadas. Falava sobre a dor de ter ficado, enquanto quem se ama partiu. Os olhinhos de Dorian estavam cheios de lágrimas.

Assim que terminei a música, ele pediu que eu o ensinasse. A letra era linda, a melodia era simples e ela tocava profundamente quem ouvia, mesmo se você fosse uma criança de sete anos.

Quando estava perto do horário do senhor Manning voltar para casa, deixei Dorian no quarto. Disse para não tocar violão e estudar um pouco. Ele ficou fazendo o trabalho de casa e eu fui procurar por Ally, que estava na cozinha com Sara. Elas estavam fazendo *cupcakes*.

— Alison me contou que o pai dela brigou com Dorian e que os dois estão tristes. Ela disse que achava que você estava triste também, então decidimos fazer *cupcakes* para a sobremesa — Sara explicou.

— Obrigada, Sara. Dorian ainda está um pouco triste, então acho que ele vai adorar seus *cupcakes*, Ally.

— Dori adora de chocolate. — Ela tinha um pequeno sorriso nos lábios.

Sorri para Ally.

— Seu irmão vai ficar mais feliz depois de vê-los, querida.

A hora do jantar chegou. Como o senhor Manning não especificou como seria o castigo e não apareceu até lá, nós tiramos Dorian do quarto e ele comeu junto comigo, Sara e Ally. Estava em silêncio; na verdade, todos estávamos. E foi ali que eu decidi. Eu podia ser só a babá e não ter nenhum direito a falar qualquer coisa, mas Killian Manning foi injusto com seu filho. Dorian errou, mas por um bom motivo. E, por mais errado que estivesse, um pai não devia falar daquele jeito. Eu até usaria a mãe das crianças para atingi-lo se fosse preciso, porque se ele podia ser malvado, eu também podia. Resolvi esperar por ele.

Depois de comer dois ou três *cupcakes* de Ally, é claro.

Em vez de ler na biblioteca, peguei o livro que lia mais cedo e sentei-me na sala. As crianças já estavam dormindo e o pai delas ainda não havia chegado. Todos os funcionários foram embora e os que ficam na casa já tinham ido dormir; Killian Manning ainda não chegara em casa.

Cansei de esperar quando olhei o relógio e vi que passava das duas da manhã. Fui até a biblioteca deixar o livro e, quando estava voltando, a porta se abriu. Um muito cansado senhor Manning entrou por ela. Parecia distraído e levou um pequeno susto ao olhar para mim.

— Marina. Ainda acordada?

Dei um pequeno sorriso de lado.

— Fiquei esperando você chegar...

— Oh, sinto muito. — Surpresa encheu seu semblante. — Eu deveria ter avisado. — Deixou a bolsa no chão. — Há algo que queira me dizer?

Apenas assenti. Obviamente havia algo que eu queria dizer a ele.

Tirando o paletó e jogando-o no chão, ele se sentou no corredor do hall. Sentei-me ao seu lado.

— Diga.

— Sem querer me intrometer, senhor Manning, mas você exagerou um pouco com Dorian hoje. — Ele suspirou e encostou a cabeça na parede. — As crianças estavam provocando Ally... ele só queria defendê-la.

— Eu sei que exagerei, mas não sei lidar com isso. Dorian precisa saber que bater não é a solução.

— Sim, ele precisa saber, mas ele é um garoto, senhor Manning. As crianças estavam provocando sua irmã. Não acha que teria feito algo parecido no lugar dele?

Ele respirou fundo.

— Não sei, sempre fui um pouco medroso para entrar em brigas. —

Ele riu e eu acompanhei. — Até Carter tinha um soco melhor do que o meu. — Ele ficou em silêncio. — Mas eu entendi seu ponto. Acho que devo um pedido de desculpas ao meu filho.

Balancei a cabeça.

— Nós conversamos bastante essa tarde. Ele sabe que o que fez não foi correto, mas vai ser bom ouvir do pai um pedido de desculpas.

— Ele disse que me odeia, Marina... não sei o que estou fazendo com essas crianças.

— Calma, senhor Manning... Dorian não o odeia de verdade.

— Eu sei, mas, mesmo assim, sinto que estou fazendo tudo errado. — Puxou o cabelo, um gesto que mostrava seu nervosismo. — Acha que devo retirar o castigo dele?

— Não, o castigo é bom. Se me permite dizer, da próxima vez que for repreendê-lo, seja firme e carinhoso ao mesmo tempo. É difícil, mas não impossível.

Ele me deu um sorriso triste.

— Repreendê-lo com amor, certo? — Assenti — Era o que minha esposa dizia. — Riu, mas não havia humor em sua risada. — Acho que sou um péssimo aluno também. — Ele ficou de pé. — Vou até o quarto dele.

Mesmo que meu interior dissesse para ficar longe, não consegui. Assim que ele chegou ao topo das escadas, eu o segui. O senhor Manning deixou a porta do quarto de Dorian aberta e encostei-me ao batente para vê-los. Ele estava sentado na cama de Dorian, de costas para a porta, e tentava acordar o menino. Vi quando ele abriu os olhinhos e meu coração derreteu com o pequeno sorriso do pai.

— Hey, filho, desculpe-me por te acordar. — Dorian resmungou alguma coisa que não entendi. — Sobre o que eu falei para você hoje cedo... sinto muito, o papai foi muito duro.

— Você está bravo, papai?

— Estou, mas só um pouco. Você precisa entender, filho, que não pode bater nas pessoas, por pior que tenha sido o que fizeram. Ainda mais se for alguém menor do que você. Promete que não vai fazer isso de novo?

Vi Dorian assentir.

— Eu te amo, papai.

Meu coração se encheu com todo aquele amor no ar e vi os ombros do senhor Manning relaxarem.

— Eu também amo você, Dorian. — Ele beijou a testa do filho. — Agora volte a dormir.

Ele ficou ali mais um tempo, vendo o filho dormir. Eu queria congelar a cena, colocar em um potinho e guardar comigo. Era a coisa mais fofa que eu via em tempos.

Quando encostamos a porta do quarto, ele se sentou no chão do corredor de novo e eu o segui.

— Acho que não foi um aluno tão ruim, sabe? Dorian acabou de ser repreendido com amor.

Ele riu.

— Obrigado, Marina! — Ele puxou o cabelo novamente. Seus olhos verdes, quase cinzas, estavam tristes. — Desde que Mitchie se foi, não sei mais o que fazer. — Oh, então o nome da senhora Manning é Mitchie? — Parece que, todas as vezes que meus filhos precisam de mim, eu não sei agir. Não sei o que fazer com eles.

Não me aguentando, coloquei uma mão em seu ombro.

— Acalme-se. É tudo muito recente. Você vai pegar o jeito.

Ele levantou os olhos e encarou o fundo dos meus. Eles brilhavam tanto, que precisei desviar o olhar. Por um momento, pensei ter visto interesse da parte dele e essa era a última coisa que eu precisava agora. Ele se mexeu também, em seguida.

— Você deve estar cansada. É melhor ir dormir. — Ele se levantou e estendeu a mão para me puxar para cima.

Estabanada como eu era, desequilibrei e ele me segurou pela cintura. Estávamos próximos demais, ele estava olhando para os meus lábios e eu encarando os dele, querendo beijá-los como se não houvesse amanhã.

Então a imagem do irmão dele tendo relações sexuais com Rita veio à minha mente e o momento se quebrou. Dei um passo para trás, saindo de seus braços.

— Boa noite, senhor Manning.

Então desci as escadas.

Sério, destino? Eu me desequilibrei e ele teve que me segurar em seus braços?

E você joga uma chuva de química bem nesse momento?

Ele é meu chefe, droga!

Killian

Maio de 2009

O grito estridente de Dorian estava levando minha dor de cabeça a outro nível. Fechei os olhos por um minuto e, quando vi, ele não estava mais na minha frente brincando com os bichinhos como há dois segundos. Estava correndo porta afora.

— Dorian!

Levantei-me correndo e, ao chegar ao corredor, vi que ele estava carregando um pote com algumas bolinhas. Elas iam caindo pelo chão e eu já podia ver o momento em que as pernas gordinhas iam derrubá-lo. Fui pegando as bolas no corredor enquanto tentava alcançá-lo.

— Dorian, volte aqui.

Era por isso que eu não podia ficar sozinho com as crianças. Eu devia ser, talvez, bem provavelmente, o pior pai do universo. Não sabia o que fazer quando Dori chorava. Ou quando gritava. Não sabia repreendê-lo. Muito menos como fazê-lo calar a boca.

— Volte aqui, criança! — Consegui finalmente alcançá-lo, segurei firme em seu braço e joguei todas as bolinhas que recolhi pelo caminho. Como Dorian ainda segurava o pote de bolinhas, ele jogou o pote para o alto e todas elas caíram espalhadas no chão. — Droga!

E foi esse o exato momento em que Mitchie chegou em casa.

— Mamãe! — Dori gritou e saiu correndo dos meus braços, direto para as pernas da mãe.

— Oi, príncipe! — Mitchie pegou nosso filho no colo. Derrotado, comecei a catar os brinquedos. — Kill, não faça isso. — Eu parei, ela veio até mim e beijou meus lábios. — Foi Dori quem derrubou, não foi?

— Ele está um pouco agitado hoje — assumi, envergonhado. Ela apenas o colocou no chão e se abaixou.

— Dorian, não pode jogar as coisas no chão, ouviu? — Ele balançou a cabeça, mas o sorriso culpado permaneceu. — Pegue tudo e coloque aqui dentro. — Ela deixou o pote na frente dele e lentamente Dorian caminhou pelo corredor colocando tudo no pote. — Isso, filho, papai e eu vamos ajudar você.

Então nós dois começamos a catar os brinquedos com ele.

— Que magia você faz com essa criança? — Beijei a testa dela e coloquei a última bolinha no pote.

Mitchie riu.

Nós pegamos Dorian e o levamos de volta ao quarto de brinquedos.

— Você precisa ser firme com ele, porque as crianças precisam de uma voz de autoridade; mas também precisa ser carinhoso, para que eles não chorem e pensem que você está brigando por mal.

Acenei com a cabeça. Dorian estava perto de completar três anos, Mitchie estava grávida de quatro meses e eu ainda não havia aprendido como falar com as crianças.

— Repreendê-los com amor, sabe? — ela concluiu.

Assenti.

— Como foi lá, amor?

— Tudo certo com nosso bebê — ela sorriu. — A médica disse que poderemos ver o sexo na próxima vez.

Assenti e inclinei-me para beijar sua barriga.

— Não vou perder a próxima, eu prometo. Posso não ter aprendido a parte do *"repreender"*, mas tenho muito amor a dar aos nossos filhos.

Ela sorriu e me beijou.

Nossa família estava prestes a aumentar... eu tinha uma esposa maravilhosa, um filho lindo (bagunceiro, mas lindo) e um bebê crescendo no ventre de Mitchie.

O que mais eu poderia querer?

Sexto

PLIÉ

Sentada na biblioteca, eu não conseguia avançar em *Memórias Genuínas*. Estava na primeira página do capítulo dez e, por mais que passasse para a página seguinte, eu não conseguia avançar. Parecia que todas as páginas do livro dali para frente eram iguais. Essa deveria ter sido minha primeira pista, mas não foi. Assumo que estava ficando um pouco frustrada, então fechei o livro no colo e olhei para frente.

O senhor Manning estava sentado em sua mesa na biblioteca, mas, em vez de concentrado no seu trabalho, ele estava me encarando com aqueles belos olhos verdes, quase cinzas, que me diziam tudo e nada ao mesmo tempo. Desejo, amor, necessidade; ele parecia esconder muitas coisas naquele olhar.

— Tudo bem? — eu disse, encolhendo-me.

Ele se levantou e caminhou até mim. Killian Manning parou a centímetros do meu rosto, apoiou os braços em minha poltrona e encarou meus olhos firmemente.

— Eu estou ótimo.

E então seus lábios desceram sobre os meus.

Meu cérebro nebuloso derreteu, porque aqueles lábios não podiam ser reais. Sério, eles eram suaves e urgentes, gentis e vorazes. A única palavra que eu conseguia processar no meu cérebro era perigo. Em letras garrafais amarelas, elas brilhavam para mim. Ele colocou uma mão em minha nuca e a outra entrelaçou na minha, puxando-me para cima.

Sem deixar de me beijar por um único segundo, Killian Manning deitou-me no sofá e avançou sobre mim.

Acho que você pode imaginar o que aconteceu daí para frente.

Só que foi pior do que você está imaginando, porque, quando estávamos quase lá, Killian Manning gritou o nome de Rita e, quando olhei para o seu rosto, não era Killian Manning em cima de mim.

Era Carter Manning.

Foi aí que tudo ficou pior, porque a porta se abriu e Ally e Dorian estavam parados lá com um sorriso.

— Marina?

Então eu acordei.

Sem ter tempo para me recuperar ou sequer pensar no sonho que acabei de ter, vi que realmente alguém tinha me chamado, já que uma luz vinha da porta aberta do meu quarto. Olhei e vi Ally parada ali na porta.

— Alison? Está tudo bem? — Ela tinha uma carinha triste no rosto, balançou a cabeça negativamente e caminhou lentamente até mim. — O que houve, amor?

Ela não respondeu, apenas subiu na minha cama e esticou os braços para mim. Eu a ajudei a subir e Ally deitou a cabeça no meu colo.

— Pesadelo — foi tudo o que ela disse.

— Quer contar o que foi?

Ela negou com a cabeça.

— Posso dormir aqui?

Pensando o quão feliz eu estava por ela ter invadido meu quarto quando estava apenas sonhando coisas pervertidas, e não fazendo, apenas assenti. Deixei que Ally deitasse ao meu lado e, em poucos minutos, ela adormeceu, abraçada a mim. Fiz o favor a mim mesma de dormir também e não sonhar com o pai da criança que estava ao meu lado.

Quando acordei na manhã seguinte, corri para desligar o despertador antes que ele acordasse Alison. A pequena resmungou um pouquinho, então acariciei seus cabelos até que voltasse a dormir. Em seguida, fui para a cozinha.

— Bom dia, Nina — Sara disse, colocando meu café da manhã na mesa.

— Bom dia, querida Sara. Tudo bem?

Ela assentiu.

— Tudo bem com a Alison? Passei pelo seu quarto hoje e a porta estava aberta, então vi que ela dormia com você.

— Oh, eu me esqueci completamente de fechar a porta. — Mordi um pedaço do pão que Sara preparou. — Eu não sei o que houve. Ela foi ao meu quarto de madrugada, disse que teve pesadelo e pediu para dormir lá. Eu deixei.

— Oh, coitadinha!

— Sim, eu preciso fazer algo para ela. Ainda não pensei no que exatamente.

— Alguma coisa tipo o quê?

— Não sei... algo como o que fiz com Dorian, sabe? Ele tem a música. Acho que Ally precisa de algo do tipo.

— Sei o que quer dizer. — Ela assentiu. — Vou pensar em algo.

Isso ficou martelando na minha cabeça o dia todo. Eu precisava encontrar algo para Ally, mas o quê?

Cansada de pensar sozinha, resolvi ligar para minha especialista em crianças e dona das melhores ideias: tia Norma.

— Oi, querida. — Ah como foi bom ouvir sua voz. — Ainda é quinta-feira, acho que a ligação semanal veio cedo demais. Por que está usando o telefone da Sara?

— Eu sei que hoje não é o dia, tia. Sara me deixou usar o telefone dela rapidinho.

— Oh, você está na casa do senhor Manning? Diga a Sara que vou ligar para o telefone da cozinha. Pergunte se você pode usar. — Quando o fiz, desliguei o telefone rapidamente e esperei que ela ligasse de volta. — Diga, querida. O que quer?

— Tia, eu preciso de sua ajuda. Lembra o que conversamos sobre Ally?

— Claro, querida. Nenhuma melhora?

— Nada, tia. Essa noite ela teve um pesadelo e veio dormir comigo. Estou preocupada.

— Eu entendo, minha filha. Você precisa de algo como a música de Dorian.

Era por isso que eu amava minha tia. Ela me entendia.

— Sim, tia. Mas não consigo pensar em nada, apesar disso. Queria saber se tem alguma ideia do que fazer.

— Humm, deixe-me pensar. — Ela ficou em silêncio por alguns segundos. — Quantos anos Alison tem mesmo?

— Quatro. Faz cinco em setembro.

— Sabe, eu tenho essa amiga... Sara a conhece. Ela trabalha em uma casa aqui nos Hamptons também. O casal para quem ela trabalha tem três filhos. Um garoto de oito anos e um casal de gêmeos de quatro. A menina é doce, assim como sua Alison. Acho que se daria muito bem com Dana. Ela começou a fazer balé há algumas semanas. Será que Ally gostaria de fazer balé? Posso ver onde Dana faz...

Eu queria apertar minha tia e nunca mais soltar.

— Tia Norma, você salvou a minha vida. Eu vou conversar com o senhor Manning e dou a resposta. Será que você descobre onde a menina faz as aulas? Só não quero que dê certeza de nada, porque ainda preciso confirmar.

Cliché

73

— Claro, Nina. Vou descobrir isso pra você, assim que tiver uma resposta eu ligo novamente.

— Obrigada, tia Norma. Muito obrigada.

Desliguei o telefone e corri até o escritório do senhor Manning. Ele estava concentrado em seu computador, então bati na madeira da porta para chamar sua atenção. Seus olhos dispararam imediatamente para mim.

— Eu, hum... gostaria de falar sobre uma coisinha com você. Tem alguns minutos?

— Sente-se, Marina. Apenas encoste a porta, por favor. — Foi o que fiz.

— Não quero encher sua cabeça com preocupações, mas creio que é importante. — Respirei fundo e olhei no fundo dos olhos dele. Killian Manning tinha toda sua atenção em mim. — Ally veio para o meu quarto essa noite, pois teve um pesadelo. — Ele respirou fundo e encostou-se novamente à cadeira. — Ela não quis falar sobre isso e comecei a pensar nos avanços que temos feito com os dois. Dorian usa a música para se expressar, eu pude perceber. Ele sempre traz músicas que quer aprender, que falem sobre o que ele sente ou que tinham um significado para a mãe. Só que Ally não tem nenhum meio de expressar isso. Ela é pequena para realmente compreender o que as letras das músicas dizem, então acho que precisa de outra coisa para se ocupar.

— Faz sentido. Você conseguiu pensar em algo? — Sua expressão facial demonstrava quão sério ele estava sobre isso.

— Mais ou menos. Pedi ajuda à minha tia. Ela falou sobre uma família aqui dos Hamptons que têm um garoto de oito anos e um casal de gêmeos de quatro. A menina, que tem a idade da Alison, faz balé. Acho que, se Ally gostar da ideia, pode ser ótimo para ela se focar. A disciplina do balé é grande e as meninas do tamanho dela geralmente gostam.

— Acho uma excelente ideia. — Ele abriu um pequeno sorriso. — Já consigo imaginá-la com aquela roupinha rosa.

Foi minha vez de rir.

— Acho que deveríamos levá-la para uma primeira aula. Deixá-la ver se gosta antes de matriculá-la.

Ele assentiu.

— É uma excelente ideia, sabia? Encontre o lugar e passe os detalhes para mim, pode ser?

— É claro — assenti. — Não vou mais incomodá-lo. Quando eu tiver tudo certo, eu o informo. — Levantei-me e caminhei para fora. Quando estava chegando à porta, eu o ouvi chamar meu nome.

— Muito obrigado. Não sei o que eu faria com as crianças sem você.
Sem saber o que dizer, eu sorri e saí do escritório dele.
Oh, homem do céu. Não diga esse tipo de coisa.

Tia Norma ligou depois que voltei da escola das crianças. Ela me passou o endereço da escola de balé, o horário das aulas de Dana e os telefones. Eu liguei para a escola e me informei direitinho sobre preços etc. A atendente ainda disse que eu poderia ir assistir a uma das aulas com Ally para ver se ela iria mesmo se interessar. Então fui falar novamente com o senhor Manning.

— Acho que você deve levá-la até lá, Marina. Peça a Sara para dar uma olhada em Dorian. Se ele não quiser ir, leve-a até a aula hoje. Se ela gostar, pode matriculá-la. — Eu assenti. — Aqui. — Ele tirou um envelope da gaveta ao lado dele. — Estou para dar isso a você há tempos, mas sempre esqueço.

— O que é?

Abri o envelope e um Visa brilhou lá de dentro para mim.

— Um cartão de crédito para as necessidades das crianças. É para quando elas quiserem as coisas e eu não puder estar com você para pagar. — Engoli em seco. O homem acabou de me dar um cartão de crédito? — Escute, eu confio em você com ele. Só não mime muito os meus filhos, por favor.

Eu ri.

— Claro, senhor Manning. Como quiser.

O homem me deu um Visa! Um VISA!

Se eu fosse ele, não confiaria em mim.

Ao sair do escritório, fui direto para o quarto de Alison. Ela estava parecendo uma princesinha em seu vestido e, ao invés de deixá-la calçar seus chinelos, pedi que colocasse uma sandália, porque pretendia levá-la agora. A aula de Dana começaria em meia hora. Em seguida, fui até o quarto de Dorian.

— Querido, vou sair com sua irmã. Quero levá-la para assistir a uma aula de balé. — Ele franziu o rosto. — Quer ir conosco ou prefere ficar em casa?

— Hum, eu posso tocar violão?

— Faça seu dever de casa na cozinha com Sara, depois pode ficar com o violão. Não vamos demorar muito.

Quando ele assentiu, voltei ao quarto de Alison para pedir que ela me esperasse.

— Eu preciso pegar algumas coisas no meu quarto, Ally. Desça e espere na cozinha com Sara, ok? — Ela assentiu. Eu fiz o mesmo. Ao chegar na cozinha, falei com Sara. — Vou levar Ally para ver a aula de balé. O senhor Manning disse para eu pedir que você desse uma olhada em Dorian.

— Tudo bem, querida. Eu olho.

— Pedi a ele que viesse para cá fazer o dever de casa. Deixei que tocasse violão depois disso.

— Certo. — Ela assentiu. — Boa sorte com a aula.

Eu sorri e fui até meu quarto. Peguei minha bolsa e troquei o chinelo por uma sapatilha. Ao voltar para a cozinha, Ally já me esperava.

— Aonde nós vamos? — ela perguntou ao entrarmos no carro. Prendi-a na cadeirinha e sorri. — Dorian não vai conosco?

— Não, ele vai ficar com Sara. E é uma surpresa, por isso não vou contar nada. — Ela fez uma carinha de pidona e eu sorri, beijando seu couro cabeludo. — Quer que eu coloque alguma música?

Ela assentiu com a cabeça e eu liguei o rádio.

Ally me contou um pouco sobre seu dia na escola e isso a distraiu. Em meia hora estacionei em uma das melhores academias de balé dos Hamptons. Vendo pelo lado de fora, dava para entender porque custava mais do que meu salário na cafeteria.

Caminhei com Ally e ela olhava em volta com seus olhinhos bem abertos. Meu coração se encheu porque, pelo olhar em seu rosto, ela aprovava o local. Uma seta indicava o caminho para a secretaria e nós caminhamos por um corredor em que as salas tinham paredes espelhadas. As portas das salas estavam abertas e eu podia ver que elas eram separadas em dois ambientes. Mães e babás aguardavam na antessala com as coisas de suas filhas, os olhos atentos no que acontecia na parte de dentro. Pude ver que lá, garotas e garotos faziam movimentos de balé que eu não fazia ideia de quais eram.

Espera, aquilo foi um *plié*. Esse eu conhecia.

No fim do corredor, nós encontramos a secretaria. Ao entrarmos, uma secretária sorridente conversava com a mãe de uma aluna.

— Só um momento, senhora. Já vou atendê-la — ela disse assim que entramos. Passou mais uns cinco longos minutos explicando alguma coisa sobre matrículas para a outra mulher.

Enquanto isso, Ally puxou meu braço.

— Essa é a surpresa?

Sorri e abaixei-me, ficando no nível de seus olhos.

— Sim. Conversei com seu pai. Estávamos pensando se você gostaria de aprender balé. — Seus olhos brilharam. — Resolvi trazê-la pra você me dizer o que acha daqui.

Ouvi a outra mulher despedir-se da secretária. Pisquei para Ally e fiquei de pé novamente.

— Boa tarde. — Ela me deu um sorriso simpático. — Em que posso ser útil?

— Oi. — Sorri de volta. — Essa é a Ally... — Minha bonequinha abriu um belo sorriso para a secretária e balançou a mão. — E nós estávamos pensando em matriculá-la no balé.

— Olá, Ally. — A secretária debruçou-se no balcão e acenou para ela. — Meu nome é Jude.

— Como na música que a mamãe gostava de ouvir? — Ally perguntou.

Opa.

— Aquela dos Beatles? — Jude perguntou a ela. — Hey, Jude? — Ela assentiu freneticamente. — Sua mamãe tem um bom-gosto. — Ela olhou para mim em seguida.

— Sou Marina, a babá... — Deixei claro e ela assentiu. Era melhor não começar com mentiras. — Será que podemos assistir um pouquinho da aula para ver se Ally gosta?

— Claro, eu vou levá-las. — Ela saiu da parte detrás do balcão e fomos para o corredor. — Quantos anos você tem, Ally? — Ela levantou os dedinhos da mão livre (a outra segurava minha mão) para mostrar o número quatro. — Tudo bem. Então vamos entrar na turma para a sua idade, certo?

Duas portas à frente, nós entramos. Agora eu podia ver melhor como era dentro da sala. Ela era dividida em duas partes. Uma mais estreita, onde mães e babás (a falta de membros do sexo masculino não me impressionava) assistiam abobalhadas suas lindas filhas em seus movimentos perfeitos.

A professora, uma loira esguia com postura perfeita, contava até cinco lentamente e as crianças mexiam as perninhas e os bracinhos a cada número. Eu fiquei ali porque só queria colocar toda aquela fofura em um potinho.

Sim, pode me colocar no hospício.

Cliché

Senti novamente Ally puxar minha mão para baixo. Quando me abaixei perto dela, vi que seus olhos não saíam de dentro da sala. Ela sussurrou bem baixinho:

— Eu quero fazer balé.

Querendo colocar Alison em um potinho também, dei a ela meu melhor sorriso. Isso! Vou guardar a dancinha da vitória para mais tarde.

Depois de falar com Killian Manning ao telefone por alguns minutos (Jude, da secretaria, gentilmente me emprestou o telefone de lá) e confirmar que eu poderia fazer a matrícula de Alison, passamos uns vinte minutos ali.

Ally foi inscrita naquela turma mesmo, porque era para iniciantes. Ela também experimentou o seu uniforme, que consistia em um collant, uma meia-calça, sapatilhas e uma sainha. Com exceção da sapatilha, que era branca, todo o uniforme era rosa. Alison estava a coisa mais doce e fofa do universo. Comprei também uma daquelas rendinhas para colocar no cabelo, porque não tinha certeza se ia conseguir fazer um coque bonito.

Sério, eu sempre errava nos coques. Não sei se era porque sempre tive cabelo curto (eu estava deixando que ele crescesse agora), mas o famoso *"coque frouxo"* nunca funcionou para mim. Nunca consegui fechá-lo com meu próprio cabelo. Mesmo depois que os fios cresceram, coques frouxos não eram o meu negócio.

Ally parecia uma daquelas bonequinhas de caixinha de música quando terminei de vesti-la. Ela estava sem o penteado, mas isso não afetou toda a fofura que ela era vestida daquele jeito. Imagina quando tiver que vestir um tutu!

Ao chegarmos em casa, ela saiu correndo para o escritório do pai. O senhor Manning estava no telefone, mas ela subiu no colo dele e ficou esperando que a ligação terminasse. Eu os deixei e fui ver como Dorian estava.

O balé de Ally era às terças e quintas-feiras. No primeiro dia de aula, ela estava tão animada que convenceu seu pai a ficar em casa e levá-la ao balé junto comigo. A situação foi engraçada por alguns motivos:

1. Eu dirigi para que Killian pudesse falar ao telefone, mas Ally estava tão empolgada que não o deixava fazer isso;

2. Deixei os dois na porta da escola e fui dar uma volta para estacionar. Quando voltei, Killian estava na sala de espera dos pais, sendo o único homem no meio de umas quinze mulheres;

3. Dez, das quinze mulheres na sala, estavam tentando chamar a atenção dele;

4. Enquanto Killian tentava prestar atenção à aula de Ally, que acabara de começar, uma loira peituda (o estereótipo clichê da loira peituda) se inclinava para ele, segurando seu braço.

— Hey, querido — eu disse ao chegar ao lado dele. — A aula dela já começou?

Ele entendeu o que eu queria dizer com "querido" e, estendendo o braço que a loira não segurava, o passou por minha cintura.

— Acabou de começar, amor. Você não perdeu nada. — Ele sorriu para mim. — Com licença — ele disse com educação à loira e, sorrindo, afastou-se. Fomos nos sentar do outro lado da sala. — Obrigado — sussurrou.

Eu apenas ri.

— Não sei se isso foi bom para mim, sabe? — eu disse assim que nos sentamos. Ele tirou o braço da minha cintura, mas nos sentamos perto o suficiente para nos tocarmos. — Vou precisar explicar a cada uma delas que você é o pai de Ally, mas que não sou a mãe dela, sua namorada ou algo do tipo pelo resto da estada nessa academia.

O rosto dele se retorceu.

— Você acha que elas vão perguntar sobre isso?

— Claro que vão, senhor Manning. — Eu ri. — São mulheres. Quando você der as costas, vão começar a falar sobre você e, consequentemente, sobre nós.

Se é que era possível, o rosto dele se torceu ainda mais.

— Não estou acostumado a isso. — Eu ri dele. Com essa cara, como ele não se acostumou ainda? — Se elas perguntarem, por favor, diga que estamos loucamente apaixonados e que você vê um anel em nosso caminho.

Foi aí que eu ri. *Muito*. Enquanto ele franzia a testa (sério, ele ia ficar com rugas) ainda mais, eu precisei controlar uma crise de riso.

— O que eu disse?

— Um, *"loucamente apaixonados"*. Dois, você está seriamente com medo delas.

Ele respirou fundo e assentiu.

— Não ria — ele ameaçou. — Minha ex-mulher foi minha primeira namorada. Estivemos juntos desde o Ensino Médio, por isso não precisei fazer muito essa coisa de conquista. E ela espantava todas as garotas que davam em cima de mim, então não sou bom em espantá-las também. — Deixei um pequeno sorriso sair dos meus lábios. Que fofo. — Você está rindo — ele reclamou.

— Claro que não! — Fiz-me de ofendida. — Sorrir é bem diferente de rir.

Clichê

— Não sorria também. Ou vou fazer algo para tornar seus dias nessa sala ainda piores.

Não consegui segurar o riso.

— Algo tipo o quê?

— Sério, pare de rir.

— Algo tipo o quê, Manning? — Empurrei o ombro dele como o meu.

— Algo como beijá-la. Duvido conseguir mentir para elas depois disso.

Minha boca se escancarou. Ele não disse isso!

— Você não ousaria. — Estreitei os olhos para ele.

— Pare de rir e você não terá que pagar para ver. — Ele deu de ombros e pegou o telefone.

— Sua filha está bem ali. — Apontei minha última saída. — Ela pode ver e vai ser realmente difícil de explicar.

Ele deu de ombros novamente.

— Ela está tão concentrada em fazer essa coisa de segurar o pé e bater as pernas que não vai nem ver.

Segurei minha expressão enfurecida por mais uns minutos.

— Ok. Não vou rir.

Duas semanas depois, Ally já estava familiarizada com sua turma. A enxurrada de perguntas sobre meu relacionamento com Killian Manning estava diminuindo gradualmente, porque eu me esquivava de todas as com maestria. Alison conheceu Dana e, desde o segundo em que se encontraram, viraram melhores amigas. Isso é que é felicidade, senhores.

Na segunda vez que Alison bateu na minha porta no meio da noite, eu não estava tendo sonhos quentes com o pai dela. Minha mente estava em branco (ou negro, não sei) e eu já acordei com ela subindo em minha cama.

— Tudo bem, querida?

Ela balançou a cabeça.

— Mamãe não vai voltar nunca, nunquinha?

Engoli em seco. Que ótima conversa para se ter no meio da madrugada.

— Não, querida. Mamãe não vai voltar, infelizmente.

— Por que não? — Ela se encolheu mais perto de mim. — Ela não gosta da gente?

Ai, meu coração.

Meu coração estava apertadinho.

Meu coração estava parecendo café a vácuo.

Não, meu coração estava do tamanho de uma ervilha.

— Sim, Ally. Sua mamãe ama você. — Acariciei seus cabelos. — É que Deus precisa de algumas pessoas lá em cima, junto dele, para cuidar das pessoas aqui embaixo. Ele precisa de anjos.

— Mamãe virou um anjinho?

Eu assenti.

— Sim, querida. Ela é um anjinho de Deus lá no céu.

— E eu posso falar com ela?

— Claro. Ela sempre vai ouvir o que você diz. Está cuidando de você.

Ela se aproximou ainda mais de mim e eu achei que estava dormindo. Quando eu quase cochilei novamente, ela falou:

— Será que eu posso ir brincar na casa da Dana essa semana?

Sorri de lado. Assunto esquecido.

— Vamos falar com o papai, tudo bem? Agora vá dormir.

Killian

Setembro de 2010

— Sua dilatação está em 4 cm. Vamos ter que esperar um pouco mais — a enfermeira anunciou, para desespero meu e de Mitchie. Dela, porque a dor parecia impossível. Meu, porque ela esmagava meu braço a cada contração. — Se quiser, podemos dar a peridural agora.

— Por favor — nós dissemos ao mesmo tempo.

A enfermeira saiu da sala, e eu encostei minha testa na da minha esposa.

— Você já fez isso antes, Michele. — Ela sorriu para mim. Mitchie não é muito fã de seu nome, eu sou o único a chamá-la desse jeito. — Vamos passar por isso.

Ela inclinou seus lábios para tocarem os meus.

— Já vou me desculpar antecipadamente pelas manchas vermelhas em seu lindo bracinho.

Continuei falando até distraí-la da dor. É claro que, quando a contração veio, Mitchie segurava meu pescoço com uma das mãos e apertou minha nuca com uma força que eu não sabia que minha esposa tinha.

O anestesista chegou e aplicou a anestesia, o que facilitou minha vida por um tempo. Três longas horas depois, a dilatação dela era suficiente para trazer nossa pequena bebê para fora.

Mitchie gritou, ficou roxa, apertou o lençol da cama, esmagou meu braço, gritou mais um pouco, mas – no final – chorou de alegria ao ver nossa filha. Eu, como era um papai bobão, chorei também. Quando a entregaram para nós, abracei minhas duas meninas.

Sara entrou no quarto com um mini-Dorian e uma câmera digital.

— Oh, minha nossa! Que criança mais fofa! — ela exclamou.

Mitchie sorriu e nós vimos Dorian atrás da perna da Sara, seu rosto assustado.

— Filho, venha aqui — Mitchie chamou. Eu o peguei e o coloquei em cima da cama, ao lado da minha esposa. — Essa é a sua irmã, querido.

— Irmã? — Eu assenti. — Qual o nome dela?

Mitchie sorriu e assentiu com a cabeça. Estávamos em dúvida e queríamos confirmar quando olhássemos para a criança.

— É Alison, meu filho. O nome dela é Alison. — Meu sorriso parecia o do Gato de Cheshire.

— Oi, Alison — Dorian disse e deu o dedinho para ela segurar.

Eu era ou não era o homem mais feliz do universo?

— Vamos, família Manning. É hora da foto — Sara disse.

No fim, eu tinha manchas vermelhas em todo meu braço, mas não poderia estar mais feliz.

Sétimo

MONEY

Na mesa da minha cozinha, eu não sabia o que fazer. Tudo bem, a cozinha do meu apartamento devia ter uns dez centímetros no máximo e minha mesa devia ter uns três, mas cartas se espalhavam por todo canto. Separei todas elas da seguinte forma:
- Contas de gás: a última paga era a de dezembro de 2013. Ou seja, eu precisava pagar janeiro, fevereiro, março e abril. A de maio era outro problema, já que cortaram. Um total de 320 dólares;
- Contas de luz: eu paguei as atrasadas com os salários anteriores. Logo, só precisava pagar a de maio. Cerca de 100 dólares, já que eu quase não ficava em casa;
- Contas de água: mesmo caso das contas de luz. Cerca de 110 dólares;
- Contas de telefone: dezembro foi o último mês que paguei e eles cortaram meu telefone em fevereiro. Logo, eu precisava pagar dois meses de conta. Mais ou menos 240 dólares;
- TV a cabo: novembro era a última conta paga. Nos meses seguintes, eles cortaram meu sinal;
- Cartão de crédito: eu tinha 5.368 dólares das contas anteriores, sem contar as parcelas seguintes;
- Empréstimo: sem contar os juros, peguei 1200 dólares emprestados;
- Aluguel: a última vez que paguei foi março. Ou seja, 1600 dólares de aluguel. Sim, eu pagava 800 dólares nessa espelunca de apartamento.

Somei minhas dívidas na agenda e a soma foi de 8.938 dólares, aproximadamente. Com um salário de três mil dólares por mês, eu precisava priorizar:
1. O aluguel vence amanhã. Logo, preciso de 1600 dólares para o aluguel.
2. Devo separar um mínimo de grana para comida. Só almoço em casa aos domingos, logo, posso pedir. Será que consigo comer duas refeições (almoço e jantar) com 50 dólares? Se são quatro domingos por mês,

200 dólares de comida. Vai ter que bastar.
3. Luz. Tenho que arrumar 100 dólares para a conta desse mês.
4. Água. Mais 110 dólares.

Eu precisava de 2010 dólares para o básico. Receberia o salário em uma semana. Não poderia pedir ao meu locatário para esperar mais; esse era meu último prazo. Ele havia dito que ia me colocar para fora se eu não pagasse até o dia seguinte, então era possível que eu chegasse aqui no próximo sábado e encontrasse minhas coisas na esquina.

Será que o senhor Manning me daria o salário adiantado? 3 mil dólares não era nadinha para ele, que tinha empresas, bens etc.

Era isso!

Eu sou um gênio.

Terminei de organizar a papelada por ordem de importância e coloquei tudo na minha pasta de contas. Em seguida, fui arrumar minhas coisas para o dia seguinte.

Planejar é bem mais fácil do que executar. Parada à porta da sala de Killian Manning, eu não conseguia criar coragem para bater e entrar. O discurso estava mais do que ensaiado: *Senhor Manning, meu aluguel vence amanhã. Será que você pode adiantar o salário desse mês? Só o desse mês, pois não quero correr o risco de ser despejada.* Viu, isso era tudo.

Eu não sabia se ele ia entender o conceito de desespero, já que vivia em uma mansão nos Hamptons, mas podia sempre tentar. *"Tudo bem, senhor Manning, você não precisa pagar tudo. Se quiser, aceito apenas os 1600 do aluguel. O restante, você paga depois."* Droga, eu não ia conseguir fazer isso.

Seria despejada. Teria que dormir na rua.

Droga, o que as pessoas iam pensar quando vissem a babá das crianças Manning dormindo na rua?

Eu. Ia. Ser. Demitida.

— Marina, tudo bem?

Droga. Killian Manning estava parado na porta de seu escritório vendo-me andar de um lado para o outro.

— Hum, eu meio que... Hum... preciso, er... falar com você.

Ele franziu a testa.

— Era só bater. Eu estava no telefone. — Ele deu um passo para dentro do escritório. — De qualquer jeito, eu também quero falar com você, então é ótimo que você tenha vindo aqui.

Acho que eu não ia precisar ser demitida por dormir na rua, afinal. Coragem, Marina. Coragem!

— Comigo? — eu disse, quando entrei no escritório.

Ele fechou a porta atrás de nós.

— Sim. — Nós nos sentamos frente a frente. — Você pode ir primeiro.

— Sei que combinamos o pagamento para o dia 12, mas estou com alguns problemas com o proprietário do meu apartamento. — Respirei fundo. — Será que eu posso receber um adiantamento? — Não consegui olhar em seus olhos, mas vi que ele me estudava atentamente. — Hoje é o último dia para pagar o aluguel e eu estou atrasada. Se não der o dinheiro hoje, tenho medo de ser despejada. Sei que ele fará isso, porque já vi acontecer outras vezes. — Fechei os olhos e parei a enxurrada de palavras, então olhei para ele. — Eu odeio pedir isso, mas o pagamento é em uma semana, então pensei que você não veria problema em fazer isso por mim. Só esse mês.

Ele levantou a mão em um sinal para que eu parasse.

— Como seu aluguel está atrasado se hoje ainda é dia cinco? O mês mal começou. Ele não pode despejar você desse jeito.

— Eu meio que estou devendo o do mês passado também.

Ele assentiu com a cabeça.

— Eu tenho um irmão chamado Seth. Ele é mais velho e tem sua própria família. Seth é um cara que gosta muito de sua privacidade. Ele não tem muito tempo de vir aqui agora, mas, quando vinha, a casa ficava cheia demais com os filhos dele e os meus. Construímos a casa da piscina para que ele pudesse ficar lá. É pequena para sua família inteira, mas eles gostavam da proximidade. — Ele respirou fundo. — As coisas têm estado complicadas nos últimos meses e ele não virá visitar por um tempo. Minha casa da piscina está coberta de poeira, porque ninguém a usa e eu nunca tenho tempo de pedir a um funcionário para cuidar dela. — Ele se inclinou para frente. — Sua presença nessa casa é mais do que bem-vinda, é necessária. As crianças passam todo o domingo perguntando por você e precisando, pelo menos, vê-la para compartilhar as coisas que fizeram. Se preferir, posso transferir seu salário para sua conta ainda hoje e você mantém seu apartamento, mas eu ficaria extremamente feliz se você viesse morar em minha casa da piscina.

Mas o quê?

— Eu acho que estou em um tipo de universo paralelo, porque parece que você acabou de dizer que quer que eu more na sua casa da piscina.

Ele sorriu de lado.

— Não, você não está em um universo paralelo. É isso que eu quero.

Balancei a cabeça antes mesmo de ele terminar a frase.

— Senhor Manning, não posso fazer isso. É a sua casa, eu não posso...

— Vamos fazer diferente, ok? — Ele me interrompeu. Empurrou sua cadeira para trás e levantou-se, indicando a porta para mim. — Venha.

— Aonde vamos?

Ele riu.

— Só venha, Marina.

Eu o segui em silêncio e, quando chegamos à porta da cozinha, ele pediu que esperasse do lado de fora. Minutos depois, voltou com um pequeno sorriso de lado e pediu que eu o seguisse. Nós atravessamos o corredor principal até sairmos no jardim atrás da casa e seguimos pela esquerda, indo em direção à piscina.

O que Killian Manning esperava fazer? Trancar-me dentro da casa da piscina até eu concordar em me mudar?

— Essa é a casa da piscina — ele disse ao abrir a fechadura. — Venha.

A casa estava completamente mobiliada. O primeiro cômodo era uma sala-cozinha com sofás, TV e pequenos móveis (como mesinha de centro). A cozinha ficava logo ao lado e contava com uma mesa para quatro pessoas, fogão, geladeira, pia e um balcão. Tudo pequeno, se formos comparar à casa principal, mas de total bom-gosto e mobiliado. Se formos comparar ao local onde eu moro...

O senhor Manning disse que, se eu quisesse trazer alguma coisa para a casa, a escolha era minha. Segundo ele, a cozinha era pequena. Ele não tinha visto a cozinha do meu apartamento.

Em seguida, fomos checar os quartos, que eram tão maravilhosos quanto o resto da casa. Ele apontou o banheiro antes que entrássemos em um deles, mas não chegamos a entrar lá. O quarto das crianças tinha dois beliches, um guarda-roupa e uma poltrona fofa, que ficava bem debaixo da janela fechada com tela. Senhor Manning contou que seus sobrinhos eram quatro: Lola e Jared, os gêmeos de oito anos; Douglas de seis anos e a bebê

Aurora de oito meses. Uma das camas ficava sobrando, porque Aurora ainda não tinha nem nascido na última vez que eles visitaram. Ele permitiu que mudasse as coisas de lugar no cômodo, mas eu pretendia deixar tudo como estava.

No quarto principal, havia uma cama enorme, um guarda-roupa e uma televisão pendurada na parede. Ele abriu uma das portas do armário para mostrar que ainda havia uma coisa ou outra de Seth esquecida na casa, mas nós arrumaríamos outro lugar para colocar. Todos os cômodos eram pequenos, mas foram decorados de um jeito que eles pareciam maiores do que eram.

O senhor Manning se sentou na cama e eu o segui, enquanto olhávamos ao redor do quarto.

— O que você achou? — Ele sorriu e isso só piorou meu estado zonzo.

— Você tem uma bela casa da piscina, senhor Manning.

— Você acha que pode se mudar pra cá? Será que seu apartamento é melhor do que aqui? Sei que é um pouco pequeno...

Eu ri.

— Você não faz ideia, chefe. — Balancei a cabeça. — Meu apartamento é um cubículo. Em comparação, essa casa é uma mansão. Eu só... há vinte minutos, eu estava prestes a me tornar uma sem-teto e agora... você quer me emprestar a sua casa?

Ele riu e passou a ponta do dedo pela cabeceira da cama.

— Está vendo isso? — Mostrou o dedo sujo. — Esse é só o começo. Essa casa fica fechada o tempo inteiro. Consegue sentir o cheiro de mofo? — Ele balançou a cabeça. — É uma casa para ser habitada, Marina. Não quero que vire um mausoléu. Além disso, eu nunca permitiria que você ficasse sem ter onde morar. É um arranjo perfeito para os dois casos. Você precisa de um lugar para ficar e eu preciso de alguém que ocupe a casa da piscina.

— Então você deve diminuir meu salário.

Ele balançou a cabeça veementemente.

— Não, você recebe menos do que qualquer babá na vizinhança. Além disso, vai estar aqui o tempo todo, Marina. As crianças tomam quase todo o seu dia. Mesmo que tenha seu dia de folga, vai ser difícil impedir que eles venham procurar por você. Deveria lhe dar um aumento.

Foi a minha vez de negar.

— De jeito nenhum. Você tem ideia de onde eu consigo um salário desses para cuidar de crianças tão amorosas quanto seus filhos?

Clichê

— Três mil dólares não são nada, Marina...

Eu o impedi de continuar falando.

— Em lugar nenhum.

— Você é tão teimosa. — Ele bufou. Eu ri, porque isso era ridículo. O homem estava me oferecendo uma casa, fala sério! Quem oferecia uma casa para sua babá? — Se eu disser que, se não aceitar, eu a demito, você vem morar aqui?

Eu ri.

— Isso é chantagem!

— Talvez um pouco. — Ele riu também. — Você não tem ideia do quanto você faz pelos meus filhos. Eu devo a você e esse é um bom jeito de pagar.

— Você não me deve nada. — Respirei fundo. — Vai me dizer se precisar que eu saia da casa?

Um pequeno sorriso se espalhou em seus lábios.

— Se um dia eu precisar, direi sim.

— E eu quero estar disponível para as crianças vinte quatro horas por dia, sete dias por semana. Se precisar de alguma folga, peço.

Ele franziu o rosto.

— Você tem certeza? Não vejo muito de uma vida social nisso tudo.

— Eu não tenho vida social, *chefe*. — Ri, dando de ombros. — Não tenho amigos, não tenho dinheiro. Só tenho minha tia, mas ela também trabalha. Estou feliz com as crianças. Fique tranquilo.

Ele balançou a cabeça.

— Enfiar a cabeça no trabalho não é a solução — avisou. — Digo isso por experiência própria. — E, balançando a cabeça, terminou com a frase preferida das minhas tias. — Você deveria arrumar um namorado, isso sim.

— *Os namoradinhos estão por aí, tia*, eu quis responder, mas ele se levantou e começou a sair do quarto. — Você quer arrumar a casa primeiro e depois trazer suas coisas, ou prefere fazer o inverso? — Vendo o olhar irritado que não consegui evitar, ele franziu o rosto. — O que eu disse de errado?

— Namorados são superestimados. — Passei por ele, saindo do quarto. Por que ele não arrumava uma namorada? — Prefiro trazer minhas coisas primeiro e arrumar a casa depois.

Killian Manning respirou fundo, balançou a cabeça e pegou o celular. Nós saímos da casa enquanto ele conversava com Jenny, a secretária, sobre mandar alguém da *M Move* para o meu endereço. Fiz mais um lembrete mental para pesquisar sobre a *ManesCorp*, porque M Move era uma das maiores transportadoras do país. Os caminhões de mudança da empresa simplesmente estavam espalhados por toda a cidade de Nova York. Será que o "M" era de Manning? Será que Killian Manning era o dono da M Move? Pensei que ele fosse o dono de uma gravadora.

Era isso, o homem era rico mesmo.

— Tire o restante do dia de folga. Eu vou buscar as crianças na escola hoje —disse assim que terminou a ligação. — Vá para casa e comece a empacotar. Um caminhão estará lá em três horas para ajudar a colocar suas coisas em caixas e transportá-las.

E eu nem ia precisar pagar frete! Obrigada, universo!

Nós nos separamos na porta da cozinha e eu entrei, fazendo a dancinha da vitória. Sara riu e perguntou o que houve. Sorrindo, eu me sentei em um banquinho em frente a ela e suspirei.

— Nada a reclamar da vida. Não vou ser despejada, tenho uma casa maravilhosa, meu chefe não existe e nem vou pagar frete na minha mudança. — Respirei fundo e a ouvi rir. — Hoje é um bom-dia, Sara.

Peguei o carro da família para ir para casa. O Subaru Forester que eu dirigia era o máximo de conforto que eu já tinha experimentado atrás de um volante, mas as ruas do meu bairro não estavam acostumadas com sua grandeza. Perdi a conta de quantas vezes chequei cada porta antes de acionar o alarme e entrar no prédio.

Comecei imediatamente a dobrar minhas roupas e a colocar tudo em bolsas. Eu não tinha muitas caixas para empacotar as coisas, então tentei apenas separar tudo para adiantar o trabalho. Quando o caminhão chegou na minha casa, ela estava mais bagunçada do que tudo. Felizmente, os funcionários da M Move eram grandes profissionais. Dois caras e uma garota vieram no caminhão. Ela me ajudava indicando o que empacotar em que lugar, enquanto os rapazes carregavam o peso. Quando vi, tudo estava pronto para partir e eu estava novamente no Subaru.

Era fim de tarde quando cheguei à casa da família Manning. Entre tantas horas empacotando e o trajeto, eu sabia que aquela era a última viagem do caminhão. Quis dar uma gorjeta, mas minha carteira estava completamente vazia. Quase todos os móveis do apartamento anterior não eram meus – eles vieram na locação –, então trouxe poucos móveis para a casa nova: uma poltrona para a sala; alguns aparelhos para a cozinha, como cafeteira e liquidificador; roupas e objetos de higiene pessoal. Além disso, as fotos que decoravam o apartamento (eu colocava fotos em cada superfície disponível) estavam bem guardadas em caixas.

Ciente da poeira que estava espalhada por todo o ambiente, encontrei minha caixa com produtos de limpeza e comecei a faxina. Entre varrer, passar pano e encerar os cômodos da casa, deparei-me com o fato de que não havia furos para pendurar minhas fotos e saí da casa pela primeira vez em horas. Encontrei um dos funcionários, que me arrumou pregos e um martelo. Ele até se ofereceu para ajudar, mas eu disse que não seria necessário. Levei uma escada dobrável comigo.

Quando voltei, decidi que seria melhor se houvesse música na minha árdua tarefa de pendurar coisas. Coloquei o "1989" que ganhei da tia Norma e gritei junto com Taylor Swift que Nova York estava esperando por mim, como dizia a letra da canção. As coisas começaram a realmente ficar animadas quando *Blank Space* soou e eu não sabia se dançava no penúltimo degrau da escada ou martelava a parede. No fim, nenhum dos dois foi uma boa-ideia, porque a cena mais ridícula do mundo aconteceu enquanto eu berrava a plenos pulmões que "meus ex-namorados dirão a você que eu sou maluca".

Foi nesse minuto que a música parou repentinamente.

— Marina?

Com um grito, eu deixei o martelo cair no chão e me desequilibrei no penúltimo degrau no meio de um movimento de dança. Eu já estava vendo a minha queda e morte quando eu batesse com a cabeça no chão, mas foi aí que tudo ficou ainda mais ridículo. Killian Manning estava perto de mim em um piscar de olhos, segurando-me em seus braços musculosos.

Killian Manning. Amparou-me da queda. Não morri.

Ele me firmou no chão, mas não soltou minha cintura.

O clima mais estranho surgiu entre nós dois subitamente. Todos os planetas do universo se alinharam, a música era somente um sussurro e o ar ficou rarefeito. Não sabíamos se deveríamos nos olhar nos olhos ou para nossos lábios. E, diferente da vez no corredor, seus lábios desceram sobre os meus. Carter Manning e Rita eram uma memória bem distante naquele momento.

Eu estava afetada demais por aqueles lábios macios que buscavam os meus com uma intensidade de outro mundo. Minha mente estava prestes a explodir e eu não podia fazer nada, a não ser passar meus braços por seu pescoço e nos aproximar mais. Involuntariamente, senti meu pé direito se levantar e nem quis pensar nos mistérios ocultos que levaram o movimento a acontecer; eu não entendia completamente a teoria do pé que levanta. Eu só sabia de uma coisa: esse era um senhor *primeiro beijo*.

— Papai? — A voz de Dorian flutuou ao longe. — Marina?

Nós nos afastamos apressados. Meu olhar assustado estava refletido nos olhos dele, mas não tivemos tempo para pensar sobre isso. Alison e Dorian entraram pela porta e eu quis morrer.

Tudo bem, eu estava na casa da piscina, não no escritório dele. Não estava fazendo sexo, mas nossas línguas engoliam uma a outra. E a porta estava aberta! Pior: eu estava beijando meu chefe! Quão melhor que Rita isso me fazia? Pelo menos, ela ficou com o *irmão* do chefe.

Argh, eu só queria me matar de uma vez. De forma rápida e indolor.

Isso não ia acontecer nunca mais.

Nunca.

Killian

Agosto de 2000

Minhas mãos não paravam de suar.

Michele Pearson era, simplesmente, a garota mais bonita e doce da face da Terra. Levei todos os três primeiros anos do Ensino Médio para criar coragem e chamá-la para sair. Entre ser um calouro, ganhar popularidade por conta do futebol e lidar com minha timidez, Mitchie era alguém que eu não podia perder.

Nós nos encontramos no primeiro dia de aula, enquanto eu lidava com um ataque de ansiedade. Não era comum e meus médicos disseram que eu tinha um grau baixo; eu a mantinha controlada na maioria das vezes, mas situações novas sempre me deixavam nervoso.

Começar na escola era uma dessas situações. A professora começou a pedir que os alunos se apresentassem na frente da classe e só o pensamento de ter que ir à frente da turma me deixou em pânico. Fui até lá, encarei a turma e... fugi. Logo em seguida, comecei a me repreender por deixar a ansiedade me tomar. Eu estava em um corredor do colégio, bem distante da minha classe, totalmente perdido. Horas poderiam ter se passado ou minutos, eu não sabia. Foi quando essa loira de olhos acolhedores surgiu no corredor e se encostou à parede ao meu lado. Pelo visto, era o fim da aula.

Nós éramos parceiros, pelo que ela me contou.

Essa foi a sorte da minha vida, porque mantive Michele Pearson debaixo da minha asa. Ela afastou as garotas que vieram atrás de mim por conta do futebol, tanto quanto eu afastei os caras que não serviam para ela. Éramos uma boa-equipe. Eu não sabia por qual motivo eu havia resolvido "estragar tudo" e convidá-la para um encontro, mas talvez Mitchie também estivesse interessada, já que aceitou. Nada foi estragado, afinal.

Como bons amigos, fomos diversas vezes ao cinema e saímos para comer o tempo todo. Era por isso que eu sabia que precisava fazer algo diferente para nosso primeiro encontro. Tracei, então, uma linha tênue definindo onde terminava o que eu fazia como seu amigo e o que pretendia fazer como seu namorado. Passei o dia anterior fazendo uma torta com *brownies* que eu fazia e ela amava, mas a empregada lá de casa foi quem assou a maioria das coisas. Tudo em pequenas quantidades, eu enchi uma cesta de piquenique para nós dois. Eu a levei a um parque. Lá nos sentamos e conversamos como melhores amigos, mas nos sentindo como algo mais.

O que nos trazia a este exato momento: o beijo de despedida. Como amigos, eu entraria na casa dela e esperaria em seu quarto até que ela resolvesse dormir, então voltaria para casa. Como pretendente, eu queria beijar seus lábios bonitos e deixá-la entrar em casa sozinha. Essa era outra linha que eu precisava definir. Mas e se o beijo a empurrasse longe demais?

Eu não sabia se eu estava pronto para perder minha melhor amiga.

— Kill? — Ela tinha um sorriso nervoso nos lábios. — O que vai ser? Vamos entrar e voltar a ser amigos ou você vai me beijar e vamos em frente com isso?

Foi então que, em um único impulso, eu beijei minha melhor amiga. O que aconteceu depois disso você mesmo pode imaginar.

BEIJO

Parecia que o beijo tinha sido há cinco minutos, porque ele se repetia em *looping* na minha cabeça. Na verdade, ele havia acontecido ontem, mas eu estava revivendo cada segundo do que aconteceu na mente. Para fugir disso, resolvi pegar o *notebook* de Sara emprestado e fazer uma pequena busca. A mulher usava apenas para armazenar suas receitas e não era um *notebook* de última geração, mas eu não tinha nenhum. Não podia reclamar.

Com a porta do quarto trancada, digitei *ManesCorp* no *Google*. Logo o primeiro link me levou ao site da empresa. Com um *layout* totalmente moderno, o site tinha um fundo preto e azul-escuro. Na parte de cima, o nome *ManesCorp* se desfazia e refazia sistematicamente. Logo abaixo, uma barra me mostrava as opções: "História", "M Marcas", "Fale Conosco", "Filantropia" e "Junte-se a Nós". Cliquei para que "História" se abrisse em uma nova guia. Abaixo dessa barra, blocos chamativos tinham logomarcas dentro. "M Music", "M Body", "M Hotel", "M Navy", "M Live", "M Move" e "M Dress Up". Assustada, cliquei na primeira opção.

Enquanto carregava, abri a página da história. Uma linha do tempo surgiu e, toda vez que eu parava o mouse em alguma data, um pequeno texto surgia. Aparentemente, Killian Manning herdou a *ManesCorp* dos seus pais. O que começou como um pequeno hotel que seu pai ergueu do zero acabou se tornando uma rede de hotéis, a M Hotel. Seu pai também abriu a transportadora (M Move) e comprou o primeiro cruzeiro. Meu chefe consolidou a rede de cruzeiros (M Navy). Sozinho, em dez anos (ele era o CEO da empresa desde os vinte e um), ele abriu a gravadora (M Music, pela qual Carter era responsável), a rede de academias (M Body), a marca de roupas e acessórios (M Dress Up), além de comprar alguns imóveis, que ele alugava (M Live). Estupefata, fechei todas as páginas abertas no *notebook* e limpei o histórico.

Bill Gates *who*, eu trabalhava para o cara mais rico do mundo.

— Marina? — Apenas a cabeça do senhor Manning surgiu na porta da sala de jogos, várias horas depois. Dorian estava jogando videogame e eu jogava com ele. Ally estava na aula de balé e, depois da aula, ela iria brincar na casa de Dana. — Venha ao meu escritório um minuto.

Assenti. Desliguei o controle e o deixei jogando sozinho.

— Dorian, comporte-se.

Dorian continuou jogando e segui seu pai até o escritório. O senhor Manning esperou que passasse pela porta e a trancou. Eu mal havia chegado à mesa quando ele segurou minha cintura e, encostando-me ao móvel, esmagou meus lábios com os seus.

Deixe-me explicar. Desde que Killian Manning saiu da casa da piscina ontem com seus dois filhos, depois de um beijo de parar a cidade, nós não tivemos um tempo a sós. Descobrir que ele poderia não só adiantar o dinheiro para que eu pagasse o aluguel, como comprar o prédio inteiro, mas preferiu que eu morasse na casa da piscina de sua mansão, foi aterrorizante. Por favor, o homem podia comprar todos os prédios da rua onde eu morava e isso nem faria cócegas em sua conta bancária.

Eu conhecia cada uma daquelas empresas. Não sei porque nunca associei que elas eram parte de um mesmo conglomerado. Todas estavam muito bem no mercado, tinham o nome reconhecido no país inteiro. Era por isso que Killian trabalhava tanto.

Nossa manhã/tarde foi uma loucura. Nosso único contato durante o dia foi o "estou acordado" que ele gritou essa manhã antes que eu fosse bater no próximo quarto. Tive tempo para pensar, apesar disso.

É claro que seria burrice minha achar que esse beijo estava prestes a ser mais do que era. Em primeiro lugar, porque aquele certamente foi o destino se intrometendo e Killian Manning não estava realmente interessado em mim. Em segundo lugar, porque eu nunca, *nunca* poderia ser como Rita e simplesmente ter encontros com meu chefe. Por favor, ele pagava o meu salário. O que eu era? Algum tipo de aproveitadora? Em terceiro lugar, a mulher deste homem havia morrido há seis meses e ele obviamente não superou a morte dela. Não espere, universo, que eu aceite ser aquela que ele vai usar para esquecer a ex-mulher, porque do jeito que as coisas caminhavam, eu sabia que isso nunca aconteceria. Para esquecer alguém, você precisa querer. Killian não queria isso. Não de verdade.

E a lista de motivos continua.

Foi por isso que esse beijo, por mais quente que fosse, acabou dois minutos depois de começar. Veja bem, foi tempo suficiente para que ele me colocasse sentada sobre a mesa e eu retribuísse seu beijo, mas o fato de estarmos na mesma mesa em que eu havia visto seu irmão e Rita me atingiu duramente, então o empurrei. Se havia alguma coisa que eu nunca seria era isso: alguém que faria qualquer coisa por um homem só porque a conta bancária dele era gorda.

— Senhor Manning...

Ele sorriu.

— Chame de Killian, por favor.

— Não faça isso.

Seus olhos nublados não pareciam entender por que eu o tinha afastado. Sua testa se franziu e eu tinha olhos questionadores me examinando.

— Não? Estou sendo inoportuno? — Preocupação encheu suas feições. — Porque tudo em que posso pensar desde ontem é sobre nosso beijo.

— Senhor Manning...

— Killian — ele me interrompeu.

— Killian, por favor. — Era estranho dizer o nome dele, mas eu sentia que ele continuaria me interrompendo até dizer seu nome. — Não faça isso.

Ele deu um passo para trás. Suas mãos deixaram minha cintura e foram parar em seus bolsos.

— Tudo bem, estou indo rápido demais. — Eu desci da mesa e ele deu outro passo para trás, respeitando meu espaço pessoal. — Eu deveria levá-la a um encontro, certo?

Neguei com a cabeça.

— Não, senhor... — Ele me olhou torto, e me corrigi antes de continuar: — Não, Killian. Nenhum encontro.

— Eu só quero conhecê-la melhor. Não entendo, mas parece que alguma coisa faltava na minha vida esse tempo todo e depois do que aconteceu... Eu acho que era você.

— Você sabe que não é isso, Killian — respondi, negando com a cabeça novamente. — Você é meu chefe... acabou de perder sua esposa. Não posso sair com você. Não podemos ter um relacionamento.

Ele cruzou os braços.

— E por que não?

Cliché

Eu respirei fundo e disse o que realmente estava na minha mente.

— Porque eu não sou a Rita. E eu nunca vou fazer o que ela fez com seu irmão.

Ele soltou uma risada incrédula.

— Isso é muito diferente do que Rita e Carter fizeram...

— Não, não é. — Foi a minha vez de cortá-lo. — Ontem, enquanto nos beijávamos, a porta estava aberta e as crianças nos viram. Não sei como não perguntaram sobre o assunto. Tudo bem, nós estávamos usando nossas roupas, mas isso não nos faz muito diferente deles.

— Eles não viram nada. Chegaram quando já tínhamos nos separado.

— Killian, eles viram. Não quero correr o risco de confundir suas pequenas mentes.

— Não, Marina. Eles não viram. Você estava de costas para a porta, eu estava de frente.

— Não importa. Eles poderiam ter visto.

Ele balançou a cabeça.

— Isso está só na sua cabeça. Você está inventando desculpas.

— Estou protegendo seus filhos. Nenhum dos dois superou a perda da mãe.

— Ninguém superou, Marina. Nem eu superei, mas estou tentando.

— Não, você não está. E não vou ser aquela que você vai usar para superar sua ex-mulher.

Seus olhos estavam tão estreitos que pareciam estar fechados.

— Isso está tão longe da realidade.

— Você acabou de assumir isso, Manning. — Balancei a cabeça e me afastei dele, caminhando até a porta. Ele não me parou. — Posso ser qualquer coisa, Killian: sua amiga, sua confidente, a babá dos seus filhos ou uma completa estranha, mas não vou ser aquela que conserta seu coração e é jogada fora em seguida. — Girei a maçaneta e saí do escritório.

Repassei toda a cena em minha mente, com o *Shift* pressionado. No fim, eu tinha selecionado toda aquela memória, então apertei o *Ctrl* + x e recortei aquilo, levando para um lugar longínquo, onde eu não acessaria com facilidade. Não queria pensar sobre isso.

Voltei para Dorian e tratei de mergulhar minha mente no jogo. Funcionou por um tempo, mas acho que em vez do "x", eu tinha apertado o "c", porque parecia que eu não tinha tirado nada da mente.

A memória dos seus lábios, do sorriso, do jeito que aqueles braços me seguraram, dos olhos verdes, quase cinzas... Tudo isso era intenso demais em minha mente nas últimas dezoito horas. O pior de tudo é que, desde que eu havia acordado nesta manhã, tudo o que podia pensar era nele, nas coisas que passei a conhecer sobre ele nos últimos dias. Todas essas imagens, por mais inquieta que me deixassem, faziam com que eu me sentisse estranhamente bem.

A última coisa que eu queria pensar era nisso, infelizmente. O que eu disse a ele era sério. Já seria difícil um relacionamento sem ter Mitchie no meio por nossa relação de chefe-funcionária; com a certeza de que ele ainda não a havia superado, eu não podia me arriscar. Não ia ser seu estepe, já que sua esposa estava morta. Não ia.

— Nina — Sara me chamou da porta do salão de jogos, depois que fui derrotada por Dorian mais uma vez. — Telefone pra você.

— Eu já volto, querido. — Beijei sua cabeça.

— A gente pode tocar violão agora? — ele perguntou.

— Vá buscá-lo enquanto eu atendo o telefone, ok? — Ele se levantou e saiu do cômodo junto comigo. — Alô — disse, ao pegar o aparelho na cozinha.

— Finalmente, *bitch*. Você sumiu da face da Terra!

Meu sorriso se espalhou de orelha a orelha e comecei a pular no meio da cozinha, sem conseguir acreditar.

— Adriana! Eu não acredito!

— Nem eu! Você fez de propósito para eu nunca mais te encontrar?

— Claro que não! — Respirei fundo. — Você só não tem ideia de como as coisas têm sido.

— Eu quero é enfiar a minha mão na sua cara. Onde você está?

— No trabalho. Por quê?

Ela riu.

— Porque, *bitch*, eu estou no aeroporto há horas esperando você vir me buscar e nada! — ela xingou.

Foi então que percebi o falatório nos fundos.

— Eu buscar você?

— Ah, pelo amor de Deus! — Ela deixou uma enxurrada de palavrões sair por sua boca. Sabão, esse ia ser o próximo presente de aniversário dela. — Eu liguei, Marina. Para sua casa e seu celular, mas nenhum deles funcionava. Então enviei uma carta para o seu apartamento. Escute bem, eu escrevi uma *carta* e enviei para o seu apartamento. Quão século XVIII é isso? Enfim, escrevi uma carta avisando que estava vindo para os Estados

Cliché

97

Unidos, disse a data e o horário. Pedi que você fosse me buscar.

Suspirei.

— Eu me mudei, amiga. Estava falida e arrumei um emprego como babá. Cortaram meus telefones e estava prestes a ser despejada, então me mudei ontem. Sua carta não chegou lá, apesar disso. Desculpe-me por deixá-la na mão. Onde você vai ficar?

— Aluguei um *flat* por alguns meses. Por que não me contou que estava falida? Eu teria enviado dinheiro.

Revirei os olhos.

— Não quero sua caridade, Adriana. — Respirei fundo, porque ela não tinha ideia do que era contar as moedas para a passagem de metrô. Ela não tinha nem ideia do que era pegar o metrô lotado. — Você pode pegar um táxi? Eu não posso sair daqui agora.

— Claro, mas preciso do seu novo endereço. Estou com saudades do seu brigadeiro e trouxe um estoque de leite condensado pra você, porque não quero pagar o triplo nesse país.

Eu ri.

— Acho que posso conseguir uma folga para termos um dia de garotas.

Depois de dar a ela o endereço da casa, voltei para tocar com Dorian. Ele queria tocar do lado de fora, então nos sentamos perto da piscina para fazer música. Estávamos praticando músicas mais complexas agora, porque ele dominava praticamente todas as disponíveis por aí. Mesmo que nunca tivesse tocado, ele conhecia os acordes mais básicos e facilmente aprendia cada música nova que eu trazia.

O garoto era uma estrela.

Sério, levei um ano para chegar onde ele estava agora. Em pouco tempo, eu ia aprender com ele.

— Sara, você acha que o senhor Manning se importaria se eu recebesse a visita de uma amiga? — perguntei, horas mais tarde, depois de ter colocado as crianças para dormir. Estávamos sozinhas na cozinha.

— Por que se importaria? — ela questionou.

— Porque é a casa dele. Não sei...

Ela deu de ombros.

— Ele não vai se importar. É a sua casa agora.
— Acho que vou deixar um bilhete pedindo.
Ela franziu a testa.
— Por que você não fala com ele?
Franzi os lábios. Eu não queria exatamente ficar sozinha em uma sala com ele.
— Porque...
— Sara? — Ouvimos a voz dele aproximando-se da cozinha. Tanto para não ficar sozinha com ele em uma sala. Vou amarrar Sara ao meu lado para garantir que isso não acontecesse nos próximos minutos. — Sara! — ele disse novamente ao entrar na cozinha. — Oh, graças a Deus que você ainda está acordada. — Ele caminhou até o balcão onde eu estava sentada e se apoiou a poucos centímetros de mim. — Amanhã é o aniversário da Jenny. Eu esqueci completamente.

Sara riu.

— Você só sabe que as coisas acontecem porque ela o lembra, patrão.

Ele franziu o rosto, mas continuou assim mesmo. Seus olhos estavam presos em Sara e ele nem reconheceu que eu estava sentada ao seu lado.

Ok! Ele sabia que eu estava lá, mas me ignorou.

C.O.M.P.L.E.T.A.M.E.N.T.E.

— Exato. Acontece que ela não achou importante me lembrar do aniversário dela.

Sara riu novamente.

— Ela trabalha para você há dez anos, senhor Manning. Era de se esperar que você lembrasse.

Ele deu de ombros.

— O que posso fazer? Tenho uma memória ruim para aniversários. — Ele respirou fundo. — O caso é: preciso que faça aquela torta de limão para dar a ela de presente.

Sara sorriu.

— É uma ótima ideia! Jenny ama aquela torta.

— Eu sei. E me pergunto como posso me lembrar disso se não sei quando ela faz aniversário. Enfim, pode fazer uma para amanhã?

— A que horas pretende ir ao escritório?

— Às 9h sairei daqui.

— Você a terá nesse horário.

Ele pegou a mão dela e a beijou.

Clichê

— Obrigado. Você é meu anjo. — Ele caminhou para sair da cozinha quando Sara falou:

— Hum, patrão. — Ele girou novamente e olhou para ela. — Nina precisa pedir uma coisa.

Foi só aí que ele me olhou, curioso.

Eu queria me enfiar dentro da geladeira e congelar até a morte. Acho que havia um pouquinho de raiva nos seus olhos também.

— O que você quer? — Seu tom de voz estava mais frio do que o palácio de gelo da Elsa.

— Humm, uma amiga chegou à cidade e eu queria saber se posso recebê-la na casa da piscina para uma visita.

Ele deu de ombros.

— A casa é sua, enquanto você morar nela. Tire o próximo domingo de folga. — Sorri, preparando-me para agradecer. — Mais alguma coisa?

— Não, senhor Manning. Muito obrigada.

— Eu já disse, Marina. Killian. Quero que me chame de Killian.

Eu assenti.

— Killian.

Então ele deixou a cozinha e um silêncio reinou.

— Sabe o que pareceu isso? — Sara começou. — Um daqueles romances clichês ruins onde os personagens estão completamente apaixonados, mas ficam batendo a cabeça na parede em vez de ficarem juntos de uma vez.

— Vira essa boca para lá, Sara!

Eu só via erros nessa frase, por favor.

Os dias se passaram e Killian era um ser invisível na casa. Nossa única interação era nas manhãs, quando eu batia em sua porta e ele respondia que estava acordado pelo outro lado. Ele saía quando eu estava levando as crianças à escola. Voltava quando eu já tinha colocado todo mundo para dormir e estava na casa da piscina. Resumindo, o fim de semana chegou e eu não o havia visto a semana toda.

Amanhã seria primeiro de junho e eu finalmente veria Adriana. Ela estava vindo me visitar na minha folga e teríamos um dia de garotas. Mas, de alguma forma, minha mente idiota sentia falta dele. Do seu sorriso e do jeito que ele brincava com os filhos. Do seu rosto concentrado em frente ao computador. Do tom sério quando falava como um homem de negócios.

Argh, pareço uma adolescente apaixonada de um romance sem graça.

No sábado, depois de colocar as crianças na cama, voltei logo para a casa da piscina, porque pretendia arrumar um pouco antes de dormir para a visita de Adriana. Ela era minha amiga e não se importaria com a minha bagunça, mas eu me importava. Foi nesse momento que, depois de dias, vi Killian pela primeira vez. E ele estava vindo da direção da minha casa.

Minha testa estava franzida, mas ele não viu porque estava de cabeça baixa e seguiu o caminho diferente do meu, em direção à frente da casa (eu vinha dos fundos). Não me preocupei em chamá-lo, apenas assisti enquanto ele se distanciava e segui para a minha casa. Ao parar na porta, vi que flores haviam sido deixadas ali, bem na soleira. Eram belas rosas, envoltas em um papel amarelado, próprio das floriculturas americanas; eu estava mais acostumada com aquele plástico das flores no Brasil.

Não que eu recebesse muitas flores no Brasil. Na verdade, não me lembro de ter recebido flores lá.

Peguei-as do chão e um cartão ficou. Recolhi-o também e entrei em casa. Deixei o cartão na bancada da cozinha e coloquei as flores em um jarro. Havia um no armário da cozinha que, logo que me mudei, achei que nunca usaria, mas agora parece que ele estava lá esperando por isso. Calmamente, enrolando para não ler o que veio como recado, coloquei as flores no vaso e me sentei na bancada. Respirei fundo e abri.

Apenas meu nome estava escrito do lado de fora. No fim, o papel estava dobrado em duas partes; metade de uma folha com a letra de Killian Manning. Havia um trecho de *Stay With Me*, do Sam Smith. Falava sobre não ser bom em casos de uma noite só, mas precisar de amor assim mesmo. E, basicamente, pedia uma chance. Então, ele escreveu o seguinte recado:

> Reservei para nós dois no próximo sábado, às 19h, no Pour Vous. Ficaria honrado se pudéssemos conversar. Por favor, junte-se a mim.
> Killian.

Sam Smith, Killian? Sério?

POUR VOUS

— Então ele simplesmente beija você, some por quase uma semana e espera que você apareça para um encontro com ele? — Adriana xingou um pouco. — Agora, o pior de tudo foi usar Sam Smith. Esse foi o fim.

Eu ri. Sam Smith era golpe baixo.

— Nem sei o que dizer. Como se rejeita uma coisa dessas?

Ela esticou a mão para sua própria bolsa e retirou um *notebook*.

— Não sei. Esse cara tem que ser muito gato para pesar positivamente para o lado dele. — Ligando o *notebook*, ela pegou o cartão da minha mão. O nome *Pour Vous* brilhava para mim. — Vamos dar uma olhada.

O primeiro link do *Google* levava diretamente ao site do restaurante. Tudo parecia muito *clean*, muito fresco. Eu mal podia imaginar que roupa teria que usar para ir a um lugar como esse.

— Ah, não. Esse é um daqueles restaurantes em que você sai morrendo de fome — resmunguei ao ver as imagens dos pratos.

— Oh, minha nossa! É um restaurante do Julio Kelter. — Adriana me ignorou totalmente. Seus olhos se arregalaram. — Você não tem roupa para ir a um lugar como esse, Marina. É chique demais pra você.

Respirei fundo e deixei passar.

Essa era Adriana. Ela dizia o que pensava, sem se preocupar a quem ia magoar.

— Você acha que eu devo dizer não?

Ela arregalou os olhos.

— Não, Marina! Você definitivamente deve dizer sim. — Franzi as sobrancelhas e ela segurou meu braço. — Amanhã você vai andar até a sala dele, dizer que aceita jantar com ele e que precisa de um vestido. Então vai pegar o belo Visa que ele lhe deu e entrar na Dior para comprar o vestido mais caro da loja. Um sapato também não cairia mal, mas, se não quiser pedir, podemos dar um jeito. Eu posso emprestar um. — Ela respirou fundo. — Só, por favor, não vá de jeito nenhum com um daqueles seus vestidos. Eles não valorizam em nada o seu corpo. Eu emprestaria um dos meus, mas ele vai ficar largo onde queremos que fique apertado e apertado onde queremos que fique largo.

Essa era a forma que Adriana encontrou para dizer que eu estava gorda e não possuía peitos.

Isso me deixava ainda mais motivada.

— Tudo bem, Adriana. Eu vou falar com ele.

Só que não. Definitivamente não.

Como ela fez o favor de dizer, o restaurante era chique demais para mim. Não era meu tipo de comida, não tinha meu tipo de pessoas e eu nem sabia me vestir para isso.

Imagine se fosse um daqueles restaurantes com vários talheres!

Deixando o problema restaurante de lado, ainda podíamos citar o caso: Killian Manning era meu chefe. Ou seja, definitivamente não ia jantar com ele. Como eu poderia?

Na manhã seguinte, acordei Adriana e tomamos o café da manhã juntas, na minha casa. Eu não costumava fazer isso, mas esse era um caso à parte. Eu, definitivamente, não poderia levá-la para comer lá na frente; não quando Killian poderia aparecer, e Adriana soltar algo impróprio. Pedi a ela que ficasse lá, enquanto preparava as crianças.

O senhor Manning chegou para o café quando os filhos estavam terminando de comer. Subi com os dois para pegar as mochilas e, quando desci, minha amiga estava na cozinha, conversando com Sara e Killian.

Eu queria me esconder.

— Adriana, por que você não me esperou em casa? — tentei falar baixo, mas o senhor Manning e Sara estavam totalmente atentos à nossa conversa.

— Estava entediante. Imaginei que você já deveria estar de saída e resolvi aparecer. — Ela deu de ombros. Então mordeu um pedaço de bolo e foi só aí que percebi que ela estava comendo o café da manhã que Sara preparou. — Nina, por que você escondeu esse bolo de mim? Você cozinha bem, amiga, mas isso aqui é o céu.

Eu estava mortificada. Olhei para Sara, que tinha um pequeno sorriso. O senhor Manning tinha curiosidade estampada no rosto.

— Amiga, eu preciso ir. Encontre-me na garagem, tudo bem?

— Claro. — Ela assentiu e engoliu mais um pedaço do bolo. — Obrigada, Sarinha. — Ela beijou a bochecha de Sara. — Obrigada por me rece-

Cliché

103

ber, senhor Manning. — Acenando, ela saiu da cozinha.

Eu queria me esconder atrás da geladeira. Sério, era pedir demais por uma amiga discreta?

— Eu sinto muito por... — Não sabia uma palavra para descrever a situação, então fiz um gesto amplo com as mãos indicando o lugar onde Adriana esteve sentada. — Tudo isso.

Sara riu e deu de ombros.

— Foi divertido — o senhor Manning disse. Havia terminado o café e voltou a atenção para seu *notebook*.

— Nina, vá. Você vai se atrasar — Sara disse com riso em seus olhos. — Depois conversamos sobre sua amiga.

Despedi-me e saí da casa, indo direto para a garagem.

Adriana entrou no carro e nós fizemos a volta para pegar as crianças, que estavam sentadas nos degraus. Ela ligou o rádio do carro, como se fosse a dona, e colocou em uma rádio pop. Desci do carro para colocar Dorian e Ally no banco, mas ele me segurou do lado de fora.

— Eu posso jogar videogame com meu amigo no sábado? — Franzi as sobrancelhas. Amigo? — Vai ser na casa dele.

— Que amigo, querido?

— Justin. Pat vai estar lá também.

Pat era o irmão da Dana, amiguinha da Ally. Franzi os lábios. É claro que eu queria que ele fosse, mas isso era algo que eu não podia escolher.

— Será que eu ganho uma carona para o centro? — Killian descia os degraus da escada apressado. Ele carregava uma pequena mala nas mãos.

Gemi interiormente. Por fora, deixei um pequeno sorriso nos lábios.

Adriana escolheu esse momento para descer do banco da frente. O sorriso dela era maior que seu rosto.

— Venha na frente, senhor Manning. Eu fico atrás com as crianças.

É claro que ela teria que ir atrás, a droga do carro era dele!

Não, espera. Se ele ia na frente, não poderia esquecer sua presença no carro. Estarei consciente de toda sua maravilha sexy o tempo inteiro.

Preparando-me para tortura em 3, 2, 1...

Esse homem ia ser a minha morte.

— Vamos, gente. Estamos ficando atrasados. — Virei-me para Dorian. — Vamos conversar sobre isso no carro com seu pai, ok?

Ele assentiu, então o coloquei para dentro do carro e pulei no volante. Como num passe de mágica, a música pop tinha ido embora.

— Eu tenho trabalho para fazer antes de chegar à empresa. Não dirigir vai me garantir tempo suficiente — o senhor Manning disse enquanto eu dava partida no carro. — Além disso, vou viajar hoje. Volto na quarta-feira. Você tem meus números, se precisar de mim.

Assenti. Pensei na mala que ele carregava e me perguntei onde ela estaria. Quando voltei à realidade, Killian já estava focado em seu celular, mas chamei sua atenção.

— Antes que você fique muito ocupado, Dorian quer ir à casa de um amiguinho no sábado. Tudo bem?

Ele levantou uma sobrancelha, estudando-me.

— Você conhece quem é?

— Apenas de nome. — Dei de ombros. — Vou descobrir quem é hoje.

— Por favor, papai. — Dorian se debruçou entre os bancos.

— Marina vai ver quem é. Se ela der o ok, você pode ir. — Ótimo. Mais responsabilidade nas minhas costas. — Mantenha-me informado, ok? — Assenti, concordando. — Ally vai para a casa de Dana, certo? — Assenti novamente. — Ótimo, isso significa que você terá a noite de sábado livre.

Um rápido sorriso surgiu em seus lábios e eu fiquei multicolorida.

O senhor Manning não estava exatamente com pressa, então eu fui primeiro à escola.

— Só vai levar um minuto.

Foi só quando saí do carro que pensei em Adriana sozinha com Killian. Queria me bater pelo deslize, mas só pude rezar para que ela ficasse quieta. Deixei as crianças na porta do colégio com Chris e voltei para o carro.

— Isso provavelmente vai soar abusivo, mas meu voo sai antes do que pensei que sairia. Será que é pedir muito uma carona ao aeroporto?

Eu queria dizer que sim. Uma carona a qualquer lugar com este homem deixaria meu cérebro em parafusos. Mas é claro que fui solícita e disse que poderia dar a carona a ele. Só não queria ficar sozinha ao seu lado.

— Nina, eu meio que tenho um compromisso de manhã. Se não puder me deixar em casa, eu aceito ficar em qualquer outro lugar perto do metrô.

Respirei fundo. Eu estava na merda.

Ah, sim. Adriana andava de metrô em NY. Ela só não andava no Brasil mesmo.

— Vou deixá-la no metrô, tudo bem?

Ela assentiu.

— E eu preciso passar na empresa. Vou levar dois minutos. Você pode parar na entrada mesmo.

Foi o que eu fiz. No fim, enquanto o senhor Manning entrou no lobby do prédio para resolver alguma coisa, minha amiga decidiu que era hora de ir.

— Eu vou ver você em breve. Compre um celular! — gritou, enquanto se afastava. Claro, um celular era a minha maior preocupação.

Quando o senhor Manning voltou, eu o esperava dentro do carro. Ele não demorou e, dois segundos depois de entrar no carro, já estava em uma nova ligação. Desliguei-me dele, com muito esforço, para não acabar em um colapso. Quando vi, já estávamos parando no JFK. Ele desligou a ligação.

— Obrigado, Marina. Salvou minha vida essa manhã. — Ele segurou minha mão e a beijou. — Nós nos vemos na quarta-feira.

A semana se passou em câmera lenta. Killian e eu não conversamos novamente; apenas uma vez, quando falei sobre a ida de Dorian à casa de Justin. Ele só voltou de viagem na quarta-feira bem tarde. Estevan disse que abriu o portão para ele às 2h da manhã. Na quinta, dormiu até mais tarde e saiu quando eu estava levando as crianças na escola. Roí a unha todos os dias naquela semana para saber o que fazer, mas nenhuma resposta parecia ser a correta.

Ok! O pedido foi a coisa mais doce que eu já tinha visto na vida. Completamente derreti com a escolha de Sam Smith, mas não podia me guiar por aí. Killian não conseguia entender que existia um abismo entre nós: Killian Manning, multimilionário, era o chefe; Marina Duarte, morando de favor, era a babá. Não havia nenhuma perspectiva de futuro para esse relacionamento e eu não queria estragar o melhor emprego que já tive nesse país de merda por conta de um cara.

Muito menos quebrar meu coração por causa de alguém que não superou a esposa morta. Para ser bem sincera, a única coisa que eu queria naquele momento era dormir infinitamente e acordar no domingo, quando a data do "encontro" tivesse passado.

Saí da casa principal naquela noite de quinta-feira com o propósito de me enrolar em minhas cobertas, mas tive um pequeno *déjà vu* ao ver Killian Manning deixar minha varanda. Só que, dessa vez, ele viu que eu estava em seu caminho e, um pouco envergonhado, me lançou um pequeno sorriso e uma piscadela. Quando passou por mim, respirei fundo. Esse homem realmente ia ser minha morte.

Assim que parei na porta de casa, vi uma caixa grande encostada nela.

Respirei fundo e entrei, levando-a comigo. Deixei-a sobre o balcão da cozinha e comecei a abrir, mas havia um cartão colado.

> *Para persuadi-la a ir. Por favor, pense com carinho.*
> *Killian.*

Coloquei o cartão de lado e desfiz o laço, abrindo a tampa. Quase caí de bunda no chão. Ele estava brincando com a minha cara, não estava? Peguei o belo vestido e o estendi na minha frente. Era perfeito. Seu tom salmão era suave e combinava com minha pele; as alças eram grossas, o que dava sustentação aos meus seios e deixava um decote bonito, mas recatado; a saia dele se abria até pouco acima dos meus joelhos. Como se não bastasse, ele tinha uma estampa muito delicada no mesmo tom do vestido e cristais (acho que eram cristais) presos nas alças e na cintura. Proibi-me de pensar quanto deve ter custado.

Eu poderia não aceitar. Não estava planejando ir ao jantar, nem teria outro lugar para usar. Além disso, era um presente caro demais para todos os padrões... Mas o que Killian faria com um vestido como aquele? Será que ainda poderia devolver na loja?

A verdade é que ele era tão bonito que eu queria dormir abraçadinha. Sério, era maravilhoso e eu só queria chorar, porque nunca teria oportunidade de usá-lo. Minha triste vida de proletária. Guardei tudo na caixa e fechei bem, colocando sobre meu guarda-roupa logo em seguida.

O que os olhos não veem, o coração não sente.

Preparei-me para dormir, porque tive um dia longo e precisava descansar um pouco. Acordei no dia seguinte, com o despertador berrando e uma vontade enorme de fazer xixi. Enquanto estava no banheiro, um som de telefone começou a soar ao longe. Como não era meu, não dei a mínima. Era um toque bem irritante, tipo aqueles telefones antigos e, quando eu saí do banheiro, ele parou. Típico.

Tomei um banho e me vesti para o dia, corri para a casa principal e vi posto sobre a mesa o maravilhoso café da manhã de Sara. Era sexta-feira e meu encontro aconteceria no dia seguinte. Eu, definitivamente, não poderia ir, então precisava encontrar uma forma de dar a notícia ao senhor Manning. Deixei para decidir como faria no decorrer do dia. Tinha tempo.

— Bom dia, Sara. — Eu sorri feliz ao ver a mulher e sentir o cheiro de sua comida. — O que temos para o café?

— Bom dia, Nina. Por que não atendeu ao telefone?

Uni as sobrancelhas.

— Telefone?

— Sim, o da casa da piscina.

Uni ainda mais as sobrancelhas.

— Eu tenho um telefone na casa da piscina?

— Claro que tem, Marina. — Sara riu. — Na sala da SUA CASA. — Meu queixo estava, provavelmente, caído abaixo do meu pescoço. Sara morreu de rir. — Tome seu café, Marina. Depois eu mostro onde seu telefone fica.

No fim, meus planos foram todos por água abaixo. Não vi o senhor Manning na sexta-feira, apenas no horário do jantar. Quando ele terminou, foi para o escritório e, toda vez que passei por lá, ele estava ao telefone. No sábado, precisou ir ao trabalho novamente e eu não o vi o dia inteiro.

Eu estava na minha casa com meu telefone fixo em mãos, tentando convencer a mim mesma a discar para o número dele – tinha uma lista com todos os seus telefones por causa das crianças e o número da casa, para possíveis emergências, mas nunca havia usado antes, porque não tinha um telefone – quando o barulho do toque me fez pular.

— Alô? — Atendi, incerta. Apesar de ter todos esses números, poucos tinham o meu.

— Oi, Nina. — Era a voz de Sara. Ela estava séria, bem diferente da Sara que eu estava acostumada.

— Oi, aconteceu alguma coisa? — Fiquei de pé, já pronta para sair de casa.

— Sim, preciso que você vá buscar Ally. A babá de Dana ligou dizendo que ela não se sente bem.

Pulei do sofá correndo, procurando pelos sapatos e os documentos.

— Estarei aí em dois minutos.

Peguei tudo e tranquei a porta de casa. Corri até a garagem, tirei o carro e parei na frente da casa.

— Sara! — gritei do corredor e ela apareceu na cozinha. — Estou indo. Pode ligar para o senhor Manning?

— Claro. — Ela assentiu. — Leve-a ao hospital, ok?

Foi quando me atingiu. Eu era a pior babá do mundo, porque não sabia em que hospital levar minhas crianças em casos como esse. Não sabia de nada.

— Ok, como eu faço isso?

Ela respirou fundo.

— É verdade. Nós não demos os detalhes para você. Espere um minuto. — Ela correu até o escritório do senhor Manning e voltou com uma pasta na mão. — Não tenho tempo de separar as coisas, mas todos os documentos da Ally que você precisa estão aí. — Ligue do hospital, por favor.

Franzi o nariz.

— Será que eu posso usar o telefone deles?

Ela bateu na testa.

— Você precisa de um maldito telefone celular, Marina. — Correndo até a cozinha, ela pegou o dela e me entregou. — Deixe-o perto de você, ok? Diga ao pediatra de Ally que estamos entrando em contato com o senhor Manning, já que você não é da família, mas há uma declaração aí na pasta de que você trabalha para o senhor Manning.

Acenei e saí correndo da casa, precisando chegar até minha pequena.

A noite passou como um borrão. Ally não se sentia bem e vomitou duas vezes. Sua febre estava alta. O médico nos mandou de volta para casa com remédios e recomendações para que ela tomasse um banho frio, descansasse e tomasse os remédios nos horários corretos. Era uma virose.

Eu ainda estava preocupada, porque Ally continuava com o rostinho pálido, então fiquei de vigia na cadeira ao lado da sua cama, até que ela pediu que eu deitasse com ela. Alison estava completamente agarrada a Mylo, seu macaquinho de pelúcia, mas aconchegou-se nos meus braços e eu vi que a febre tinha abaixado. Foi só aí que me permiti pensar no encontro que tinha perdido. No fim da história, não fui mesmo.

Fiquei ligando do celular de Sara para o celular dele, mas o número estava fora de área ou desligado. Eu queria socar aquela atendente. Evitei pensar na reação de Killian, porque ele deveria desejar a minha morte. Eu deveria ter avisado antes, mas agora era tarde. No lugar dele, eu ficaria tão irritada!

Killian Manning merecia um grande pedido de desculpas. Eu pretendia ficar acordada até que ele chegasse, mas as horas passaram e o sono tomou conta de mim. Quando vi, já era outro dia e eu não estava nem em minha cama nem na de Alison.

Killian

Junho de 2014

Quando meia hora se passou e nem sinal de Marina, eu sabia que iria levar um bolo. Ela era a pontualidade em pessoa e nunca se atrasaria em uma ocasião como essa. Ainda assim, fui positivo. O carro deu problema. O táxi atrasou. Havia muito engarrafamento. Uma hora e meia depois, eu desisti e fiz meu pedido. Comi o jantar em silêncio, odiando cada mordida. Eu havia feito Jenny implorar por uma mesa no *Pour Vous*, um dos restaurantes mais caros de Nova York, porque achei que seria irresistível. Aparentemente não.

Eu odiava o *Pour Vous*. Na única vez que vim aqui, estava com Mitchie. Ela achou o restaurante chique e aqueles olhos que eu amava brilhavam de uma forma que me fazia querer comprar o restaurante inteiro só para ela. Ela amou a comida e eu até tinha planos para trazê-la novamente, mas nunca tive a oportunidade, já que ela não estava mais entre nós. Eu odiei, porque, depois de pagar uma fortuna pela comida, precisaria invadir a cozinha de Sara para preparar sanduíches para mim, porque estava morrendo de fome. Achei que Marina gostaria de jantar aqui, já que ela poderia fazer uma pequena busca no celular e ver que o lugar era incrível.

Tudo bem, incrível para alguém que se contentava com a vista. Eu ia a restaurantes para comer.

No fim da refeição, paguei a conta e resolvi ir embora. O trânsito estava ridículo, tive um dia estressante e levei um bolo da única mulher que me causou alguma reação desde que comecei a namorar Mitchie. Sem contar a fome que ainda resistia lá no fundo da minha mente. Queria me jogar de uma ponte.

Ok, não queria realmente me jogar de uma ponte, mas você entendeu o ponto do dia de merda.

Recusei-me a olhar para a casa da piscina quando caminhei para o carro. Se eu visse alguma luz acesa, certamente me irritaria com a falta de consideração dela em nem ao menos avisar que não iria. Derrotado, entrei em casa e notei que apenas a cozinha estava iluminada. Sara olhou para mim assim que entrei, seus olhos cansados. Empurrou um prato com sanduíches na minha frente. Sorri. Sara era a melhor pessoa do universo.

Beijei seu rosto e sentei-me em uma banqueta.

— Obrigado, Sara.

— Quando Marina disse que você estaria no *Pour Vous*, eu imaginei que voltaria com fome.

Ri.

— Marina disse a você sobre o *Pour Vous*?

Quis dar um tiro em mim mesmo interiormente. Ela havia arrumado tempo para falar sobre um encontro fracassado com Sara, mas não dedicou um segundo para avisar que não poderia *me* encontrar.

— Onde está seu telefone? — ela perguntou em resposta.

Coloquei a mão no bolso, pensando nele pela primeira vez em horas. Apertei o botão para ligá-lo, mas nada aconteceu. Eu o mantive pressionado, mas tudo o que apareceu foi o sinal de uma bateria vazia.

— Então foi isso. Você estava sem bateria.

— Não sei o que está acontecendo com esse iPhone. Eu juro que carreguei hoje de manhã.

Estava prestes a arremessá-lo contra a parede. Será que Marina havia ligado para dizer que não iria e fiquei esperando feito um bobo porque Steve Jobs não conseguiu projetar uma bateria decente?

— Nós ligamos para você várias vezes. Ela estava aqui quando ligaram da casa de Dana dizendo que Alison não se sentia bem. Já que Marina não tem um telefone, eu fiquei ligando daqui, enquanto ela ia buscá-la e levá-la ao hospital.

Meu cérebro começou a funcionar apenas parcialmente quando ela disse que Alison não se sentia bem.

— Onde está minha filha? Como ela está? — Comecei a me levantar e a recolocar o casaco, mas Sara me detêve.

— Não era nada demais, acalme-se. Acabou por ser apenas um vírus. Marina colocou-a para dormir lá em cima.

Eu voei para o quarto da minha filha, precisando saber e me certificar de que ela estava bem.

Ao chegar à porta, a cena mais doce de todas se desenrolou à minha frente. Marina tinha Alison em seus braços enquanto ambas dormiam e minha filha segurava um macaquinho de pelúcia com toda sua força. Caminhei o mais silenciosamente que pude até lá e coloquei a mão na testa dela, sentindo sua temperatura. Ela não estava queimando em febre, o que era um bom-sinal. Deixei um beijo em sua testa e, em seguida, olhei para a mulher ao seu lado.

Clichê

Marina parecia pacífica ao dormir. Resolvi ser um cavalheiro e carregá-la; metade por gratidão, metade pela sensação de tê-la em meus braços. Separei-a de Alison e nenhuma das duas acordou. Peguei-a em meus braços e saí do quarto. Ela se aninhou em meu peito e eu ouvi meu nome ser murmurado. Ela parecia a coisa mais graciosa do mundo e sexy ao mesmo tempo. Não queria ter que encará-la acordada, então murmurei baixinho para que voltasse a dormir, como eu fazia com as crianças e ela se aconchegou mais ainda a mim.

Eu poderia ficar viciado na sensação de tê-la em meus braços.

Não sabia exatamente o que fazer, porque não queria ter que caminhar até a casa da piscina, abrir a porta etc. Decidi deixá-la no quarto de hóspedes, que era a próxima porta no corredor, e depositei-a na cama. Toda a raiva por ter levado um bolo fora esquecida.

— Boa noite, Marina — sussurrei.

Beijei sua testa e saí do quarto.

Novembro de 2006.

Finalmente. Nós *finalmente* estávamos em casa.

Quando o carro parou, eu saltei com pressa e fui para o outro lado, antes que Mitchie abrisse a porta dela. Cheguei a tempo e, assim que ela desceu, peguei-a nos braços. Mitchie riu, e seu sorriso era tudo o que eu precisava depois de uma noite como essa.

Era nosso casamento e, por mais feliz que eu estivesse, havia sido um *longo* dia. Horas de preparação. Problemas no escritório (mesmo tendo o *notebook* confiscado, meu iPhone não parava de tocar – no silencioso – com problemas para resolver. Mitchie me mataria se soubesse). Nervosismo da cerimônia. Meia hora de atraso da noiva. Uma festa interminável. Horas tirando fotos. Praticamente não comi. Minha esposa foi solicitada por todos os convidados e não tivemos um único momento de tranquilidade a sós.

Nesse momento, eu só precisava de um pouco de tranquilidade e da minha mulher.

— Como você se sente, senhora Manning?

Ela sorriu.

— Você não faz ideia, senhor Manning. — O brilho em seus olhos fez de mim o homem mais feliz do mundo. — Estou tão feliz. — Ela encostou a cabeça no meu peito. — Amo você, senhor Manning.

Não poderia estar mais feliz.

— Senhor e senhora Manning. — Eu não vi que havia uma funcionária na porta da casa, esperando por nós.

— Coloque-me no chão, querido — Mitchie pediu.

Eu apenas sorri; de jeito nenhum que eu a colocaria no chão.

— Você deve ser Sara.

— Sim. — Ela sorriu. — A suíte do casal está preparada, como o senhor pediu. Todos os funcionários já deixaram a casa. Voltaremos quando o senhor determinar.

— Obrigado, Sara.

Ela nos deu passagem e comecei a levar Mitchie para o andar de cima.

— Ela foi realmente embora. — Riu, olhando por cima do meu ombro.

— Eu queria essa casa só para nós.

A porta do quarto estava aberta e eu estava infinitamente feliz, porque não sabia como a abriria com minha esposa no colo.

Esposa. Como soava bem.

— Killian! — Seu tom de surpresa trouxe um sorriso aos meus lábios. Eu a coloquei no chão e fechei a porta. — Olha que lindo!

Como eu tinha solicitado, havia flores em todos os cantos do quarto. Pétalas de rosas estavam espalhadas pela cama.

Pode chamar de clichê, eu não ligo.

Mas o mais importante era: o jantar estava servido ali no canto.

— Querida. — Ela virou seu corpo para o meu, passando os braços por meu pescoço e sorrindo. Perdi-me em seus olhos por um momento, mas me foquei, porque eu precisava dizer algo importante. — Eu tenho uma sugestão importante para fazer.

Mitchie sorriu.

— Sugira.

— O que você acha de comermos o jantar primeiro...

— Só se eu for sua sobremesa — ela me cortou.

Uma risada escapou de mim.

— Temos um acordo.

Décimo

BATE-PAPO

Não estava na cama de *você-sabe-quem*, se você se perguntou isso. Notei, minutos depois de despertar, que deveria estar no quarto de hóspedes. Tentei relaxar, mas não consegui. Comecei a pirar, porque sabia que não era sonâmbula, então só poderia ter chegado aqui carregada.

Mas carregada por quem?

O único homem que dormia na casa era o Estevan, mas ele estava na casa de sua família este fim de semana.

O outro homem que dormia na casa era o senhor Manning, mas eu não queria nem pensar na possibilidade.

Duas empregadas dormiam ali, além de Sara. Não acho que elas se uniram para me levar para o quarto.

Vou ficar com a opção de ser sonâmbula.

Aproveitei que ainda estávamos nas primeiras horas da manhã e fui para o quarto de Alison ver como ela estava. A febre tinha baixado. Olhando no relógio, vi que era hora de dar a ela mais um remédio. Despertei-a – mesmo que parcialmente –, mas ela só ficou acordada tempo o suficiente para ser medicada. Eu podia ouvir passos na cozinha, então sabia que Sara já deveria estar acordada, mas fiz questão de sair de fininho. Eu não estava fazendo nada de errado, mas não deveria acordar no quarto de hóspedes.

O quarto de hóspedes era para *hóspedes*. Eu era uma *funcionária*.

Fui para a casa da piscina e me preparei para o dia. Um banho longo me despertou. Era domingo, por isso poderia deixar as crianças dormirem até mais tarde. Estava com fome, apesar disso, então voltei para a casa da frente. Era cedo, mas o café da manhã estava funcionando a todo vapor.

Sara me deu um pequeno sorriso quando entrei.

— Você já está de pé? — Assenti. — Como está Ally? Passou por lá?

— Ela parece bem. Já dei o remédio hoje de manhã.

— Dê uma olhada nela enquanto eu termino o café da manhã.

Concordei. Estava na porta quando tomei coragem de perguntar:

— Posso perguntar uma coisa, Sara? — Ela assentiu, parando um minuto para me olhar. — Acordei no quarto de hóspedes.

Ela me deu um pequeno sorriso.

— O Senhor Manning chegou ontem e encontrou você dormindo no quarto de Alison, então a levou para lá. — Gemi interiormente. Eu odeio esse homem. — Eu acho que vocês deveriam conversar. Faz um bom tempo que não vejo o chefe desse jeito.

— Você não, Sara, por favor. Nem quero comentar sobre esse assunto.

Ela riu.

— Não disse nada demais... eu só...

— Tchau, Sara.

Ela riu novamente e eu fugi da cozinha.

No quarto, Ally estava apenas um pouquinho quente. Decidi não acordá-la, já que a febre parecia ter baixado. Beijei sua testa e saí de lá. Estava prestes a caminhar para a escada quando a porta do quarto do senhor Manning se abriu e um chefe sonolento saiu de lá.

Ele estava no meio de um bocejo, seu cabelo estava uma bagunça completa e tinha marcas de colchão no rosto. Estava a coisa mais sexy que eu já havia visto. Como se não bastasse isso, usava uma calça de pijama e uma regata branca, apenas para confirmar que era maravilhoso não apenas em um terno caro.

O bocejo terminou e seus olhos caíram sobre os meus. Ele parecia surpreso e dei um sorrisinho sem graça.

— Bom dia, Killian.

— Bom dia. — Ele caminhou em minha direção. — Precisamos conversar.

Dei-lhe um pequeno sorriso.

— Antes, você precisa de um café forte.

— Sim, eu realmente preciso.

Acenei com a cabeça para as escadas e ele me seguiu.

Conversar.

As coisas iam ficar feias.

Depois de um longo café da manhã, em que Killian estava apenas metade acordado, ele pediu a Sara que desse uma olhada nas crianças, porque tinha algumas coisas para discutir comigo.

— Acho que deveríamos fazer isso na sua casa. Assim não corremos o risco de sermos interrompidos.

Eu concordei. E enquanto caminhávamos para a casa da piscina, uma lista que fiz há algum tempo, quando eu queria ter uma conversa com o senhor Manning, veio à minha mente:

Palavras que eu não podia usar, além do apelido de Dorian. Hoje isso não era mais um assunto que me preocupava. Depois de tanto tempo, acho que sabia quais assuntos falar ou não com eles.

Ally e a hora do banho. É, ela ainda ficava triste ao tomar banho. Vamos manter esse assunto.

Quarto azul: qual o problema dele e por que a porta é azul. Ainda estou aqui tentando entender isso.

Pintura. Outro assunto que ainda permanece.

Silêncio eterno sobre a mãe das crianças. Esse, provavelmente, seria um assunto majoritário na nossa conversa. Era meu argumento contra essa história de "vamos ser amigos e... nos casar".

Eu já estava apavorada sobre essa conversa e nem tinha aberto a porta de casa. Quando entramos, ele se deitou relaxado no sofá da minha casa e não reclamei — era a casa dele, afinal. Sentei-me no chão, perto da perna dele, porque queria estar próxima para ter esse tipo de conversa.

Ele esfregou o rosto.

— Você pode começar.

Balancei a cabeça. Não queria começar *de jeito nenhum*.

— Você pode ir primeiro, já que requisitou a conversa.

Ele respirou fundo.

— Eu só preciso saber uma coisa: se Alison não tivesse passado tão mal, você teria aparecido?

Isso ia ser *realmente* difícil.

— Eu estive em dúvida sobre isso desde o começo. — Respirei fundo. — A gente não deve fazer isso, Killian.

— Então você não teria ido.

Balancei a cabeça, concordando.

— Acho que não. Errei em não dizer a você logo de cara, assumo isso. São muitos os motivos para não fazermos isso.

— Vamos concordar em discordar. — Balançou a cabeça. — Somos dois adultos. Estamos solteiros. A química entre nós é incrível. Podemos sair em um encontro, isso é totalmente razoável. — Ele soava completamente admissível. Só deixou de fora todas as coisas negativas disso tudo.

— Sim, somos adultos e solteiros. Só que você é meu chefe, Killian, e acabou de perder a esposa. Não posso simplesmente colocar uma pedra sobre tudo isso e sair em um encontro com você.

— Por que não? O fato de ser seu chefe não interfere em nada no nosso relacionamento, não com você sendo babá das crianças.

— Claro que interfere, Killian. Quando terminarmos, eu vou ser demitida. E não posso ser demitida. Não tenho casa, só tenho esse emprego.

Ele balançou a cabeça.

— Não vou fazer isso com você, Marina. Não vou demiti-la só porque terminamos. Você é a melhor coisa que aconteceu para mim, para as crianças e para essa casa desde que Mitchie se foi. E será que a gente pode, por favor, não pensar em terminar, quando nem começamos nada... ainda?

Foi a minha vez de balançar a cabeça.

— Nós vamos terminar um dia, Killian. Nosso relacionamento nunca daria certo. E, quando terminássemos, a situação poderia ser complicada demais para manter uma relação profissional. — Ele franziu os lábios. Eu sabia que ele queria dizer algumas coisas, mas estava se segurando. — Além disso, não pode fugir do fato de que você não superou e nem vai superar Mitchie.

— Eu assumo que não superei completamente a perda da minha esposa, mas não quero ser eternamente metade de uma pessoa, Marina. Estou juntando meus pedaços e eles estão quase colados, não vou ser o tipo de homem que joga todo o resto de sua vida fora porque perdeu aquela que amava. Mitchie não iria querer isso para mim, assim como eu não iria querer para ela. Posso ter julgado errado, mas pensei que você entenderia isso e estaria disposta a tentar comigo.

— Você não pode presumir as coisas, Killian. Deveria ter conversado sobre isso comigo quando decidiu que queria tentar alguma coisa.

Ele respirou fundo, puxando o cabelo para cima.

— Tudo bem, você está certa. Eu deveria ter deixado tudo bem claro.

— Sim, Killian, você deveria ter deixado tudo bem claro desde o começo.

— Ok, tudo bem. — Ele suspirou, derrotado. — Conheci Mitchie quando estávamos no colégio. Passamos de melhores amigos para namorados e para um casal. Nós éramos totalmente apaixonados. Não posso deixar de amá-la e nem quero. Acho que serei apaixonado por ela para sempre.

Cliché

Balancei a cabeça, entendendo completamente o que ele queria dizer.

— É difícil esquecer algo como isso. É o que eu estou tentando te dizer.

Ele negou.

— Você não entende isso, Marina. Eu tenho tanto amor dentro de mim para dar, que não sei o que fazer com ele. Além disso, não quero viver sozinho pelo resto da vida. As crianças são meu tudo agora, mas elas vão crescer e viver suas vidas. Eu quero alguém para dividir essas alegrias comigo. Não quero ser um solitário.

O meu coração estava dividido em dois. Eu só queria abraçar Killian Manning, esquecer que ele era meu chefe e dar uma chance a nós dois.

Eu sou um caso perdido.

— Sinto muito por dizer, Killian, mas não parece que ninguém nessa casa está pronto para seguir em frente. Mitchie é uma ferida aberta em todos vocês. Se acha que está pronto para dar mais um passo, você está errado.

Ele riu sem humor.

— Como você pode dizer isso? Você não sabe o que eu sinto! — Indignação preenchia seu tom.

— Não posso ver os sinais internos, mas vejo os externos. Não há fotos dela ou da sua família na casa. Não se fala sobre a morte dela. Há um quarto de porta azul trancado no andar de cima e um estúdio de pintura completamente esquecido também. As crianças eram totalmente fechadas quando cheguei aqui porque sentem a perda da mãe, mas não sabem como exteriorizá-la e o fato de você não falar sobre isso com elas não ajuda.

Respirei fundo. Finalmente estávamos tendo a conversa que tanto esperei. Killian apenas me encarava, então continuei:

— Tanto Dorian quanto Ally já choraram nos meus braços por sentir falta da mãe e eu não sabia muito bem o que dizer, até onde ir, porque não queria dizer a coisa errada. Não sabia até onde você já tinha ido com eles. Acho que, antes de dar um passo tão longo quanto trazer uma mulher para essa casa, a situação exige um pouco mais de esforço. Isso só pode machucar todos os envolvidos: você, as crianças e a garota que você escolher.

Ele se sentou no sofá no meio do meu discurso, deixando suas pernas bem perto de mim, abaixou a cabeça e escondeu o rosto nas mãos.

— Você está tão certa sobre isso que chega a ser irritante. — Ele riu totalmente sem humor, e eu passei a mão por seu cabelo, mesmo sem saber se poderia tocá-lo assim.

Acho que, depois de uma conversa franca como essa com meu chefe, eu poderia dizer algumas verdades.

— Só estou pensando no que é melhor para todo mundo.

Ele assentiu e me encarou. Minha mão caiu para um lado do sofá e a maciez do seu cabelo começou a fazer falta.

— Obrigado por ser tão verdadeira. — Ele pegou minha mão e a beijou. — Será que você consideraria me ajudar se nós dermos passinhos de bebê?

Ri.

— Ajudaria você com gosto, se começarmos por sermos amigos.

— Esse é o melhor acordo que eu ganho?

Sorri para ele.

— É, Manning. Esse é o melhor acordo que você vai conseguir de mim.

— Ser amigos pode envolver conversas como essa, sairmos para jantar, assistirmos um filme e coisas do tipo? — Assenti e ele abriu um belo sorriso. — Então, agora que discutimos tudo isso e temos um entendimento, será que posso levar você para jantar?

Novembro de 2013

A primeira notícia que chegou foi para a família do meu motorista. Eu nem tinha reparado que eles estavam ali, mas quando ouvi seu nome sendo chamado, notei a esposa dele lá. Sabia que ele tinha uma filha na faculdade, mas ela estudava do outro lado do país. Aqui em Nova York era apenas ele e a esposa. Eu andava de um lado para o outro, mas dei parte da minha atenção para as palavras do médico. A notícia que o médico trouxe só serviu para me deixar ainda mais em pânico.

Ele não resistiu. O acidente foi letal e eles o perderam na sala de cirurgia. Não consegui ir até a esposa dele para consolá-la, porque eu não conseguia tirar palavras positivas da situação para dizer a ela.

Só conseguia pensar se tinha sido letal para minha esposa também.

Os minutos se arrastavam naquela recepção de hospital e a única coisa que me conectou ao mundo novamente enquanto esperava por notícias de Mitchie foi o toque do meu celular. Ele tocara outras vezes e eu ignorei, mas essa chamada pescou minha atenção por algum motivo.

Era Seth. Provavelmente a única pessoa que eu desejava ouvir no momento.

— Meu voo sai em trinta minutos. As crianças vão ficar com a mãe e, se precisar, irão depois.

Coloquei a cabeça entre as pernas e respirei fundo.

— Obrigado.

Era bom saber que teria o apoio dele em breve. Levantei os olhos e vi um médico vir em minha direção e, visto que só havia uma pessoa na sala de espera no momento, sabia que eram notícias de Mitchie.

— Preciso ir.

— Eu também. Aguente firme, irmão. — E desligou.

Olhei para os olhos sérios dele.

— Você deve ser o senhor Manning. — Apenas assenti. — Eu sinto muito.

Era tudo o que eu não queria ouvir.

Mesmo que as palavras estivessem sendo registradas no meu cérebro, foi em meu coração que elas fizeram mais estrago. Ele parecia estar sendo perfurado lentamente. Buracos em cada parte, feitos por algum sádico. Meu coração sangrava e eu não sabia quanto poderia aguentar daquilo.

Michele Manning, minha Mitchie, estava morta.

Décimo Primeiro

FOME

Killian me obrigou a usar o vestido.

Eu o expulsei para fora da casa da piscina com empurrões, porque ele parecia decidido a ficar de plantão até que eu me vestisse devidamente – o que significava usar o vestido. Segundo ele, foram *horas* gastas em uma loja de roupas femininas, com vendedoras tentando empurrar todo tipo de coisa curta e inapropriada em suas mãos, quando ele poderia estar fechando negócios rentáveis. Ele não estava reclamando, que fique bem claro, só queria que as vendedoras entendessem o conceito que apresentava.

Quero dizer que essa era uma transcrição exata das palavras dele. Não inventei nada, apenas passei para a terceira pessoa. Killian era estranho assim.

Não estávamos em nenhum tipo de relacionamento amoroso, mas ficávamos juntos durante boa-parte do tempo. Ele acordou mais cedo um dia e tomou café da manhã comigo e Sara. Foi levar as crianças na escola todos os dias comigo. Ia trabalhando no caminho de ida, mas eu sequestrava o celular dele enquanto estávamos voltando e nós conversávamos. Mesmo que reclamasse, eu dizia a ele que uma hora não o faria perder todas as suas empresas. Música, filmes, coisas que as crianças faziam... Sempre assuntos leves, mas era bom para nos conhecermos. Ele me chamava para ficar em seu escritório quando estava trabalhando em casa e eu ficava lá lendo algum livro. Jantávamos juntos e ele passou a tirar um tempo para participar das brincadeiras com as crianças depois do jantar. As coisas estavam caminhando...

Então ele me obrigou a sair para jantar com ele.

Segundo suas reivindicações, eu o deixei plantado no último sábado e estava devendo uma refeição a ele. Concordei em sair para jantar, mas deixei bem claro o que eu achava sobre o *Pour Vous*.

— Olha, se você me levar para comer naquele tal de *Pour Vous*, eu o farei parar em um McDonald's depois, porque esse certamente é um daqueles lugares em que você paga uma fortuna e sai com fome.

Ele olhou sério para mim, estudando meu rosto.

— Isso é sério?

Olhei para ele, como se tivesse um olho a mais.

— Claro que sim. Sinto muito se esse é o seu restaurante favorito ou algo do tipo, mas, se formos jantar nele, provavelmente não deixarei você me levar a qualquer outro lugar.

Foi então que ele começou a rir alto e descontroladamente. Em seguida, passou os braços pela minha cintura e me abraçou com força.

— Você é uma figura, Marina — ele disse no pé da minha orelha, o que me fez sentir arrepios em todos os lugares do meu corpo, porque a voz dele era muito sexy e a região da minha nuca e adjacências eram meu ponto fraco.

Isso nos levava de volta ao assunto do vestido. Sim, Killian me fez usá-lo. Ele era lindo e tudo mais, mas eu disse a ele que era o tipo de vestido que você usa quando vai a um restaurante como o *Pour Vous* e que eu já tinha explicado o que pensava do lugar. Então ele disse que odeia o restaurante, mas achou que eu iria gostar.

Sério? Ele acha que eu sou uma supermodelo magérrima que só come alface?

Com isso, ele não me contou aonde iríamos, mas me obrigou a vestir a peça, ameaçando esconder todas as minhas roupas. Ou ficar dentro do banheiro enquanto eu me vestia para garantir que usaria o vestido. Por mais tentadora que fosse a oferta, recusei gentilmente e levei o vestido para dentro do banheiro. Depois o expulsei a chutes e pontapés.

Quando terminei meu banho e me vesti, fui dar um jeito no cabelo. Ele estava estranhamente agradável hoje, mas eu queria prendê-lo. Minha solução foi o famoso penteado de prender em cima e deixar solto embaixo. Fiz cachos com o *babyliss* e coloquei uma presilha de borboleta para enfeitar. Minha maquiagem foi simples, porque enfeitar não era muito o meu negócio. Em seguida, achei minha caixinha de bijuterias – toda empoeirada – e cacei um par de brincos de pérola (falsas, é claro) e um cordão que ganhei da tia Norma (era semijoia, mas é melhor que nada).

Procurei nos meus sapatos por algo decente para calçar, mas estava bem difícil. A maioria dos meus sapatos estava com os saltos estragados e eu nunca entraria em um restaurante chique com um salto defeituoso. Achei um dos mais novos, era bege-claro e estava escondido em um canto.

Ele ainda não estava totalmente destruído, então passei um paninho molhado e ele brilhou feito novo.

Esperava que o vestido ofuscasse a velhice dos meus calçados.

Estava arrumando a roupa no espelho do guarda-roupa pela última vez para ter certeza de que ele estava bonito quando a campainha tocou.

— Eu já vou.

Não corri, porque eu não era sinônimo de destreza quando estava sobre saltos, mas Killian ouviu meu grito, porque não chamou outra vez. Minha voz morreu quando abri a porta e isso foi irritante.

Sério, eu via esse homem de terno o tempo inteiro. Por que ele tirou meu fôlego dessa vez?

Sejamos diretos. Ele não estava com um terno completo: gravata não era vista em qualquer lugar, dois botões da camisa estavam abertos e ele segurava seu paletó sobre um ombro, mas o cabelo estava impecável e o pequeno sorriso que ele mantinha no rosto tirou meu fôlego.

Killian Manning queria me matar.

— Eu vou ser muito sincero, Marina...

Ele se apoiou nos cotovelos, aproximando-se de mim por sobre a mesa. Nós tínhamos acabado de fazer o pedido em um restaurante que eu não sabia o nome, porque saímos do carro rápido demais para que eu percebesse, mas ele era chique e parecia muito bom. Passei pelas mesas olhando os pratos das pessoas discretamente. Aparentemente, não morreríamos de fome aqui.

— Esse vestido que você está usando? Valeu cada centavo. Muito melhor do que uma coisinha preta que a vendedora queria me empurrar, mas que tinha o tamanho de uma camisa.

Balancei a cabeça, rindo.

— Ainda bem que você não me deu um vestido curto. Eu ia jogar de volta em cima de você.

— Meu cartão de crédito agradece. — Ele riu desta vez. — Você está linda. E vou repetir isso quantas vezes forem necessárias, antes que você comece a reclamar.

— O quê? Você acha que eu vou reclamar por receber esse tipo de elogio? — Balancei a cabeça, fingindo descrença. — Eu pensei que você me conhecia o suficiente.

Ele esticou a mão sobre a mesa e pegou a minha.

— Então posso distribuir elogios e você não vai começar com aquilo de piscar os olhos, sorrir sem graça e não aceitar nenhum deles?

Dei de ombros.

— Provavelmente não.

— O que você acha de eu ir até a banda ali e pedir o microfone emprestado? Assim posso gritar para todos quão bonita você está hoje e todas as coisas que eu quero fazer com você em privado.

Gargalhei.

— Cara, você tem senso de humor.

Foi nessa hora que um garçom chegou trazendo as entradas.

Sério, as entradas desse lugar eram quase a mesma porção do prato principal do *Pour Vous*.

— Vamos comer entrada, prato principal e sobremesa — ele disse, enquanto o garçom ia buscar nosso vinho. — Se você sair daqui com fome, não sei o que fazer.

Ri, balançando a cabeça.

— Você pode pensar em cozinhar para mim da próxima vez.

— Só se você estiver pensando em comer *Cup Noodles*.

Eu ri dele.

— Fala sério! Você não sabe fazer nada na cozinha?

— Marina. Olha bem para mim. — Ele usava um tom óbvio. — Eu tenho cara de quem sabe fritar um ovo?

Segurei minha língua. O que eu queria responder era: Sim, você tem cara de quem é rico, bonito, cozinha para sua mulher e ainda é bom de cama. Em vez disso, eu disse:

— Nós vamos trabalhar nisso.

E foi quando o garçom voltou, trazendo nosso vinho.

Era estranho ver as pessoas bebendo e, em seguida, pegarem seus carros. Eu estava acostumada com a Lei Seca e todo mundo fugindo para não assoprar o bafômetro ou um amigo sendo motorista da rodada. Bebi assim mesmo, porque tinha plena consciência de que ele não me deixaria chegar perto do volante de seu Jaguar XF.

— Eu posso fazer uma pergunta?

Ele me encarou. Tínhamos terminado o prato principal e estávamos aguardando a sobremesa.

— Pelo olhar em seu rosto, eu vou me arrepender disso, mas vamos lá. O que quer perguntar?

Mordi o lábio, parando dois segundos para ter coragem de dizer. Decidi começar com o que achei que seria mais tranquilo.

— Por que tem um quarto com porta azul trancado na casa?

Ele respirou fundo e vi seus lábios franzirem. Ótimo, acho que ele não quer falar sobre isso.

— Próxima pergunta.

Eu sorri. Tudo bem, Manning. Eu sei ser má.

— Por que você tem um estúdio de pintura em casa, se ninguém pinta?

O garçom chegou bem nessa hora com a sobremesa, então o assunto morreu. Quando o garçom saiu, ele repetiu:

— Próxima pergunta.

Rindo, eu fui em frente.

— Por que Alison fica tão triste quando precisa tomar banho?

Ele enfiou uma colher de doce na boca e esperei pacientemente que ele terminasse.

— Mitchie fazia uma grande coisa sobre os banhos das crianças. Brinquedos, música... — Ele deu de ombros. — Acho que Alison está reagindo a isso.

— Ela ainda ajudava no banho de Dorian também?

— Ela supervisionava, mas ele tomava banho sozinho. Eles não usavam mais os brinquedos, mas eles sempre ouviam música. Coldplay era uma das bandas favoritas deles nesse momento.

Assenti, lembrando-me de Dorian pedindo para que eu o ensinasse a tocar *The Scientist*.

— E você quer que eu brinque com Ally no banho?

Ele negou.

— Você acha que deveria?

— Era um momento com a mãe dela. Não acho que deveríamos tentar substituir. — Respirei fundo, criando coragem. — Isso nos leva a outra coisa que eu queria falar com você. — Ele assentiu, comendo mais um pedaço de doce. — Por que ninguém fala nada sobre Mitchie naquela casa?

Ele me deu um olhar estranho.

— Por que você acha que deveríamos falar sobre isso? — Olhei para ele como se fosse óbvio. — Dói, Marina. Pensar na perda dela, tão repen-

Cliché

125

tina, dói. E se eu sinto isso, não quero nem pensar no que meus filhos podem sentir.

— É importante falar, Killian. — Ele balançou a cabeça e encostou-se à cadeira, olhando estranho para mim. — Tudo o que vocês têm dela agora são as memórias. Você, provavelmente, nunca vai se esquecer da mulher que ela foi. Daqui a um tempo, vai se lembrar com saudades. Mas as crianças são pequenas demais para isso. Elas vão perder as memórias que têm da mãe. Não há uma foto de família na sua casa. — Estendi minha mão pela mesa e segurei a dele. Seus olhos foram para nossas mãos entrelaçadas por um momento e, em seguida, foram para o meu rosto. — Eu sei que você não quer que as crianças se esqueçam da mãe. Você precisa dar isso a eles.

Ele respirou fundo.

— Eu odeio que, a cada cinco palavras que saem dessa sua boca, seis estão corretas.

— Provavelmente, terei coisas a falar sobre as outras duas perguntas, se você quiser respondê-las — respondi rindo.

Foi sua vez de rir.

— Coma sua sobremesa, Marina Duarte.

Seu carro era, definitivamente, um dos meus lugares favoritos do mundo. Além de ser extremamente confortável, eu podia passar horas com o clima agradável, a música ambiente e a companhia.

— Sabe o que eu acho que você deveria fazer? — Seu olhar derivou para mim por um minuto. — Você deveria levar as crianças para uma viagem.

— Viagem? — Suas sobrancelhas se franziram.

— Sim, imagina? Você e as crianças de férias por um tempo. Sem dores de cabeça. Sem esse seu iPhone maldito tocando a cada cinco minutos. Acho que elas gostariam de um tempo com o pai sem interrupções.

— Não sei. As coisas estão meio corridas agora. Não sei se vou ter tempo para isso, por mais que eu goste da ideia de passar algum tempo só com meus filhos.

— Mas não precisa ser agora, nesse minuto. Aproveite as férias das crianças. Você vai ter algum tempo para se organizar no trabalho. — Eu me virei para ele. — Nem que seja só por um fim de semana, eles vão adorar.

— Você tem algum lugar em mente?
Balancei a cabeça.
— Na verdade, não. Não há nenhum lugar que você queira ir?
Enquanto ele reduzia para parar no sinal, eu vi a ideia se formar em seu rosto, que parecia feliz por um momento.
— Quero levar as crianças na fazenda de Seth. Eles gostam tanto de seus primos e faz tanto tempo que não vêm à cidade... Acho que pode ser uma boa-coisa.
Eu assenti para ele.
— Claro, Killian. Acho que as crianças vão amar passar um tempo na fazenda.
Vi seu pequeno sorriso ficar fixo nos lábios até chegarmos em casa.
Acho que as crianças não seriam as únicas pessoas a aproveitarem esse tempo na fazenda.
Ele deixou o carro na garagem e eu estava pronta para nos despedirmos ali, mas Killian pegou na minha mão e me guiou até a porta da minha casa. Quando estávamos na soleira da porta, ele segurou meu rosto com as duas mãos e eu estava um pouco incerta sobre beijá-lo.
— Obrigado por sair comigo. A noite foi excelente.
— E eu agradeço por me levar. — Sorri para ele. — O jantar estava ótimo. Além disso, eu não estou com fome.
Ele riu.
— Essa é uma grande notícia. Você decide aonde iremos da próxima vez.
— Eu já tenho uma ideia, mas prepare-se para isso. Você não perde por esperar.
Ele riu de novo.
— Será que esse nosso ir-devagar-quase-parando inclui um beijo de boa-noite ou algo do tipo? — Suas mãos acariciaram meu rosto.
Eu sorri, tomando minha decisão.
— Algo do tipo.
Passei meus braços por seu pescoço e deixei que meus lábios tocassem os dele suavemente. Seus braços me envolveram e fiquei entorpecida pela sensação do seu corpo moldando o meu. E então eu interrompi, porque, se sua língua entrasse na minha boca, eu estaria perdida.
— Boa noite, Marina. — Ele me deu um pequeno sorriso. — Tenha lindos sonhos comigo.
— Boa noite, Killian.

Cliché

Entrei em casa com a imagem daqueles belos olhos me encarando por trás das lentes. Naquela noite, eu tive lindos sonhos quentes envolvendo olhos verdes, quase cinzas, um pequeno sorriso e chefes gatos.

Décimo Segundo

COWBOYS

Nós estávamos caminhando pelo Lower East Side depois de nos entupirmos em um *foodtruck* uma quadra abaixo. Killian nunca tinha visitado um, mas essa era a minha comida favorita desde que me mudei para Nova York, então senti-me na responsabilidade de levá-lo para conhecer. Nós estávamos caminhando para o próximo, dois quarteirões à frente, em busca do sorvete mais perfeito do universo inteiro.

Enquanto caminhávamos, Killian sorrateiramente jogou um braço sobre meus ombros e puxou meu corpo próximo ao dele. Digo sorrateiramente porque só me toquei do movimento quando estendi minha mão para segurar a dele, que estava pendurada em meu ombro. Seu corpo quente encostado no meu estava me dando ideias, então passei a me focar na nossa conversa e não na nossa proximidade.

— É claro que você vai se acostumar a andar de avião. Eu não tenho um jato à toa.

— Espera, você tem um jato?

Killian riu.

— É claro que eu tenho. Houve uma época em que eu viajava tanto que era mais vantagem comprar um do que pagar passagens de primeira classe.

É claro que ele tem um jato, Marina. Qual é a parte de que ele é um homem podre de rico que você não entendeu?

— Ainda não estou acostumada com toda a sua riqueza. Acho que nunca vou acostumar.

Ele me olhou de lado, com um pequeno sorriso.

— Nem eu. Quer dizer, não quero ser arrogante nem nada do tipo. Eu era pequeno, mas lembro de estarmos totalmente apertados, porque papai pegou um empréstimo para abrir o primeiro hotel da rede. Era pequeno e ele trabalhava tanto... Quase não o via, mas o primeiro M Hotel, que é o nome da nossa rede, foi motivo de orgulho para toda a família. Vi o negócio do meu pai crescer aos poucos. Primeiro, na hotelaria. Começamos no Texas, porque éramos de lá. Papai abriu o primeiro em Austin, depois expandiu para Dallas e Houston. Chegamos a um ponto em que estávamos nas principais cidades. Eu tinha doze anos quando ele abriu a transportadora. Tínhamos hotéis em trinta cidades fora do Estado do Texas. Rapidamente expandimos a transportadora para os locais que tínhamos hotéis, porque era mais fácil fazer o controle. Quando fiz vinte anos, papai comprou o primeiro cruzeiro. Ele já estava cansado demais e estressado, porque tinha construído seu império e o médico mandou que ele descansasse, pois teve um princípio de infarto. Já era interessado pelos negócios da família desde que fiz 18 anos. Quando não estava na faculdade, estava no escritório do papai. Ele entrou de férias para tentar descansar um pouco e deixou o controle da empresa comigo.

— Seu pai confiou o império dele a um garoto de vinte anos? — Dei uma cotovelada nele. — Você devia ser um jovem *nerd*.

— Eu era. — Riu. — Mitchie e eu éramos namorados na época e não sei exatamente como passamos por esse período. Dividia minha vida entre a faculdade e o trabalho. Papai não estava comigo. No meu tempo livre, que era quase nulo, eu dormia. No lugar dela, eu teria me chutado.

— Ela amava você, Killian. Mulheres aturam essas coisas quando estão apaixonadas. — Ele riu novamente. — Foi temporário, não foi?

Assentiu.

— Terminei a faculdade aos 22, mas papai deixou a empresa na minha mão quando completei 21. Ele estava comigo durante esse tempo, resolvendo os problemas que eu não podia, e me treinando, para que eu não fizesse nenhuma merda. Quando fiz 22, consegui respirar. Foi então que resolvi colocar um anel no dedo dela, porque não queria ser chutado.

Eu ri. Estranhamente, falar sobre Mitchie não me incomodava.

— Continuei estudando depois disso para me especializar, só que eu fazia poucas matérias, porque queria ficar com Mitchie. Enfim, o que eu queria dizer é que nós fomos expandindo a *ManesCorp* aos poucos. Aconteceu gradativamente. Quando eu vi, já estávamos com sete empresas.

Eu ainda estava meio boquiaberta quando chegamos ao *foodtruck* com meu sorvete favorito, então paramos a conversa por ali. Killian Manning era gato, inteligente e empreendedor. E tão fora de alcance.

— Todas as coisas das crianças estão prontas para amanhã?

— Alison está totalmente empolgada. Acho que já sei tudo sobre cada um dos filhos do seu irmão.

Ele riu.

— Essa é a minha Alison. Estou feliz que você a recuperou.

Balancei a cabeça.

— Eu não fiz nada, homem. Sua filha é incrível.

Falamos bobagem até chegarmos em casa. Era tão fácil estar com Killian desse jeito que o tempo passava sem que víssemos.

— Descanse, ok? — ele disse ao pararmos na frente da casa da piscina. Eu me encostei à porta e ele parou perto de mim, invadindo meu espaço pessoal. — Amanhã faremos uma longa viagem.

Aproveitei que ele estava perto demais de mim e passei os braços pelo seu pescoço. Ele segurou minha cintura.

— Killian, você tem um apelido?

— Eu tinha. — Ele respirou fundo. — Uns amigos da faculdade até me chamavam, mas era uma coisa muito minha e de Mitchie.

Claro, o que não tinha a ver com ela?

— E você ainda acha que não falar sobre ela é uma boa-coisa?

Ele balançou a cabeça.

— Na fazenda, Marina. Eu prometo que vou responder todas as perguntas que conseguir lá. Seja paciente.

— Posso fazer isso — respondi. — Beijo de boa-noite?

Ele apertou os braços em minha cintura.

— Posso considerar um avanço, desde que você pediu por isso?

— Você deve considerar um avanço.

— Deixe que eu a carrego — Killian disse quando me viu tentar pegar uma Alison adormecida no banco de trás do carro.

Eu concordei e fui para Dorian. Ele esfregava os olhos.

— Vamos, querido. Você pode dormir de novo lá em cima.

Ele assentiu e pegou minha mão, descendo do carro.

Em frente à escada que dava acesso ao avião, toda a tripulação de quatro pessoas estava enfileirada, saudando Killian. Ele fez sinal para que não fizessem barulho e todos o saudaram com sorrisos e acenos de cabeça. Eu o segui para dentro do avião bem de perto e, com Dorian agarrado na minha mão, nós entramos. Killian parou.

— Vamos colocar os dois lá dentro para dormirem na cama e depois voltamos, tudo bem?

Assenti e o segui. Foi quando eu olhei à minha volta.

Eu estava pisando em um carpete felpudo e macio. O que eu podia ver do jato era total e completo luxo. Entenda, não era um avião supergigante. Estava mais para jatinho, mas era uma graça. Na frente do avião era, obviamente, a cabine dos pilotos. Logo atrás havia três poltronas, duas de um lado e uma do outro. Os fundos do avião tinham duas cortinas, que eu não sabia exatamente para o que eram, mas eu estava prestes a descobrir, já que Killian se encaminhava para lá.

Ele abriu a cortina da esquerda, revelando que havia uma cama de casal perfeitamente arrumada. Desfiz a cama e ele colocou Alison deitada ali. Dorian se sentou na cama e desamarramos seus sapatos, para que ele pudesse descansar. Após cobrirmos os dois e beijarmos suas cabeças, saímos.

— Fique à vontade, querida — ele disse quando fechou a cortina. Fui até as duas poltronas que estavam lado a lado e ele se sentou junto comigo. — Se estiver cansada, as poltronas reclinam.

— Vou ficar bem. E você?

Ele sorriu e se inclinou para o meu lado.

— Eu estou ótimo.

E assim nós ficamos. Começamos a conversar e Killian me contou um pouco sobre seus sobrinhos (que eram, provavelmente, as crianças mais lindas do universo, depois de Ally e Dorian), a fazenda e o negócio que seu irmão tinha construído.

Depois da primeira hora de viagem, o cansaço da semana parecia ter alcançado Killian e nós resolvemos reclinar um pouco a poltrona, para que pudéssemos descansar. Eu o fiz descansar a cabeça na minha barriga e acariciei seus cabelos, que eram o cúmulo da maciez. Dormi pouco depois.

Quando acordei, uma das comissárias de bordo estava nos despertando. Killian estava com o rosto completamente amassado e o cabelo estava uma bagunça total. Era tão fofo.

— Bom dia, luz do dia.

Ele balançou a cabeça, um pequeno sorriso que iluminava seu rosto.

— Por quanto tempo eu dormi?

— Quase três horas, acho. — Dei de ombros e começamos a nos arrumar na poltrona para o pouso; cintos e tudo mais. — A comissária veio avisar que prendeu as grades da cama para a segurança das crianças.

    O pouso foi tranquilo. Quando chegamos ao solo, fomos pegar os pequenos. Dessa vez, fiquei com Alison nos braços, porque Killian levava um Dorian adormecido nos seus. Quando descemos do avião, uma Hilux de cabine dupla nos esperava. Um segurança abriu a porta para nós e colocamos as crianças no banco de trás. Eu estava esperando que Killian entrasse no banco da frente e eu, atrás, porque sabia que o segurança dirigiria para nós, mas Killian entrou no banco do motorista e ligou o carro, fazendo sinal para que eu o seguisse. Então Killian dirigiria.

    — É longe?

    Ele negou e começou a dirigir pelo aeroporto, entre os aviões parados, pelo caminho que os ônibus de passageiros faziam.

    — Uma hora de estrada, com trânsito. Você mal vai ver o tempo passar.

    — Você está cansado. Quer que eu dirija?

    Ele balançou a cabeça.

    — Você não sabe onde é e, se eu não estiver fazendo alguma coisa, vou acabar dormindo de novo.

    — Podemos colocar no GPS e eu acordo você caso percamos o sinal.

    — Vamos logo. É só uma hora. Quando chegarmos à fazenda, vou dormir o restante da tarde.

    Eu ri.

    — Você deveria mesmo.

    Fomos conversando amenidades até as crianças acordarem. Primeiro Dorian; depois Alison. Passamos a ouvir alguns CDs infantis para fazer a alegria dos dois. Seth morava em uma cidade chamada Manor, no Condado de Travis. Austin era a sede do condado. Quando eu já estava cansando de ficar sentada naquele carro e a vontade de fazer xixi era demais, passamos por duas montanhas e eu vi ao longe uma pequena casa.

    — Aquela é a casa de Seth. — Killian apontou. — Agora falta pouco.

    Ele sorriu e eu o acompanhei.

    Esse era um lado de Killian que eu não estava muito acostumada. Ele era sempre doce comigo, mas eu nunca o havia visto tão relaxado. Sempre pareceu um alfa em seu terno caro, agora ele não parecia mais tão intimidador. Ainda usava blusa e calça social, mas nada de gravata e seu paletó foi perdido em algum lugar no meio do caminho. Seu rosto demonstrava tranquilidade e eu já previa os ares da fazenda nos relaxando durante aquela viagem.

Busquei uma cerca que delimitasse a propriedade e não consegui acreditar que era real. Aquela fazenda parecia ser do tamanho do mundo e eu estava levemente assustada com tudo aquilo.

Conforme nos aproximamos, a pequena casa foi se transformando em uma enorme casa de campo e eu não tinha ideia de quantos cômodos ela tinha, mas parecia ter o dobro do tamanho da Mansão Manning nos Hamptons. Assustada era pouco para me definir.

Uma mulher morena apareceu na porta da casa assim que a Hilux atravessou os portões de madeira. Ela era a típica *cowgirl* com regata branca, blusa xadrez vermelha, shorts curtos, pernas longas e botas. Usava também um cinto com uma fivela enorme e estava colocando um chapéu branco na cabeça.

Killian estacionou e ela correu até nós.

— Yay! Até que enfim! — Ela pulou em cima dele e eu sorri, porque os olhos dele brilharam. — Já era hora, maninho. — Ela apertou a bochecha dele e eu fiquei feliz de ver a interação dos dois.

— A recíproca é verdadeira, maninha.

Ela empurrou o ombro dele.

— Cala a boca. — Ela se virou para a porta de casa. — Jared, Lola, seu tio chegou! Venham ajudar!

Foi então que as crianças mais lindas do universo saíram pela porta. Killian fez as apresentações de uma vez, dizendo que eu era sua "amiga Marina, aquela que cuida das crianças". Para apresentar a cunhada, ele foi sucinto: "Essa é Brenda, a santa que atura meu irmão Seth".

Maninha.

Brenda Manning aparentava ter trinta anos.

Cowgirl, mulher de Seth.

Fuja do clichê da *cowgirl*, Brenda. Fuja!

— Seth está alimentando o gado com os rapazes. O almoço está quase pronto, então ele deve estar de volta logo. Tudo bem se nós acomodarmos vocês enquanto isso? — Ela tinha um pequeno sorriso.

— Claro, maninha. Mostre o caminho.

Com as crianças pulando na frente e seguindo seus primos, nós pegamos as malas e fomos. Tecnicamente, Jared e Lola deveriam nos ajudar, mas a saudade dos primos parecia maior do que qualquer coisa e eles desapareceram para dentro da casa. Já que éramos os adultos da história, tudo bem. Carreguei minhas duas malas pequenas, enquanto Brenda pegou a de

Alison e Killian carregou a mala dele e de Dorian. Ela nos levou ao andar de cima e disse que daria um tour pela casa depois. Eu estava totalmente cansada da viagem, então aceitei de bom-grado.

Já tinha visto do lado de fora que a casa não era aquelas típicas de madeira dos Estados Unidos. Parecia uma bela casa de campo brasileira feita de tijolos. Isso foi comprovado quando entramos. Era linda, muito linda. Passamos rápido pelos cômodos, mas eram todos muito espaçosos, bem-decorados e aconchegantes. O quarto de hóspedes que me foi cedido era o lugar mais acolhedor que eu já vi. Eu poderia ficar lá para sempre, se trouxessem comida e água o suficiente. E eu realmente queria passar um tempo lá e tirar um cochilo, mas as crianças vieram me buscar, a pedido de seu pai, porque o almoço estava servido.

Quando coloquei os pés na cozinha, um homem maravilhosamente esculpido entrou pela porta que levava ao lado de fora da casa.

— Tio Seth! — Dorian e Alison gritaram e, soltando minhas mãos, correram até o tio.

— Ah, sobrinhos. — Ele pegou os dois, segurou-os em seus braços fortes e sorriu belamente, assim como Killian.

Tio Seth.

Seth Manning, alguns anos mais velho que Killian, aparentemente. Talvez trinta e três? Ou trinta e quatro? Era um típico *cowboy*.

Bonito, gostoso, simpático e dono de uma fazenda? Sério?

— Seth, tire esse chapéu para comer e vá lavar as mãos, homem.

Ele sorriu para Brenda, deixou as crianças no chão e foi até ela. Abraçou-a pela cintura e beijou seus lábios.

— Acalme-se, mulher, já vou. — Ele a soltou e veio em minha direção. — Você deve ser Marina. — Ele me deu um sorriso enorme. — Vou cumprimentá-la devidamente assim que obedecer à minha dama. — Então piscou e saiu.

Como se não bastasse encontrar Seth Maravilha Manning – que era engraçado e um paizão –, no minuto que eu sentei à mesa, Killian Manning entrou no cômodo. Ele vestia jeans e uma camisa fina de manga comprida azul e parecia maravilhoso. Eu não estava acostumada a vê-lo daquele jeito. Killian Manning era o senhor Terno e Gravata. Ele sorriu e se sentou ao meu lado como se fosse normal andar por aí vestido como um modelo de roupas, enquanto eu tentava não entrar em parafuso.

Era muita gente bonita de uma vez só. Parecia um maldito filme de

Hollywood com esse elenco invejável.

Nós almoçamos e eu conheci Dolores, a melhor pessoa do universo inteiro. Ela ajudava Brenda nas tarefas da casa: as duas lavavam, passavam, cozinhavam, limpavam, cuidavam das crianças etc. Eu fiquei cansada só de pensar em todo o trabalho que elas tinham diariamente.

De repente, cerca de dez homens entraram na sala de jantar (foi aí que eu entendi porque era uma mesa para cerca de vinte pessoas) e percebi que o trabalho era maior ainda, porque – aparentemente – os trabalhadores de Seth também almoçavam ali.

Eu estava precisando de férias só de pensar.

Depois do almoço, todos se retiraram e Killian foi brincar com as crianças na frente da casa. Aurora, a bebê de oito meses, ficou na cozinha conosco dentro de um cercadinho. Era um lado totalmente diferente do chefe sério e ocupado que eu conhecia, mas estava muito feliz por conhecê-lo.

Ajudei Brenda a preparar algumas guloseimas para um piquenique e sanduíches para o lanche dos rapazes. Em seguida, fomos ficar do lado de fora com as crianças. Dolores saiu em uma caminhonete para levar os lanches e nós começamos a arrumar o café. Estendemos uma toalha gigante e colocamos as coisas sobre ela. Brenda instruiu seus filhos a lavarem as mãos e Dorian e Alison seguiram os primos. Quando eles voltaram, nós começamos a comer.

Os filhos de Seth e Brenda eram a definição da fofura. Brenda colocou a bebê Aurora, que parecia a versão feminina do pai, em cima da toalha do piquenique e ela engatinhava para todos os lados. Os outros filhos dele não ficavam para trás; Douglas, de seis anos, adotou Alison como melhor amiga e não saía do lado dela para nada. Ele estava uma fofura em um macacão marrom, uma blusinha jeans por dentro, além de botas e chapéu de *cowboy*. Eu só queria apertar essa criança.

Os gêmeos pareciam estar colados. Aonde Lola ia, Jared ia. O que Jared fazia, Lola imitava. Eles eram a definição de gêmeos idênticos, ambos uma mistura perfeita de Seth e Brenda. Segundo Brenda, eles eram os gênios do crime da casa. Aprontavam todo o tempo. Dorian se juntou a eles. Eu achei que iriam afastá-lo, por serem tão unidos, mas Lola segurou Dorian pelo outro braço. Eles eram um trio e tanto.

O restante do dia na fazenda foi bem tranquilo. Killian ainda estava cansado, então parou de brincar com as crianças, mas deitou Aurora em seu peito e ficou brincando com ela, o que era a cena mais fofa do universo inteiro e me deixava com sentimentos conflituosos. Às vezes, eu via uma dor nos seus olhos, mas um sorriso também se estendia em seus lábios em um sentimento agridoce.

Quando a noite caiu, Seth voltou para casa com os outros rapazes. Todos eles se reuniram lá na frente e começaram a cozinhar um churrasco daqueles tipicamente americanos. Eu já estava pronta para ver hambúrgueres e salsichas na churrasqueira, mas o churrasco variava de Estado para Estado nos Estados Unidos e as coisas funcionam diferentes no Texas. Assisti enquanto eles cortavam carnes e colocavam uma coisa que eles chamaram de *brisket*, o que aparentemente era o peito do boi. Além disso, eles trouxeram linguiça e costelas de porco.

Enquanto Brenda e Dolores foram para a cozinha novamente, eu fui supervisionar o banho das crianças. Cada um deles tinha um quarto com banheiro e eu fiquei pensando, enquanto esperava que as cinco crianças (Aurora não estava incluída) saíssem do banheiro, que eu estava totalmente fora de lugar ali.

Eu era uma babá. Morava de favor na casa do meu patrão. Estava saindo com o cara (e beijando-o). Se ele me despedisse no dia seguinte, ia morar debaixo da ponte. Na verdade, se ele me despedisse no dia seguinte, eu estaria frita, porque não tinha um centavo para voltar para Nova York. Ok, até conseguiria comprar uma passagem voltando, mas certamente comprometeria meu orçamento. Além disso, não tinha carro próprio; dirigia o dele. Se trabalhasse a minha vida inteira, nunca teria um terço do que ele ganhava em um mês. Eu era pobre, sempre seria pobre e não podia me iludir achando que Killian era meu príncipe no cavalo branco que viria e nós nos casaríamos, teríamos bebês e seríamos uma família com uma casa com uma cerquinha e uma casa de praia em LA. Ah, uma casa no Brasil também, para passarmos as férias e vivermos felizes para sempre.

Acorda, Marina Duarte.

— Marina, você está aí em cima? — Ouvi a voz de Killian me chamar.

Estiquei a cabeça em direção à escada para responder:

— Sim, estou aqui.

Ouvi seus passos na escada e ele veio até mim, parando na minha frente. Eu estava encostada na parede do corredor e Killian não hesitou em invadir meu espaço pessoal.

— Esperando as crianças? — Assenti. — Vou ajudar você. Cuide das meninas que eu cuido dos meninos. Em seguida, vamos tomar um banho e comer um pouco.

É claro que minha mente pervertida criou possíveis cenas de um banho conjunto, mas culpei Killian Manning por isso.

Alison foi a primeira a sair e eu fui ajudá-la a se secar, enquanto Killian cuidava de Douglas. Quando ela estava vestida, fomos para o quarto de Lola, que estava trocando de roupa também. Elas pentearam o cabelo uma da outra e se emperiquitaram com brincos, pulseiras e chapéus de *cowboy*. Pareciam princesinhas do *country*. As duas desceram e encontrei Killian saindo do seu quarto para o corredor. Ele sorriu para mim e resolvi invadir o espaço pessoal dele dessa vez.

— Banho e comida? — perguntei.

Tudo o que ele fez foi sorrir e colocar meu cabelo atrás da orelha.

— Traga seu violão, os rapazes gostam de cantar nos churrascos. Eu mal posso esperar para ouvir sua voz doce.

Se eu fosse um pouquinho mais branca, certamente estaria como um pimentão nesse momento, então agradeci aos céus pela pele mais bronzeada.

— Vou pensar no seu caso.

— Pense com carinho. — Ele selou seus lábios nos meus e pensei em protestar, mas aquela maciez me invadiu e aceitei de bom-grado. Se alegria de pobre dura pouco, vamos aproveitar enquanto podemos.

Quando eu estava começando a me desmanchar no beijo, ele separou nossos lábios e balancei a cabeça, afastando-me.

— Você não tem nenhuma noção do perigo, homem.

Ele riu.

— Eu sou o perigo.

Piscando, ele voltou para o quarto.

Ai, ai. O que eu farei dessa vida?

Era verão e o clima, mesmo à noite, estava bem abafado. Eu não tinha botas de *cowboy* para combinar com a moda da fazenda, então optei por uma rasteirinha e um vestidinho. Em seguida, prendi o cabelo em um rabo de cavalo, peguei meu violão e desci. Assim que passei pela porta e Dorian viu o instrumento na minha mão, correu até mim.

— Posso pegar o meu? Posso?

Eu sorri e baguncei seu cabelo.

— Claro, pequeno, vá buscar.

Ele correu em disparada e fui encontrar um lugar para me sentar.

Todos estavam muito animados e era uma excelente mudança de ares para toda a família. Do momento que subi para me arrumar até agora, a comida simplesmente apareceu. Meu conhecimento em pratos americanos era pequeno, então resolvi perguntar.

— Temos salada de batata. — Dolores apontou. — Essa tem maionese, ok? *Cole slaw*... — disse, mostrando outro pote.

— O que é *cole slaw*?

Ela riu.

— Como você não sabe o que é *cole slaw*, menina?

— Eu sou brasileira, Dolores. Lá a gente não faz essas coisas.

Ela riu ainda mais.

— Agora tudo faz sentido. Bom, é uma salada de repolho com cenouras. Também tem feijão ali. — Eu estava achando uma combinação bem estranha, mas não falaria nada. — Para sobremesa, nós temos torta de pêssego e *pudding* de chocolate.

Pela aparência do que estava na travessa, *pudding* e pudim são duas coisas diferentes.

Killian saiu da casa naquele momento vestindo jeans novamente, uma camisa azul escura e chinelos. Minha cabeça girou, porque aquele não era o Manning que eu estava acostumada e só piorou quando ele sorriu e veio em minha direção. Puxando-me pela mão, nós nos sentamos em volta da mesa que foi montada ali embaixo.

— Tenho planos para nós depois que as crianças forem para a cama. — Ele colocou minha mão em cima da mesa e começou a brincar com meus dedos. — Não durma e não coma demais.

Assenti e tirei a minha mão da dele.

— Ok, mas vamos manter as coisas para nós. As crianças não precisam ter ideias.

Ele empurrou meu ombro com o dele.

— Você manda.

Brenda se sentou em frente a nós na mesa e eu sorri, porque era bom não precisar ficar sozinha com esse homem no momento.

— Killian disse que você toca violão, Marina.

— Por favor, eu prefiro Nina. — Ela sorriu e assentiu. — Sim, eu sou formada em Música. Toco violão, teclado, violino, baixo, um pouco de bateria, flauta e sax.

Ela riu.

— Seth, venha ouvir isso! — Brenda gritou. Seu marido largou a churrasqueira na mão de um dos rapazes e veio em nossa direção.

— Ela se esqueceu de dizer que canta, maninha.

Ela balançou a cabeça.

— O que foi, querida? — Ele se sentou ao lado dela.

— Essa menina... — Ela apontou para mim com um sorriso. — Ela toca mais instrumentos que Carter. Pode repetir, Nina?

— Violão, teclado, violino, baixo, flauta, sax e um pouco de bateria.

— E ela canta — Brenda completou.

Seth me olhou com os olhos arregalados.

— Irmão, você já pegou no pé do Carter por causa disso?

Killian balançou a cabeça ao meu lado.

— Acabei de descobrir a maioria desses instrumentos agora.

— Precisamos trazer Carter aqui para que ela chute a bunda dele.

Ah, não. Mimado Manning aqui não.

— Sim, Marina vai arrebentar a cara dele, mas não dessa vez — Killian respondeu, e eu respirei aliviada. — Ainda estou furioso com nosso último encontro.

— Oh, merda. Agora eu estou ligando as coisas. — Seth balançou a cabeça. — Você viu aquele mané nu, não foi, Marina? — Fiquei totalmente constrangida e a maldita imagem voltou à minha cabeça. — O homem mora no sol da Califórnia, mas tem uma maldita bunda branca.

Ok! Não queria exatamente pensar na bunda de Mimado Manning.

— Seth, olhe a cara da menina. Você está constrangendo a pobrezinha — Brenda disse, vindo em meu socorro.

— A imagem mental é perturbadora — comentei. Todos riram de mim, enquanto eu só queria me esconder debaixo da mesa.

Nós comemos. O churrasco estava uma delícia e as comidas, por mais estranhas que fossem, estavam gostosas também. Quando terminamos, todos se reuniram para a cantoria. Aparentemente, a família Manning gostava de fazer isso quando estava na fazenda. Carter era o único músico da família e, por isso, ele sempre tentava ser superior nesses momentos, fosse com sua voz ou seu violão. Ele tocava violão, teclado e bateria, além de cantar. Alguns dos rapazes de Seth tocavam violão, então Carter tentava aparecer para eles. Eu ficaria honrada em chutar a bunda dele na música.

A grande estrela da noite foi Dorian, que tocou seu vasto repertório para nós. A galera gostava mais de música *country*, mas ficaram babando enquanto assistiam ao meu pupilo. Eu tentei me esconder, porque não queria aparecer como a "superestrela que toca vários instrumentos e vai chutar a bunda do Mimado Manning", mas essa era a parte divertida da família, então eles me fizeram cantar várias músicas e tocar algumas também. Eu não podia ajudar muito quando eles tocavam aquelas músicas *country* de seiscentos anos atrás, mas eu fazia o que podia.

Brenda, Dolores e eu subimos para colocar as crianças na cama e, quando descemos novamente, Killian estava no pé das escadas. Ele me puxou pela mão para os fundos da casa e entramos em sua Hilux.

— Aonde vamos?

Ele deu de ombros.

— Você vai ver.

Atravessamos a fazenda até o morro que escondia a casa na estrada. Tudo era fechado por árvores, exceto o caminho que fazíamos de carro. Subimos um pouco e paramos em uma área aberta.

Killian desceu do carro primeiro, e eu o segui sem dizer nada. Pegou uma cesta de piquenique na carroceria da Hilux e uma toalha.

Nós nos sentamos na toalha e ele abriu a cesta.

— Alguém tinha tudo preparado.

— Eu disse a você que tinha planos. — Ele tirou uma garrafa de vinho, morangos e pequenos sanduíches de pão de forma.

— No ritmo que estamos comendo, vou voltar rolando para Nova York.

Killian abriu o vinho e serviu em duas taças para nós.

Enquanto comíamos, conversamos sobre nosso dia, sobre as crianças, a família dele e o quanto aquilo estava fazendo bem a ele. Quando a comida acabou, nós deitamos na toalha, minha cabeça descansando no seu peito.

Foi aí que o assunto começou a ficar sério.

— Ela me chamava de Kill, sabe? — Ele respirou fundo. — Éramos Kill, Dori, Ally e Mitchie. Ela estava grávida também. Tínhamos acabado de descobrir e quase ninguém da família sabia. A barriga dela era uma coisa minúscula ainda.

Eu me virei para que pudesse olhar em seu rosto, encostei meu queixo em seu peito e vi seus olhos tristes.

— Isso é horrível, Killian. Você está guardando isso com você há tanto tempo.

Ele assentiu e vi as lágrimas se formarem em seus olhos.

— Tanto faz. Eu não gosto de falar disso com ninguém. Meus irmãos não sabiam. A família dela estava distante, porque já tinha perdido seus pais, então ninguém do lado de lá sabia. Não me atrevi a contar aos meus. Sara era a única que sabia. — Ele puxava os cabelos. — Não desejo isso a ninguém, Marina. É por isso que dói tanto. Nós éramos tão próximos, tínhamos um ao outro. Estávamos com o futuro definido para nós, uma bela família. Então ela morreu e nosso bebê foi com ela.

Era isso que ele via todas as vezes que segurava Aurora: a pequena criança que Mitchie e ele perderam.

— Talvez você esteja certa. Talvez eu deva mesmo conversar com as crianças sobre a mãe delas, mas é difícil. Sinto muito se você sentiu que eu estava tentando usar você, nunca foi isso. — Ele girou para que nos olhássemos de lado e segurou meu rosto. — Desde que eu conheci Mitchie, na escola, você é a primeira mulher por quem eu senti qualquer coisa. Não acredito que fui feito para ficar sozinho; ninguém foi feito para isso. Quero ser feliz, Marina. Quero que meus filhos tenham uma mulher que os ama na vida deles. Quero que essa mulher seja você.

Respirei fundo, porque parecia algo complicado de se querer.

— Eu quero que você me chame de Nina — pedi.

— E eu quero que você me chame de Kill. Preciso começar por algum lugar.

Assenti.

— Agora eu quero que você me beije, Kill. Então vamos fazer isso dar certo, enquanto durar.

Ele sorriu.

— Enquanto durar, Nina. — Então ele me beijou.

Foi um senhor beijo, que avançou. Avançou tanto que, enquanto as luzes das estrelas e da lua brilhavam no céu, nós nos entregamos um ao outro. No fim, não havia mais nada entre nós. Nem Mitchie, nem dinheiro, nem roupas. Apenas nossos corações batendo iguais.

Killian

Julho de 2012

— Humm, Kill? — Mitchie se esticou toda e cruzou os braços no meu pescoço. Ela estava sentada no meio das minhas pernas e eu a abracei mais perto. — Eu nem acredito que estamos aqui.

Eu só podia sorrir, porque eu estava mais do que feliz por ter honrado minha promessa de trazê-la.

— *Acredite, meu amor. Essa semana somos só eu, você e os nossos dois filhos.*
Foi então que ela pulou.
— *Minha nossa, Manning. Cadê os nossos filhos?*
Em um segundo, ela estava de pé girando em torno de si mesma naquela praia imensa. Eu ri, colocando-me de pé. Mitchie poderia ser tão afobada por nada. Ela parou, olhando para mim. Girei seus ombros e apontei para Dori e Ally, que estavam paradinhos a uns dez metros da água.
Mitchie respirou aliviada.
— *Dori, Ally, fiquem mais perto de nós.*
Enquanto ela ia até eles, corri e tirei uma foto da cena com meu celular. Ela os alcançou, então voltou com ambos em minha direção.

A memória se dissolveu na minha mente e lembrei-me da foto que tirei naquele dia, que agora estava em um quadro trancado dentro do quarto dela, junto com todas as lembranças da nossa vida de casados. Então olhei para a mulher adormecida no assento ao lado do meu no carro.

Memórias dos últimos dias que passamos me invadiram, e eu sorri. Algum dia voltaria a reviver todas as memórias que tinha de Mitchie, mas não queria estar lá para revivê-las sozinho.

Eu traria Marina comigo.

Décimo Terceiro

PEQUENINOS

— Confirme para mim porque eu preciso ir a esse evento — pedi, saindo do quarto para a sala, onde Killian pacientemente me esperava ficar pronta.

Ele tirou seus olhos da TV e os desviou para mim. Um sorriso de aprovação surgiu em seus lábios.

— Esse vestido, definitivamente, valeu o esforço.

Parei na frente dele com as mãos na cintura.

— Que esforço, Killian? Você não fez esforço nenhum.

Agora você vê! Que descarado!

— Você fica uma graça furiosa. — Fuzilei-o com os olhos. — Apenas para sua informação, eu fiz dois grandes esforços. — Ele levantou dois dedos no ar. — Fui com você e disse não para todos os outros — ele disse, enquanto segurava um dos dedos. — Fiquei aqui esperando enquanto você se arrumava — continuou, segurando o segundo dedo.

— Você ficou na merda do telefone trabalhando enquanto eu escolhia os vestidos. Andei pela loja inteira colocando todos no braço, enquanto você ia atrás falando sobre margem, lucros e dividendos. A única coisa que pode ter causado um esforço a você foi balançar a cabeça positiva ou negativamente.

— E passar o cartão — ele completou.

— Quem passou o cartão fui eu. Tecnicamente, era o cartão que você deu, mas mesmo assim.

Ele riu e se levantou, envolvendo minha cintura com seus braços. Esse era o nível de ousadia da criança ultimamente.

— Continue me criticando, vai.

— E você sabe que a culpa por eu ter me atrasado é toda sua e da sua mão boba, então não me critique por fazê-lo esperar.

Dessa vez, ele gargalhou. Empurrei seu peito para que ele caísse de volta no sofá e voltei ao quarto. Peguei minha bolsa de mão e fui até a sala. Bati com ela nas costas dele, porque nosso relacionamento andava desse jeito.

— Vamos, homem.

— Estou indo, mulher.

Ele se levantou e desligamos tudo na casa, prontos para sair.

Não estava exatamente certa de que tipo de evento nós estávamos indo, mas sabia que tinha a ver com caridade. E com crianças. Não tinha certeza do que tinha que fazer, mas, aparentemente, eu deveria chegar ao evento, acenar, sorrir e parecer bonita ao lado de Killian. Não sabia por que exatamente ele me queria lá, mas sua desculpa era a de que era um evento muito chato, a comida era pouca e ele queria um rostinho bonito ao seu lado para passar o tempo.

Desde a nossa viagem ao Texas há dois meses, Killian estava diferente. Aos poucos, eu via o Kill da Mitchie voltar. Estava mais relaxado, sorridente e brincalhão. Eu gostava do senhor Manning que conheci, mas ele parecia carregar o peso do mundo nas costas. Agora, estava parecendo apenas Killian, um cara rico bonitão que tinha os melhores filhos do mundo, trabalhava para caramba e estava em um relacionamento enrolado comigo. Digo enrolado porque ainda existia algumas coisas entre nós. Esse Killian maravilhoso dos meus sonhos ainda estava em processo de desenvolvimento. Enquanto isso, eu aturava esse homem tanto quanto podia.

— Você promete que não vai passar a noite inteira no telefone?

Ele sorriu de lado. Estávamos dentro de uma limusine (sim, uma limusine) e ele estava com o maldito iPhone na mão.

— Você fala como se tudo o que eu fizesse na vida fosse ficar no telefone.

Eu me virei para ele e o encarei.

— Killian, acho que você tem algum suporte na sua mão que não permite que esse telefone caia, porque ele fica aí o dia inteiro.

Ele riu.

— Eu queria saber onde foi parar o *seu* telefone. Não sabia que sua raiva do meu uso obsessivo chegava ao ponto de ignorar todas as minhas mensagens.

Oi?

— Do que você está falando, criatura?

Ele pegou o iPhone no bolso e abriu suas mensagens. Ali, ele clicou em "Marina" e me mostrou inúmeras mensagens enviadas sem resposta.

— Você ignorou todas as mensagens que mandei pra você. Sem contar as ligações que vão direto para a caixa de mensagens.

— Eu não tenho mais telefone, Kill. — Eu ri. Não tinha dito a esse homem que não tinha telefone? — Eles cortaram a minha linha um pouco

Cliché

depois de eu começar a trabalhar para você.

— Por quê? — Seu queixo estava colado ao seu peito. — Como você sobrevive sem um telefone celular? — Ele parecia verdadeiramente chocado.

— A grana estava curta, muitas contas para pagar e meu aparelho era uma droga. — Dei de ombros. — As coisas estão se arrumando no meu orçamento agora, mas quero comprar um aparelho novo, então preciso esperar mais um pouco.

Ele fechou a boca e olhou para frente por alguns minutos. Depois se debruçou sobre seu celular, digitou alguma coisa e guardou-o novamente.

— Vou tentar não ficar com ele a noite inteira.

Sorri e deixei que ele pegasse minha mão.

— Obrigada. Pressinto um evento tedioso.

Foi a vez de ele de rir.

— Você está certa, querida.

Ele beijou minha mão e senti nosso carro começar a parar. No minuto seguinte, a voz do motorista soou nos alto-falantes.

— Nós chegamos, senhor Manning. — Vi Killian estender seu braço para a porta e acho que ele apertou algum botão lá.

— Nós vamos descer então, George. — Ele se virou para mim, segurando a gravata. — Está torta?

Balancei a cabeça.

— Você está totalmente elegante, Kill.

Ele sorriu. Killian costumava fazer isso todas as vezes que eu o chamava pelo apelido. Mesmo assim, ele nunca ia deixar de ser Killian para mim, por todos os motivos que citei anteriormente.

— Olha quem fala.

Minha porta se abriu e segurei a mão estendida de George para sair do carro.

— Obrigada, George.

Foi então que olhei para frente. A cena mais estranha da vida se desenrolava: fotógrafos tiravam fotos de pessoas dispostas em um pequeno tapete vermelho.

— Não surte — Killian disse ao olhar para minha cara. Ainda bem que ele notou que eu estava prestes a ter um surto.

— O que é isso, homem? Você está me levando ao Oscar, por acaso?

Ele riu.

— Não, só ao Grammy.

— Mas o quê? — gritei, assustada. Não era uma porcaria de um evento de caridade?

Ele gargalhou da minha cara.

— Acalme-se, querida. Estou brincando. — Ele passou um braço por minha cintura e fez com que eu andasse à frente. — É só um evento de caridade, mas algumas revistas de fofoca gostam de falar da vida da alta sociedade assim como da vida dos famosos.

— Essas pessoas não têm mais o que fazer? — perguntei, horrorizada.

— Os fotógrafos? Nina, esse é o trabalho deles.

Balancei a cabeça.

— Não, as pessoas que compram essas revistas.

— Não os julgue. — Ele riu e apertou minha cintura, antes de pararmos na ponta do tapete vermelho. — Agora, por favor, dê-me seu melhor sorriso.

Balancei a cabeça e sorri para ele.

Passamos por ali e Killian não ficou longe de mim por um só momento. Ainda bem, porque todos estavam ávidos por entrevistarem o milionário Killian Manning sobre o evento da noite. Foram várias as perguntas que ouvi a respeito da minha pessoa, querendo saber quem eu era. Nós paramos no meio do tapete para algumas fotos e eu imitava o sorriso dele, porque não sabia o que fazer. Nós estávamos indo em frente quando um cara com um microfone chamou a atenção dele. Killian me direcionou até ele.

— Will, é bom vê-lo. — Eles apertaram as mãos. — Desde quando você cobre o tapete vermelho?

O outro homem riu.

— Não subestime o trabalho, Manning. Estou aqui pela causa.

Killian sorriu.

— Estamos todos aqui por isso, não é? — Ele se virou para mim. — Nina, esse é Will, um grande amigo. — Ele se virou para o homem, que manteve o microfone no meio para captar toda a conversa. — Will, essa é Marina.

Aceitei a mão estendida de Will e apertei.

— É um prazer conhecê-lo. — Sorri para ele um pouco mais, meu rosto doendo de tanto fazer isso.

— Igualmente, Marina. Posso ter seu sobrenome? — Ele foi cortês, eu diria, mas Killian balançou a cabeça ao meu lado.

— Não force, William. Quer perguntar alguma coisa sobre a caridade?

Ele direcionou um sorriso culpado a Killian.

— Não me culpe por tentar. — Ele deu de ombros e aproximou o

Cliché

microfone perto da boca. — Estamos aqui com Killian Manning e sua adorável acompanhante, Marina, na estreia do Baile Anual Pequeninos, evento de caridade que sua companhia organiza. Killian, conte-nos um pouco mais sobre o baile, quais são suas motivações...

— Will, esse é um assunto muito importante para mim. Como pai de dois filhos lindos, tudo que envolve vidas indefesas tem o meu coração. Esperamos, com esse baile, dar início à Fundação Pequeninos, que vai dar apoio a pais e mães solteiros, pais que acabaram de perder um bebê e crianças que foram abandonadas. A notícia da chegada de uma criança é algo que muda completamente a vida e é de suma importância para mim e toda a minha família apoiar esse tipo de causa. Para mais detalhes sobre a fundação, o site é www.littleonesfoundation.com. Lá você pode encontrar informações de como funciona o programa, como fazer para doar e como se inscrever no programa.

— É uma iniciativa muito bonita, Killian.

A entrevista continuou por mais alguns minutos, mas eu só podia olhar embasbacada para o homem que estava ao meu lado. O baile tedioso de caridade era dele? Sério? E um baile para apoiar famílias de crianças indefesas? Depois de saber que ele perdeu um filho quando Mitchie se foi, eu não estava espantada que ele fizesse algo do tipo, é só que...

Killian Manning era a melhor pessoa de todo o universo.

— Por que você não me contou? — perguntei quando entramos no M Manhattan Hotel, já que o evento seria no grande salão de festas do local.

Ele deu de ombros.

— Eu não sabia exatamente como contar. Era importante para mim que você estivesse aqui hoje por conta do que eu planejo fazer. Vou precisar do seu apoio.

Eu sorri para ele.

— Kill, qualquer coisa que envolva você e crianças fofas, estou dentro.

Ele sorriu, pegou minha mão e a beijou. Em seguida, entramos no salão de festas, que estava transbordando de pessoas bem-vestidas, sentadas em mesas para quatro pessoas.

— Bom saber disso. Prepare-se. — Assim que ele começou a rir, ouvi uma voz feminina chamar seu nome repetidas vezes e nós paramos.

Quando nos viramos, uma mulher muito elegante estava vindo em nossa direção. Ela era alta e bem-vestida. Seus cabelos eram castanho-escuros, mas ela usava californianas (que combinavam perfeitamente). Algo me dizia que era a secretária de Killian, mas, diferente do clichê da secretária que tem uma queda pelo chefe, ela parecia toda profissional.

— Sim, Jenny. — Ele sorriu para ela. — Você está ótima.

Então essa era Jenny.

Jenny.

Será que o nome dela é realmente Jennifer? Não faço ideia de como se escreve ou qual é o sobrenome dela. Ah, ela está beirando os trinta anos, assim como Killian.

Ah, cara. Quero roubar as californianas dela.

— Obrigada, senhor Manning. — Ela sorriu rapidamente. — Ainda bem que o senhor chegou. Estávamos todos esperando para darmos início.

Killian tinha um sorriso.

— Jenny, acalme-se. Respire fundo. — Ela fez exatamente isso. — Quero que conheça Marina.

Ela olhou em minha direção.

— Então você é a famosa Marina. — Sorriu largamente. — É ótimo finalmente conhecê-la. — Beijou meu rosto em cumprimento. — Sinto muito pela falta de educação, as coisas estão uma loucura.

— Não foi nada, Jenny. É um prazer conhecê-la também.

— Sobre o que me pediu, patrão, vou providenciá-lo amanhã mesmo.

Killian assentiu.

— Não se preocupe com isso agora.

— Obrigada. Podemos falar sobre algumas coisinhas do evento? — Ela parecia um pouco nervosa e Killian também sentiu isso.

— O que há de errado, Jenny?

— Humm, seu irmão ainda não chegou. A banda está pronta, mas ele ainda não apareceu. Já tentei o celular algumas vezes e nada.

Killian ficou pensativo.

— Mude o horário da apresentação o máximo que puder. Quando não conseguir mais adiar, avise-me com meia hora de antecedência.

— Sim, patrão. — Ela digitou algo no celular.

— Próximo tópico.

Meus olhos iam de um a outro, como em um jogo de pingue-pongue, porque eles falavam muito rápido.

— Como o senhor disse que não queria que escrevesse seu discurso, eu não o fiz, mas seu iPad tem todas as informações necessárias a serem transmitidas no discurso sobre a fundação. Ele já está no púlpito do discurso. Quando quiser ir até lá, daremos início oficial ao baile.

— Então vamos, o que estamos esperando?

— Claro, vamos por aqui — Jenny disse e começou a andar em direção à lateral esquerda do palco montado em uma das laterais do salão.

— O que eu devo fazer? — perguntei a Killian, porque não tinha ideia se deveria ir com ele ou não.

Ele sorriu.

— Sorrir, acenar e ficar ao meu lado. Nada demais.

Comecei com a parte do acenar ao concordar com ele. Não que eu concordasse com o meu trabalho. Se ele faria um discurso e eu tinha que ficar ao lado dele, todas as pessoas estariam olhando para a pessoa acoplada ali.

Jenny nos levou diretamente à lateral do palco e subiu lá, enquanto eu e Killian ficamos esperando. A música ambiente terminou naquele minuto e a voz de Jenny soou pelo salão.

— Senhoras e senhores, uma boa-noite a todos. — Ela parou por uns minutos, para que todos fizessem silêncio e prestassem atenção. — É com imenso prazer que anuncio a chegada do nosso anfitrião, Killian Manning.

Palmas foram ouvidas por todo salão. Killian estendeu o braço para que eu passasse o meu por ele.

— Por favor, fique ao lado de Jenny, ok?

Assenti e parei ao lado dela, enquanto ele parou um pouco à frente, apoiando-se no púlpito.

— Boa noite, senhoras e senhores. É com imenso prazer que recebo todos vocês no primeiro Baile Anual Pequeninos. — Ele colocou os óculos, abriu um papel sobre o púlpito e prosseguiu: — O Baile Anual Pequeninos é um grande evento de arrecadação em prol de algo que sempre falou ao meu coração, mas isso apenas se tornou parte da minha realidade há nove meses. A Fundação Pequeninos vai atender crianças e adultos de todas as partes do país que pudermos alcançar, dentre as seguintes necessidades: crianças que perderam seus pais ou foram abandonadas por eles, pais que perderam seus filhos pequenos e mães ou pais que criarão seus filhos sem um companheiro. A inspiração para esta fundação veio de algo muito pessoal que atingiu minha família há meses atrás. Em novembro de 2013, eu perdi minha esposa, Michele Manning, em um acidente de carro, como é do conhecimento de todos. Na ocasião, Michele esperava nosso terceiro filho. Perdi, naquela noite, mais do que a mãe de meus filhos. Perdi também um pequeno bebezinho, que já tinha transformado a minha vida. Quando me deram a notícia de que eu tinha um filho natimorto, fiz a opção de não saber o sexo, pois sabia que a dor seria ainda maior. Nunca saberei se ele nasceria com o meu cabelo ou os olhos de Mitchie. Nunca o segurarei em minhas mãos ou brincarei com suas mãozinhas gordinhas. Nunca poderei niná-lo até que durma no meu colo. Hoje, entendo que ele foi levado por Deus para o céu porque precisavam dele lá em cima. Foi muito difícil passar por tudo isso.

Fez uma pausa, como se estivesse olhando para cada rosto ali presente. Respirou fundo, pois tinha certeza do quão difícil era declarar tudo aquilo, e então continuou:

— Nunca contei a ninguém da minha família; Michele e eu tínhamos acabado de descobrir que seríamos pais novamente. Doía todos os dias. Todas as vezes que eu via uma pequena criança no colo dos pais, eu me lembrava do bebê que perdi e nunca teria em meus braços. Lembrava da minha esposa, minha querida Mitchie, e nosso bebê. Toda essa dor interiorizada fazia mal para mim e eu sei que começou a afetar meus filhos. — Ele tomou um pouco da água que estava no púlpito e eu sequei uma lágrima, disfarçadamente. — Uma pessoa incrível, que conheci nessa caminhada, abriu meus olhos para isso, e eu decidi que precisava fazer alguma coisa para começar a aliviar a dor que sentia por perder minha esposa e meu filho. Eu tinha outras duas crianças lindas e uma vida inteira pela frente para viver. Por Mitchie. Pelo bebê.

Ele fez outra pausa, agora colocando o iPad na frente do papel com seu discurso.

— A Fundação Pequeninos vai atuar de diversas formas, para que possamos atender o máximo de pessoas possíveis. Vamos dar apoio financeiro a orfanatos sem apoio do governo, abrir creches nos grandes centros para crianças com pais solteiros, centros de apoio psicológico e social para pais que perderam seus filhos, entre outras coisas futuras. Precisaremos de todo tipo de ajuda para que esse trabalho dê certo. Adoraríamos recebê-los como patrocinadores, voluntários, padrinhos das crianças órfãs ou qualquer outra forma de doação que seu coração tenha interesse em fazer. Ficarei contente em conversar com os senhores e responder suas perguntas durante a festa.

Mais uma pausa e enxuguei outra lágrima, porque as coisas não estavam fáceis essa noite.

— Meu irmão, Carter Manning, gentilmente foi o primeiro a fazer sua doação. Como vocês devem saber, ele acabou de dar início à sua carreira como músico e seus dois primeiros *singles* são grandes sucessos em todo o país. Fico feliz em anunciar que seu próximo *single* será *Scream* e ele doará todo seu lucro arrecadado com a venda da música para a Fundação.

Palmas foram ouvidas por toda a sala. Segurei meu queixo para que ele não fosse parar no chão. Carter Manning não era um total idiota?

— Mais uma vez, agradeço a presença de todos e conto com sua generosidade. Tenham uma ótima noite!

Ele se afastou do púlpito e fez sinal para que Jenny e eu nos movêssemos. Ela abriu a porta de uma sala logo ao lado do palco e nos deixou entrar. Vi que ela deixou uma chave na mão de Killian e saiu. Ele trancou a porta e, chorando, eu o abracei.

— Eu ainda não acredito que você está fazendo isso.

Ele riu e me abraçou mais forte.

— O que você achou da Fundação? — Ele me levou para um sofá que estava ali na sala e nos sentamos.

— Incrível. Você vai ajudar a tantas pessoas, Kill. Mitchie e seu filho devem estar tão felizes lá no céu.

Ele respirou fundo.

— Você acredita que eles realmente podem nos ver de onde eles estão?

— Eu tenho certeza. Estou muito orgulhosa por isso e vou até parar de reclamar que você não sai do telefone.

Ele riu alto.

— Obrigado, mas eu vou diminuir o uso quando estivermos sozinhos. — Ele beijou meu pescoço.

— Só me diga mais uma coisa e prometa que não ficará furioso.

— Fale, mulher.

— O que você precisou fazer para convencer seu irmão a doar o dinheiro da música? Achei que ele era um idiota egocêntrico.

Dessa vez, ele gargalhou.

— Ele é um idiota egocêntrico noventa e nove por cento do tempo. No tempo que sobra, ele é uma boa pessoa. Dei a sorte de pegá-lo no um por cento do tempo em que ele está sendo um cara legal. — Isso explicava tudo.

— Eu nem sabia que ele tinha uma carreira na música.

Ele deu de ombros.

— Resolveu começar agora. É o primeiro álbum dele. — Assenti, entendendo porque eu nunca tinha ouvido falar de nenhuma música. — Você vai me ajudar com a Fundação? — Puxou minhas pernas sobre a dele e abraçou minha cintura.

— Que tipo de ajuda?

Sorriu e selou meus lábios.

— O tipo que você estiver disposta a dar. Desde gerenciar a Fundação a fazer visitas comigo ou qualquer outro tipo de coisa que você quiser.

— Gerenciar a sua Fundação? — Foi minha vez de rir. — Você está doido? Ele sorriu ainda mais.

— Por quê? Você ficaria ótima cuidando disso.

Balancei a cabeça. O que esse homem tem na cabeça?

— Você é maluco. Definitivamente. Eu adoraria fazer visitas com você, meu único medo são as crianças. O que nós faremos com elas?

— Quando chegar mais perto, nós vamos pensar nisso. De qualquer jeito, pense sobre o que falei. Acho que você tem muito potencial para fazer isso. — Ele me puxou ainda mais perto. — É claro que nós pagaríamos a você para fazer isso, porque são muitas coisas. — Ele beijou minha mão. — Obrigado por me apoiar nisso. É importante para mim.

Afaguei seu rosto.

— Eu sempre vou apoiá-lo. Agora vamos voltar, você precisa convencer vários ricos a fazerem doações para a Fundação.

Killian respirou fundo.

— É, eu tenho, mas é tão bom estar aqui com você que eu não sei se quero sair.

Então ele me beijou.

E eu não queria deixar aquele cômodo tão cedo.

Voltamos ao salão de eventos. O jantar seria servido, então Killian insistiu que nós comêssemos primeiro. Estávamos em uma mesa para quatro bem na frente do palco do evento, onde uma banda de blues tocava melodias tranquilas. Segundo ele, os outros dois lugares eram para seu irmão Carter e a acompanhante dele. Internamente, eu estava contente por Carter não estar lá, mas Killian não. O irmão dele prometeu cantar no evento e já estava com uma hora de atraso. Eu estava fazendo o possível para distraí-lo disso, porque não adiantava se estressar com o irmão que ele tinha. Carter não foi anunciado no evento, então todos ficariam bem em ouvir a banda de blues.

Estávamos terminando nosso jantar chique (Killian me fez prometer que sairíamos para comer em algum *foodtruck* no fim do evento, porque ele sabia que continuaria morrendo de fome) quando Jenny apareceu na nossa frente.

— Sinto muito por incomodar novamente, senhor Manning, mas recebi uma mensagem do seu irmão — ela estendeu o celular para ele.

Ele bufou e estendeu o telefone para que eu lesse também.

> Perdi o voo. Não sei que horas chego.
> Diga a Killian para não esperar por mim.

Eu meio que queria socar a cara bonita de Carter novamente. Enforcar o pescoço dele. Arrancar as suas tripas.

— Não sei, senhor Manning. Queria conhecer outro músico disponível nesse momento, mas não creio que nenhum na nossa lista seja capaz de subir e improvisar agora.

Ele pousou os cotovelos sobre a mesa e escondeu o rosto nas mãos.

— Eu vou acabar com a raça do meu irmão. — Ele balançou a cabeça. Então ele olhou para mim e eu soube que estava perdida. — Por favor.

— O quê? — Eu queria saber exatamente o que ele queria, antes de dizer qualquer coisa.

— Por favor, Nina. Eu preciso de você para cantar uma música ou duas e cantar o *single* da caridade.

Balancei a cabeça.

— Kill, eu não tenho ideia de que música é essa do seu irmão. E eu não tenho sequer um instrumento comigo.

— Nina, a banda de Carter está aí. Eles vão tocar pra você e podem ensinar a música. Você terá algum tempo para aprender e eu sei que você é capaz de fazer isso, porque é a melhor musicista que já conheci.

Semicerrei os olhos e o encarei.

— Não adianta tentar me bajular, Killian. Não sou ninguém, por que eu deveria cantar na frente de todas essas pessoas? Por que as pessoas me ouviriam?

Ele sorriu e apertou a minha mão.

— É claro que você é alguém. Você é Nina Duarte, aquela que prometeu que ia me apoiar na Fundação Pequeninos.

Eu soquei o ombro dele sem pena e ele riu. Jogar minhas palavras contra mim era maldade.

— Você é ridículo e não sei dizer não a você. Dito isto, onde está a banda?

Eles me levaram até uma sala, onde quatro rapazes descansavam. Fui apresentada a Kid (baixista), Cougar (tecladista), Bunny (guitarrista) e Foxy (baterista). Kid era o mais jovem da banda, por isso o nome. Cougar tinha esse apelido porque, segundo os garotos, gostava de mulheres mais velhas. É uma coisa americana de quem tem relacionamentos com mulheres maduras. Bunny (Coelho) e Foxy (semelhante à raposa) tinham esses apelidos por conta da quantidade de relacionamentos aleatórios que eles tinham. Eu não ia discutir. Todos estavam bebendo e conversando como se não houvesse nada de errado no mundo. Eu estava em pânico de tão nervosa.

A música que Carter doaria para a caridade não era nada difícil e eu peguei depois de ensaiar acusticamente com eles umas cinco vezes. Eu ia ter uma letra no chão, caso eu esquecesse algum trecho, mas eu já estava com ela decorada. Passei com eles as duas outras músicas que eu queria tocar e foi bem fácil também. Faríamos o *cover* igual às músicas originais para não corrermos risco nenhum. Músicas que, de tão conhecidas, não foram um problema para os rapazes aprenderem.

Nervosa, eu segui Killian e a banda até a lateral do palco. Ele tinha passado as duas horas que ficamos ensaiando conversando com as pessoas no evento para conseguir doações e apoio para a Fundação.

Killian pediu atenção de todos assim que estava no centro do palco.

— Boa noite novamente, senhores. Carter Manning deveria ter vindo apresentar o seu novo *single "Scream"* para nós, mas ele teve um imprevisto e uma pessoa especial aceitou cantar essa e mais algumas músicas para nós esta noite. Além de agradecer a ela, eu gostaria de demonstrar meu profundo agradecimento aos músicos da banda do meu irmão, que se dispuseram a estar aqui esta noite. Desfrutem do show.

Ele desceu do palco e, enquanto beijava minha mão e murmurava um *"muito obrigado"*, os rapazes tomaram seus lugares.

Eu tomei posição no centro do palco.

Vamos dizer que eu já tinha feito algo parecido algumas vezes. Cantava na igreja quando papai ainda era vivo e nós íamos juntos à missa todos os domingos. Depois, quando entrei na faculdade, fiz várias apresentações com a turma e cantei no aniversário de alguns amigos. Felizmente, essa era uma audiência pequena e eu estava acostumada a isso.

Eu só esperava que as pessoas gostassem.

— Boa noite, senhoras e senhores. Meu nome é Nina Duarte. É um prazer imenso estar aqui e cantar para vocês. É a primeira vez que eu e a banda tocamos juntos, então relevem se algo der errado. — Ouvi alguns risos soarem. — A primeira música que eu vou cantar, escolhi por conta de um trecho em especial que fala sobre saber onde um relacionamento vai dar e ter certeza de que você deveria terminar o que quer que você e a pessoa tenham, mas não fazer nada, porque você se sente muito atraída por ela. E como estou usando esse batom vermelho que adoro, achei que seria apropriado. Espero que gostem.

E então a banda começou a tocar os primeiros acordes de *Style*, da Taylor Swift.

Procurei por Killian na multidão e ele estava me olhando com aquele exato olhar de James Dean descrito na música. Sorri para ele, porque foi pensando nisso que escolhi a canção. Nem tudo que dizia a letra definia o relacionamento torto que nós tínhamos, mas eu acho que a mensagem ia ser bem-recebida.

Quando a música começou a falar sobre "andar por aí com outra garota", eu me lembrei do relacionamento dele com a Mitchie. Ela estava sempre entre nós, mas eu não conseguia me esquecer de ouvi-lo dizer várias vezes que eu era a única que ele já tinha se interessado desde que a conheceu.

Palmas educadas foram ouvidas e eu estava satisfeita. Aquelas pessoas eram ricas demais para manifestações efusivas e eu não tinha tremido, desafinado ou perdido o ritmo em nenhuma parte da música. A banda de Carter era excelente.

— A próxima canção é uma que eu gosto muito e, desde que Killian fez o discurso mais cedo, ela vem se repetindo em minha mente, então eu sabia que precisava cantá-la. — Coloquei meu microfone em cima do pedestal que deixaram para mim e continuei: — Espero que todos gostem. — Quando disse isso, estava olhando diretamente para ele, porque esperava que *ele* gostasse.

A música era *Smallest*, do cantor britânico Keith Jordan, e fiz questão de passar toda a música sem olhar para ele, porque eu sabia que seria desconcertante. Ela falava sobre a menor coisa que o cantor já tinha visto, que era o seu bebê na barriga da mãe, mas que nunca teve a chance de tocar. No fim, quando criei coragem para olhá-lo, podia ver as lágrimas em seus olhos e só queria confortá-lo. Mesmo assim, ele sorria, e vi quando sussurrou "obrigado". Então eu estava tranquila, porque ele não me odiava naquele momento.

— Por último, a música que vou cantar é *Scream*, novo *single* de Carter Manning, que vai ter todo seu lucro de downloads doado para a Fundação Pequeninos. Nós gostaríamos de agradecer a Carter gentilmente pela doação, onde quer que ele esteja.

Foi então que a coisa mais bizarra aconteceu.

— Bem aqui. — Ouvi uma voz soar no fundo do salão.

Minha boca se abriu, porque o idiota estava bem ali assistindo eu me apresentar, enquanto deveria estar em cima desse palco. Depois da revelação de sua presença, palmas foram ouvidas. Ele me direcionou um sorriso malicioso e decidi que eu poderia muito bem ser má também.

— Que ótima notícia, senhor Manning. O que acha de se unir a nós aqui no palco?

Mais aplausos foram ouvidos e vi quando ele assentiu e veio na minha direção. Um microfone surgiu nas mãos dele logo que chegou à lateral do palco e Carter veio para o meu lado.

— Boa noite, senhoras e senhores. Sinto muito pelo atraso, os aeroportos estão uma loucura. — Ele deu um falso sorriso arrependido e se virou para mim, aproximando-se para falar em meu ouvido: — Eu não sabia que você conhecia minhas músicas, *babá*. — Senti o sarcasmo pingar do vocativo, então me aproximei do ouvido dele também.

— Eu não conheço, Manning. Aprendi com seus colegas de banda, mas, já que você está aqui, fique à vontade para cantá-la.

Foi então que ele segurou meu braço e não deixou que eu descesse.

— Nada disso. Já que você pensa que pode ser uma cantora, vamos fazer um dueto. As duas primeiras estrofes e a ponte são minhas. Dividimos os refrãos. A segunda parte é sua. Não desafine.

Eu ri, porque agora fazia questão de cantar essa música melhor do que ele.

— Solte meu braço e vamos fazer isso. — Ele soltou, com um sorriso falso. — Tente não perder o fôlego.

Scream, a nova música de trabalho de Carter Manning, tinha uma letra boa. Falava sobre um relacionamento que não deu certo e um casal que não falava as coisas, quando havia muito para se conversar entre eles. O refrão era algo sobre parar de ficar em silêncio e gritar, se fosse preciso.

Durante o primeiro refrão, fiz apenas a segunda voz da música, um pouco mais baixo do que ele, porque eu queria mostrar que sabia o que estava fazendo. Quando comecei a parte seguinte, onde eu deveria cantar sozinha, ele ficava repetindo os fins das minhas frases e eu queria socar a carinha bonita dele. Quando terminamos a música, fiz questão de ser má novamente, porque ele merecia.

— Gostaria de agradecer a todos pela atenção e à banda por me acompanhar tão bem. Agora fiquem com Carter, que vai cantar algumas músicas para vocês. Tenham uma boa-noite.

Depois de piscar para ele, que estava rindo como se não acreditasse no que eu fiz, desci do palco, entreguei o microfone e fui até a mesa de Killian.

— Você foi maravilhosa — ele disse no meu ouvido e beijou minha mão.

Eu sorri em agradecimento e fingi prestar atenção em Carter, mas não ligava muito para seu blá, blá, blá. A primeira música que ele cantou falava alguma coisa sobre sentir ciúmes da namorada dele com outros caras que olhavam para ela e eu fiquei me perguntando de que namorada ele falava, porque ela deveria ganhar um prêmio Nobel ou ser canonizada pelo papa. Uma mulher que aguentasse esse homem ou era uma alma muito boa, ou uma santa. A outra música que ele cantou falava alguma coisa sobre correntes, mas eu tinha deitado a cabeça na curva do pescoço de Killian e não estava exatamente preocupada em prestar atenção. Definitivamente, não era meu estilo.

Quando terminou, ele desceu do palco e veio se sentar em nossa mesa.

— Já não era sem tempo, irmão — Killian resmungou assim que Carter se sentou. — Meu desejo era cortar você em pedacinhos.

Carter riu.

— Relaxe, esquentadinho. Eu cheguei, não cheguei? Além disso, sua babá parecia bem confortável executando meu papel.

Killian respirou fundo.

— Nós vamos conversar depois, Carter. Há muito que preciso falar com você. Agora, Marina e eu precisamos conversar com alguns convidados.

O resto do evento não foi divertido, mas ter cantado compensou. Enquanto Killian convencia algumas pessoas importantes a doarem, eu ficava apenas ao seu lado servindo de apoio e minha mente vagava para os momentos em que estava ensaiando com os rapazes ou no palco. Mesmo cantar com Carter, pessoa que eu detestava. Ele era um bom-músico e tinha uma voz incrível. No fim da noite, Killian e eu estávamos com muita fome, então decidimos comprar em um *foodtruck* para viagem. Não estávamos vestidos apropriadamente, então George saiu atrás de sanduíches para nós, enquanto ficamos no carro conversando.

— Quando você começou a cantar Smallest, eu fiquei muito tocado. Eu a usei no meu discurso e não sabia se alguém iria reconhecer. É uma excelente música e a sua voz... — Ele me beijou.

Eu estava sentada no colo dele e sua mão acariciava meu cabelo.

— Eu mal conseguia olhar para você enquanto cantava, porque não sabia qual seria sua reação. Você podia simplesmente me odiar por causa da música.

Ele balançou a cabeça.

— O que você fez me faz sentir o extremo oposto por você. Obrigado por aceitar se apresentar. Carter vai ouvir tanto de mim amanhã que você não faz ideia. Ele tem me dado tanta dor de cabeça...

— Eu entendo. Você sabe que seu irmão não é minha pessoa favorita, mas pode falar comigo. Eu vou ser totalmente imparcial.

Killian abriu a boca, mas fomos interrompidos por uma batida na janela. Desci do seu colo para o local ao seu lado e ele abaixou o vidro.

— Sinto muito por interromper, senhor Manning. Aqui está o pedido.

— Obrigado! — Ele pegou a sacola que George nos passou pela janela. — Não nos importamos de esperar, caso queira comer o seu agora.

— Não, vamos embora. — O motorista negou. — Eu vou comer quando chegarmos à mansão. Feche a janela, patrão.

Ele o fez e vi George caminhar até a porta do motorista.

Não havia trânsito naquele horário, então não levamos tanto tempo até em casa. Comemos todo o nosso lanche a tempo.

— Quer olhar as crianças antes de ir para casa?

Eu assenti.

Nós subimos para o quarto das crianças, mas toda a casa estava em absoluto silêncio. Todos pareciam dormir, já que nem a luz da cozinha de Sara estava acesa. Nós sabíamos que George deixaria o carro na garagem e ficaria em um dos quartos dos funcionários, mas estaríamos longe demais para fazer barulho.

Dorian dormia tranquilo, mas Killian fez questão de ir até ele cobri-lo corretamente, porque a criança tinha bagunçado o edredom e o cobertor. Ele nem acordou. Em seguida, fomos até o quarto de Alison. Infelizmente, nós a acordamos.

— Sinto muito por acordá-la, querida. Durma novamente — Killian disse, afagando a cabeça dela.

— Nina... — ela disse baixinho, os pequenos olhinhos dela lutando para ficarem abertos. — Agora que você e papai são muito, muito amigos e você não vai mais embora, posso chamá-la de mamãe?

Oi?

O quê?

159

Eu ouvi o quê?

Alison quer me chamar de quê?

Ok, eu tinha dito a Alison mais cedo que seu pai e eu saíamos juntos porque éramos muito amigos. Quando ela perguntou se eu pretendia parar de ser babá dela por causa disso, eu disse que não. Ser amiga do pai dela só me faria ficar mais tempo cuidando deles. Como isso evoluiu de "somos muito amigos" para ela ser minha filha eu não fazia ideia.

— Ally, querida — comecei, sem muita ideia do que fazer. O que se diz nessas horas? — Eu não quero substituir sua mãe.

— Mas a mamãe da minha amiga lá do balé morreu e agora ela tem outra mamãe. Eu também quero ter duas mamães.

Eu vi as lágrimas encherem seus olhos e meu coração se partiu. Olhei para Killian e ele também parecia não saber o que fazer. Respirei fundo e rezei para Deus que, quando Killian e eu terminássemos o que tínhamos, nós continuássemos amigos. Eu nunca poderia me afastar dela e magoar seu pequeno coração.

— Claro, querida. Você pode me chamar como quiser. — Agora os meus olhos estavam cheios de água.

— Boa noite, papai. Boa noite, mamãe.

Caminhamos em silêncio até a casa da piscina. Nós paramos na porta da casa e ele encostou a cabeça na minha. Fechamos nossos olhos.

— Eu ainda não acredito que Ally pediu isso a você. — Senti sua respiração forte nos meus lábios. Passei os braços por seu pescoço e ele me trouxe para mais perto. — Sinto muito por não ter ajudado.

— Eu preciso que você me prometa uma coisa. — Ele fez um barulho afirmativo. — Mesmo que tudo dê errado entre a gente, precisamos continuar amigos. Eu nunca suportaria quebrar o coração dela desse jeito.

Ele assentiu.

— Por mim, tudo feito. Só que eu não pretendo que nada entre nós dê errado. — Abri meus olhos e vi que ele também me encarava. — Se eu vou ser capaz de me apaixonar por outra mulher, Marina, essa mulher vai ser você.

Com meu coração se desfazendo em uma poça aos meus pés, eu avancei até ele e o beijei. Continuamos nosso beijo pelos cômodos da casa até meu quarto. Aquela foi a primeira vez que Killian passou a noite inteira na minha casa. Nós sempre ficávamos juntos até certa hora, depois ele ia verificar as crianças e ficava por lá.

Dessa vez, a noite era apenas para nós dois.

Killian

Agosto de 2011

Mitchie estava cansada. Mentira, ela estava exausta. Eu sabia que estava sendo difícil para ela lidar com o segundo bebê sozinha, então eu estava tentando ajudar o máximo que podia. Não era o suficiente. Lidar com um Dorian de quatro anos e uma Alison de onze meses não estava sendo fácil.

Nossos filhos eram nossa maior alegria e nós éramos muito gratos por tê-los. A cada dia com eles, descobríamos uma coisa nova, um sentimento novo. Ainda assim, era complicado. Muita coisa para lidar.

— Oi, querida — eu disse ao entrar no quarto de Alison. Ela estava com nossa filha no colo, sentada na poltrona.

— Oi, Kill. — Ela selou meus lábios.

— Como você está?

Ela me deu um pequeno sorriso.

— Feliz por tê-lo de volta. Como foi a viagem?

Balancei a cabeça. Não foi importante.

— O mesmo de sempre. Onde está Dorian?

— Sara está ensinando-o a fazer biscoitos ou algo do tipo.

— Vou tomar um banho. Em seguida, ficarei com Alison para você descansar.

Ela balançou a cabeça.

— Eu estou bem.

Beijei sua testa.

— Não discuta, querida. Vou cuidar de vocês.

Eu fiz o que tinha dito. Corri até o quarto e tomei um banho rápido. Em seguida, fui ao quarto de Ally e Mitchie dormia com ela no colo. Acordei-a e, pegando minha filha no colo, convenci minha esposa a ir para a cama.

Eu me deitei ao seu lado e ela rapidamente adormeceu. Liguei a TV e fiquei afagando as costas da minha filha, que dormia no meu peito como uma verdadeira princesinha. Então ela começou a balbuciar alguma coisa e eu sabia que ela estava acordada. Ajustei-me na cama para ficar sentado.

— Oi, filha.

Ela balbuciou mais alguma coisa e eu ouvi quando ela disse em alto e bom som.

— Mama. — Arregalei os olhos, porque não podia acreditar que ela estava chamando sua mãe. — Mama, mama! — ela repetiu. Sacudi Mitchie, que estava ao meu lado. Acho que fui um pouco rude, mas enfim. — Mama! — Ally virou para onde Mitchie dormia. — Mama!

— Querida, acorde. Sua filha está te chamando.

Ela abriu os olhos devagar e olhou para nós.

— Mama! Mama!

Então eu vi genuína felicidade nos olhos da minha esposa.

— Você chamou a mamãe, filha? — Ela se sentou correndo e pegou Alison no colo. — Ela disse mamãe, Kill! Ela disse mamãe!

E naquele momento, todo cansaço e sofrimento de cuidar de duas crianças valeram a pena para nós dois.

Décimo Quarto

DIA DO TRABALHO

Um mês se passou desde o baile de caridade. As coisas estavam indo bem para a Fundação Pequeninos. Tivemos uma excelente repercussão na mídia e dois atores adolescentes apoiando a causa, o que trouxe divulgação para o público mais jovem. Com a verba arrecadada pela venda do *single* e as doações do Baile Anual Pequeninos, incluímos oito orfanatos em nosso programa. As doações serviram, em sua maioria, para a compra de coisas que as crianças precisavam. Nossa meta agora era arrecadar dinheiro para reformar todos eles. Além disso, com o dinheiro que Killian resolveu investir, montamos três Centros de Apoio Pequeninos: Nova York, Los Angeles e Austin. Nesses Centros de Apoio, recebíamos pais e mães que decidiram cuidar de seus filhos sem um companheiro. Ele também servia como escritório para os psicólogos que havíamos contratado para atender pais que perderam seus pequeninos. Nossos profissionais faziam escala nos principais hospitais dessas cidades para encontrar os pais e convidá-los a buscar apoio.

Falo tudo isso na primeira pessoa do plural porque eu estava apoiando Killian diretamente nisso. Não tive coragem suficiente para assumir que eu não era a melhor pessoa para o cargo, mas estive trabalhando muito com Jenny e dividindo um pouco da carga de trabalho de Killian. Estava mais envolvida nesse projeto do que considerava saudável, mas os dois achavam que eu estava fazendo bem e isso é o que importa. Eu tentava trabalhar nisso sempre que as crianças estavam ocupadas e funcionava muito bem para mim.

Minha preocupação, no entanto, era outra. Alison ia fazer uma apresentação do balé e ela estava um pouco ansiosa. É primeiro de setembro aqui, um dia em que a maioria das empresas para por ser Dia do Trabalhador. Segundo Killian, há um desfile de carros em Nova York nesse dia. Como eu nunca sequer vi um, ele resolveu que nós íamos lá essa tarde.

Primeiro, apresentação de Alison de manhã e, em seguida, almoçaríamos na cidade para que pudéssemos assistir ao desfile. Eu estava tão animada quanto as crianças. Exceto pela menstruação estranha que eu havia tido esse mês, estava levando bem.

Minha menstruação costuma durar de quatro a cinco dias. Esse mês, ela veio em apenas um dia e depois sumiu. Acho que isso foi um sinal para algo muito pior, já que as cólicas estavam me perseguindo há três dias. Anote que eu nunca tive cólicas na minha vida. Além disso, meus queridos seios estavam ultrassensíveis. Até usar a droga de um sutiã incomodava. Para piorar, todos os meus perfumes estavam me irritando. Eu precisava tampar o nariz toda vez que resolvia usar um, porque pareciam três mil vezes mais fortes do que o normal.

Fiquei irritada esses dias por conta de todas as coisas erradas no meu ciclo menstrual, mas decidi parar em um cabeleireiro enquanto Alison estava no balé e eu precisava esperar por ela. Passei tantos meses na corda-bamba, sem grana, que agora que as coisas começavam a se ajustar, sentia-me no direito de cuidar dos meus cabelos. Estava desejando a californiana de Jenny na minha vida desde que a vi pela primeira vez e, depois de ligar para ela e perguntar se ela se importava, disse à cabeleireira para caprichar. A conversa de salão me fez esquecer um pouco dos sintomas menstruais ruins. Além disso, Killian gostou, porque ficou meio obcecado por ele.

Eu tinha terminado de me vestir para ir ao balé de Ally e já fechava a casa para encontrar a família na mansão. Killian ficou meio pensativo quando eu disse a ele que ela se apresentaria no balé. Depois ele me contou que, no dia que Mitchie morreu, todos eles estavam em uma apresentação de Alison na escola. Não era balé, mas seu cérebro associou. Ela foi em um carro separado, então ele esperou durante toda a apresentação e ouviu de Jenny sobre o acidente. Foi por isso que cuidei para que fôssemos os quatro (Killian, eu, Dorian e Alison) no mesmo carro. Eu dirigiria. Iríamos calmamente, com bastante tempo de antecedência, porque eu seria cautelosa.

Usava uma blusa preta com detalhes na manga, calça preta e um *scarpin* que seria um inferno para dirigir, mas a combinação salto alto e direção é o tipo de coisa que mulheres fazem por quem amam. Fomos lentamente até o balé de Alison, que estava ansiosíssima. Deu tudo certo durante o trajeto e foi visível o quanto Killian relaxou quando chegamos lá. Nós nos sentamos para assistir à apresentação, com Dorian entre nós dois. Alison parecia uma princesa.

Enquanto caminhávamos para o carro, no fim da apresentação, meu telefone tocou. Sim, *meu* telefone. Aparentemente, Killian pediu a Jenny que conseguisse um para mim na noite do baile de caridade. Logo no dia seguinte, quando voltou do escritório, ele tinha um novo aparelho para mim e não aceitou discussão. Ele podia ser bem-persuasivo quando queria e ainda jogava sujo. Ainda assim, achei estranho ouvir meu telefone tocando insistentemente, porque eram poucas as pessoas que tinham meu número. Adriana. Killian. Jenny. Sara. Todos esses estavam salvos na agenda do telefone. As outras ligações que eu poderia receber seriam de possíveis investidores da Fundação, porque eu era um dos contatos para isso.

Eu diria que tudo estava bem, mas, considerando que hoje era o tal do *Labor Day*, eu achei estranho. Ninguém nesse país trabalha no Dia do Trabalho.

Quando ouvi o sotaque britânico do outro lado da linha, eu entendi.

— Eu gostaria de falar com a Marina. — É claro que não reconheci a voz.

— Sim, é ela. Com quem eu falo?

Killian estava me olhando. Fiz sinal para que ele colocasse as crianças no carro.

— Humm, você fala com Keith. Keith Jordan.

Segurei para não deixar meu queixo cair. Isso só poderia ser um trote! Então liguei os pontos: era uma ligação no *Labor Day*. Sotaque britânico. O tom da voz.

Era *Keith Jordan!*

— Olá, senhor Jordan. — Sério, como eu deveria chamá-lo? — Em que posso ajudá-lo?

— Por favor, me chame de Keith. — Concordei, sorrindo internamente. — Eu ligo para falar a respeito de um projeto que eu tenho para a Fundação Pequeninos. Gostaria de saber o que vocês pensam sobre o assunto.

Eu estava lutando para não dar pulinhos, enquanto Killian me olhava estranho.

— Oh, claro. O senhor gostaria de discutir isso agora?

— Eu interrompo?

Como eu responderia a isso?

— Posso falar, mas não é exatamente o melhor momento de todos. É feriado, Keith.

— É o *Labor Day*, certo? — ele praguejou do outro lado da linha. — Sou um britânico esquecido.

Nós rimos.

Clichê

— Não é nenhum problema. Podemos falar sobre isso, se quiser.

— Não, eu até preferiria conversar pessoalmente sobre isso. Vou apenas fazer um rápido resumo para que você saiba do que se trata. — Concordei novamente. — Eu ouvi sobre o projeto e ele me tocou profundamente, porque tenho uma amiga que perdeu o bebê dela no quinto mês de gestação. Ouvi sobre as doações do *single* do Carter e pensei em chamar alguns amigos para ajudar a causa também. Alguns deles pareceram interessados e gostaríamos de falar sobre isso.

Eu só podia imaginar que amigos eram esses que estavam interessados no nosso projeto.

— Você tem alguns planos em mente, certo? — Concordou. — Bom, quando você acha que pode se encontrar com um de nós?

— Eu vou a Nova York na próxima semana. O escritório principal de vocês fica na cidade, certo? — concordei. — Acho que seria uma boa-oportunidade para falarmos sobre o assunto.

— Sim, creio que seja a melhor oportunidade, já que Killian estará mais livre para atendê-lo em uma reunião em Nova York. Deixarei o telefone da secretária dele com você, assim poderemos marcar uma reunião.

— Parece bom para mim. Vou pedir que meu assistente entre em contato com ela.

Depois que dei o telefone a ele e agradeci o interesse, nós desligamos. E a primeira coisa que fiz foi salvar o número na agenda.

Eu tenho o telefone do KEITH JORDAN, amigas.

Sua inveja bate na minha agenda telefônica e volta.

— Você estava trabalhando no telefone? — Killian perguntou assim que entramos no carro.

— Keith Jordan ligou interessado na Fundação.

Killian gargalhou.

— Nina, você estava trabalhando no feriado! Fez todos nós esperarmos enquanto você falava ao telefone. — Olhei bem para a cara dele e entendi onde ele queria chegar. O safado estava tirando sarro da minha cara. — Como você se sente estando do outro lado?

Eu o empurrei pelo ombro e ele gargalhou novamente.

— Eu vou socar você.

Ele continuou gargalhando, mas dei ré no carro e comecei a dirigir até Nova York.

Alison estava animada para contar cada segundo do que ela fez na apresentação e todos nós deixamos que ela falasse. Isso preencheu boa-parte da viagem, mas Dorian fez o resto. Quando Killian contou a eles que eu nunca fui a um desfile do Dia do Trabalho, ele fez questão de detalhar cada minuto do último desfile que ele foi, no ano anterior.

O dia na cidade foi tranquilo, mas também divertido. Killian surpreendeu a todos nós, porque realmente se tornou um adepto aos *foodtrucks*: ele comprou muita comida para nós em um deles, colocou tudo no carro e fez com que eu dirigisse até o Central Park. Lá, ele retirou uma toalha de piquenique da mala, colocou no chão e nós comemos debaixo de uma árvore. Depois assisti enquanto ele brincava com as crianças, correndo para todos os lados. Todos estavam se divertindo muito, mas eu estava com pena da pobre empregada que ia ter que lavar suas roupas. Havia grama para todos os lados.

Descobrimos, quando eles estavam cansados demais para continuar se movendo, que haveria um show no Central Park pelo dia de hoje. Fomos até lá e curtimos um pouco das bandas que tocavam (não conhecia nenhuma delas) enquanto esperávamos o início do desfile.

Foi um desfile bonito. Cores, música e tudo mais. As pessoas estavam animadas. Só que era algo diferente. Eu não estava acostumada a essas comemorações americanas das coisas. Minha ideia de comemoração para o Dia do Trabalho era ficar em casa de pernas para o ar enquanto alguém preparava um churrasco. Apesar disso, a companhia totalmente compensou.

Coloquei todos para o banho ao chegarmos em casa, até Killian. Eles estavam sujos e meus instintos brasileiros expulsaram cada um do sofá da sala. Killian pediu uma hora para trabalhar em algumas coisas e, já que eu não o havia visto no telefone o dia inteiro, deixei-o trancado no escritório com um beijo. Fiquei vendo televisão com as crianças na sala e, em seguida, fomos jantar.

Enquanto eu ia em casa escovar os dentes, as crianças ficaram com o pai na sala. Estava pronta para colocar todos para dormir, mas uma sessão de Enrolados tinha acabado de começar. Era um dos meus filmes infantis preferidos, então juntei-me a eles. Killian estava no chão com as crianças, entre as almofadas, e a sala estava escura. Dorian estava entre Killian e Ally, mas ela me puxou para deitar perto dela.

— Fica comigo, mamãe — ela pediu, em um sussurro.

Meu coração derreteu pela milésima vez durante aquele dia e eu fiquei. As crianças sabiam que eu e Killian éramos um casal. Nenhum dos dois era burro. Nós ficávamos juntos durante todo nosso tempo livre, saíamos para jantar, essas coisas. Nem por isso nós mostrávamos alguma intimidade perto deles. Era um acordo mudo entre nós dois. Não nos beijávamos na frente das crianças. Killian sempre dormia na cama dele e eu na minha (exceto na noite do baile de caridade). O máximo que fazíamos era darmos as mãos, vez ou outra.

É por isso que poderia ser estranho Alison ter pedido para me chamar de mãe, mas nem tanto. Eu não entendia a *velocidade* do pensamento dessa criança, mas eu entendia o que ela *sentia*. Se meu pai tivesse encontrado uma mulher para ser minha madrasta (ele teve *várias* namoradas, mas eu só conheci duas, oficialmente) e ela passasse vinte e quatro horas do dia na minha casa, eu iria querer que ela fosse minha mãe. Se ela fosse legal, ia querer ainda mais.

Quando a música no final do filme começou a tocar, Alison estava mais do que apagada nos meus braços e Dorian, nos de Killian. O cansaço tinha, finalmente, alcançado os dois. Fizemos o que nós sempre fazíamos: levamos as crianças para a cama e fomos para a minha casa.

Killian e eu estávamos juntos na minha cama mais tarde naquela noite enquanto víamos a reprise de um seriado sanguinolento. Eu não estava muito preocupada com o que acontecia na tela; só queria ficar ali nos braços dele. Estava cansada demais, até mais do que de costume. Depois do dia que tive e do nível de intimidade que eu sentia com Killian naquele momento, achei que era hora de perguntar o que eu queria saber há tempos.

Depois de chamá-lo e ele murmurar algo mostrando que estava acordado, eu soltei:

— O que tem naquele quarto com a porta azul?

— Eu nunca falei para você sobre isso? — A voz dele estava sonolenta.

— Você só fugiu do assunto comigo.

Ele riu.

— Acho que sou mestre em fazer isso.

Eu me afastei um pouco do seu peito para ver seu rosto.

— Não faça isso agora. Não me afaste.

— É uma boa hora para falar sobre isso, na verdade. — Ele se endireitou na cama e sentou. Fui atrás dele, sentando-me também, mantendo nossas pernas entrelaçadas. — O quarto azul é o quarto que eu e Mitchie dividíamos. — Ele respirou fundo e bagunçou o cabelo. Bom, isso fazia sentido. — É azul porque Mitchie tinha o costume de me irritar quando eu estava muito concentrado em alguma coisa. Nesse dia, eu estava pintando, não lembro o quê, e ela veio me irritar. — Olhei para ele sem entender. Espera, ele estava pintando? Ele era a pessoa que pintava na casa? — Sim, querida, eu costumava pintar.

— E por que parou? — Não consegui segurar a minha língua.

— As memórias de pintar estão sempre vinculadas a Mitchie, porque ela trabalhava com arte. Não vendíamos as coisas que eu pintava, mas ela sempre usava para decorar suas galerias, escritório, dava de presente... Doía muito pintar no começo. Então eu pensava que faria isso e não teria ninguém para dar uma finalidade aos quadros. Aí parei.

Assenti e deitei-me no peito dele.

— Continue falando sobre o quarto.

— Nesse dia, ela jogou um pouco de tinta em cima de mim e correu. Peguei um pote de tinta pelo caminho, era vermelho. Ela pegou outro, também vermelho. Nós jogamos um no outro e, no fim, acabamos no corredor. O chão ficou uma obra-prima. — Ele riu com a lembrança. — Então ela pegou uma lata um pouco maior e veio na minha direção. Eu sabia que sairia encharcado, e corri para o quarto e fechei a porta, na mesma hora em que ela jogou a tinta. A porta do quarto ficou toda pintada de azul, então nós resolvemos terminar o trabalho. Desde que ela morreu, não consegui entrar lá uma só vez. — Ele riu. — Acabei de perceber que bloqueei um monte de coisas quando Mitchie morreu.

— Sim, você fez. E estou muito feliz que você está se abrindo para mim sobre todas essas coisas.

Ele beijou minha testa, acariciando meu cabelo.

— Quando a hora certa chegar, eu quero que você vá até lá comigo.

— Claro — concordei. Eu faria qualquer coisa nesse sentido para que eles superassem. — Acho que é hora, Killian. Enquanto esse quarto estiver fechado, é como se Mitchie estivesse presa nos corações de todos vocês. — Respirei fundo, porque eu precisava que ele entendesse o que eu ia dizer. — Não quero que você ou as crianças se esqueçam dela e nunca mais falem dela. Na verdade, acho que Mitchie é uma pessoa maravilhosa e que eu iria querer ser a melhor amiga dela. Só acho que você deve dar um passo à frente por você, por nós, pelas crianças. Seguir em frente. Conversar sobre essas coisas com seus filhos pode ser muito bom para eles.

Ele assentiu.

— Não sei quanto a isso, Nina. O que pode vir de bom em conversar sobre isso com as crianças? — Ele balançou a cabeça. — Das últimas vezes que você falou com eles sobre isso, ambos choraram tanto...

Oh, droga. Como eu o faria entender?

— É complicado, Kill, mas chorar faz parte do processo de superar, sabe? Se nunca mais falarmos sobre ela para eles, a mãe deles vai se tornar apenas uma lembrança distante, até que ninguém mais saiba quem foi. Precisamos manter as memórias vivas, assim as pessoas permanecem em nossas mentes e corações.

— Talvez você esteja certa. — Ele respirou fundo. — Podemos ir aos poucos?

— É claro. Leve o tempo que quiser.

Décimo Quinto

PUDIM

 Meu jantar estava, nesse momento, dentro da minha privada. Por alguma injustiça do mundo, eu estava me sentindo uma porcaria. Pouco mais de uma semana tinha passado desde o *Labor Day* e nós conseguimos programar uma reunião com Keith Jordan para um horário em que as crianças estavam na escola. Estava empolgada para ir, já que Killian pediu que eu estivesse lá com ele e Jenny, mas não sabia se seria capaz de me levantar da cama.

 Tecnicamente, eu já tinha me levantado. Quero dizer, viver o dia. Eu não sabia se faria algo produtivo hoje. Minha cabeça doía tanto... e meu corpo, nossa, era como se eu carregasse quilos nas pernas e nas costas... Eu estava tão cansada! Como se não bastasse isso, levantei-me da cama e náuseas me atingiram. Corri para o banheiro e fiquei aqui. Mesmo quando eu sabia que não ia mais vomitar, o corpo e a cabeça não colaboravam.

 Em algum momento, arrastei-me de volta para a cama e procurei meu celular, discando o número de Killian e colocando no viva-voz. Até que não era tão difícil usar esse iPhone.

 — Bom dia, querida. — Sua voz sonolenta me saudou depois do terceiro toque.

 — Bom dia, Kill. Más notícias.

Ouvi um lamento sair dos lábios dele.

 — Diga. — Agora a voz parecia um pouco mais disposta.

 — Estou me sentindo uma merda hoje. Acho que não posso sair para trabalhar.

 — O que você tem? — Agora sua voz soava preocupada.

 — Acabei de devolver meu jantar ao mundo. Minha cabeça está explodindo. Amarrei sacos de cinco quilos de arroz em cada perna. — Ele riu. — Acho que isso resume.

 — Você soa mal, querida. Passe o dia na cama.

Eu me enrolei nas cobertas, obedecendo-o prontamente.

— Tudo bem, mas e as crianças? E a reunião?

— Vou lidar com tudo isso. Posso fazer alguma coisa por você?

Sorri de lado, porque uma ideia veio à minha mente.

— Bom, você pode passar o dia inteiro na minha cama. Não quero ficar sozinha.

— Não posso, querida. — Ele riu. — Você sabe disso. Vou tentar voltar cedo e trabalhar na sua casa, tudo bem?

Abracei meu travesseiro, porque isso soava incrível.

— Vou esperar por você. Para compensar, eu adoraria comer um pouco de pudim.

— *Pudding*? Claro, eu passo em algum lugar e compro.

— *Pudding* não, Kill. — Rolei os olhos. — Pudim. *Pudding* é aquele doce americano.

Ele riu.

— Sim, querida, é o doce americano. O que é esse negócio que você quer? — Ele parecia tão compreensivo com a minha doença que eu resolvi abusar de verdade.

— Uma coisa brasileira maravilhosa.

— Onde você espera que eu compre essa coisa brasileira maravilhosa?

— Não precisa comprar, ué. Você pode cozinhar pra mim.

Ele gargalhou. Alto. Por muito tempo.

— Você não desiste. — É, eu já tinha tentado fazer com que ele cozinhasse para mim algumas vezes, mas ele não era nada bom nisso. — Vou dizer a Sara que você quer comer um doce. Ela vai aparecer aí para pegar a receita.

Eu sorri.

— Você é o melhor namorado do mundo, sabia disso? — Depois que eu disse a palavra *"namorado"*, a ficha caiu. Nós não estávamos oficialmente namorando.

— Namorado? Isso soa tão bem que eu vou correr ainda mais para chegar cedo em casa.

— Estou me sentindo uma adolescente com seu primeiro namoradinho — eu disse, envergonhada.

Ele riu.

— Você parece uma graça, querida. Eu vou passar aí antes de sair para a reunião, ok?

Eu mal fechei os olhos e Killian veio. Ele se deitou atrás de mim e abraçou minha cintura. Cheirava a loção pós-barba, perfume masculino e pasta de dentes.

— Desistiu da ideia de ir trabalhar?

Ele riu.

— Não, mas você parecia precisar de um abraço.

— Eu meio que preciso mesmo de um. — Sorri e me encostei ao peito dele, passando os braços pelo dele. — Obrigada por vir.

— Por nada. — Ele beijou meu pescoço. — Por favor, cuide-se. Não gosto de ver você doente.

Eu ri.

— Somos dois nessa, porque eu odeio ficar doente. As crianças estão bem?

— Estão terminando o café da manhã. Vou deixá-las na escola antes de ir trabalhar. — Ele beijou meu ombro. — Queria que você estivesse lá na reunião com Keith. Carter não é uma opção e você tem um *feeling* tão maior que o meu para música que eu sei que seria muito produtivo.

Abre parênteses. Carter era produtor e diretor da M Music. Agora decidiu fazer uma carreira para si mesmo. Isso o deixou um pouco negligente com as necessidades da gravadora e Killian estava tendo alguns problemas por conta disso. Na verdade, eles tiveram uma conversa depois do baile de caridade e Killian deu a ele um ultimato: ou Carter ia gerir melhor seu tempo para assumir as necessidades da gravadora ou Killian colocaria outra pessoa no cargo. Fecha parênteses.

— Você pode me ligar, se precisar de mim. Posso participar por viva-voz. Não me importo, desde que ninguém me veja largada em uma cama.

— Tudo bem então, querida. Se eu precisar de você, ligo. — Ele me virou e selou meus lábios. — Eu preciso ir agora ou as crianças vão se atrasar. Descanse, ok?

— Volte logo.

Ele me deu um rápido beijo (ainda bem que eu já tinha escovado os dentes depois da minha conversa com a privada) e se levantou da cama.

— Se você piorar, peça a algum dos funcionários para levá-la ao médico. George está dirigindo para mim hoje.

Eu assenti.

— Bom trabalho, querido.

Com um agradecimento e um pequeno sorriso, ele saiu do meu quarto e eu virei de lado e dormi novamente.

Quando acordei, três horas depois, não havia nenhum sinal de cansaço no meu corpo. Minha dor de cabeça estava mais leve e eu agradecia aos remédios por isso. Olhei o relógio e vi que teria tempo suficiente para ir à reunião que Killian queria que eu fosse. Comecei a discar para ele enquanto procurava por minhas roupas mais formais dentro do guarda-roupa.

— Oi, Nina. Melhor?

— Sim, parece que não tive nada essa manhã. — Sorri. — Foi um cochilo milagroso. Estou me vestindo para encontrar você na reunião.

— Tem certeza? — Sua voz soava preocupada. — Sei que disse que queria você aqui, mas o mais importante é que fique bem.

— Bom, eu estou me sentindo bem. Se ainda quiser, eu posso chegar aí em duas horas.

— Claro que eu quero, sua boba. Venha pra cá agora. — Eu podia detectar um sorriso em sua voz.

— Eu estou indo, mas ainda aceito que você venha pra casa cedo para cuidar de mim.

Foi a vez de ele rir.

— Chegue aqui a tempo para almoçarmos juntos e eu penso no seu caso.

Eu sorri.

— Vou desligar, então. Preciso correr para ver meu homem.

Ele riu do outro lado da linha.

— Eu vou adiantar a sua vida e ligar para Sara avisando.

Nós nos despedimos e eu corri para o banheiro. Vesti blusa e saia social, arrumei o cabelo, maquiagem e o salto alto. Coloquei todas as coisas na minha bolsa e fui para o carro. Tudo em meia hora. Tirei o carro da garagem e parei na frente da mansão. Em seguida, larguei-o aberto e corri até a cozinha.

— Sara, Killian falou com você?

Ela abriu um sorriso para mim.

— Vejo que já está realmente melhor, Nina.

— Sim, estou como nova. — Fui até ela e dei um beijo em sua bochecha. — Bom dia, querida.

— Bom dia, minha filha. O patrão ligou sim. Avisou que você iria encontrá-lo para o almoço.

— É o que eu pretendo.

— Então é melhor ir logo. O caminho é longo.

— Fique bem, Sara. Qualquer coisa, avise.

— Ligue se precisar que eu pegue as crianças ou algo do tipo. — Eu assenti e saí da cozinha. — Nina! — Ela chamou, e eu voltei. — O doce que você pediu...

Minha boca encheu de água novamente.

— Eu vou trazer os ingredientes e farei mais tarde. Obrigada, Sara.

Ela sorriu.

— Por nada. Venha fazer aqui na cozinha, assim posso aprender.

Eu concordei e saí correndo de volta para o carro.

O prédio da *ManesCorp* tinha um estacionamento subterrâneo, para a minha felicidade. Estacionar em Nova York é uma dificuldade e o fato de Killian ter duas vagas para ele me deixou muitíssimo feliz. Ambas estavam vazias, já que hoje ele foi com George, então eu apenas coloquei o carro em uma delas. Já tinha sido reconhecida na portaria, então só precisava subir até o último andar, onde o escritório de Killian ficava.

Assim que bati a porta do carro, meu telefone começou a tocar. Eu o peguei. Era o número dele.

— Oi, Kill. Fale.

— O que você quer para o almoço? Ouvi que você está estacionando e quero fazer os pedidos logo.

Eu sorri. Esse homem sabia de tudo nesse prédio.

— Estou esperando o elevador. Pode pedir o que quiser.

— Ok, então será comida vegana. Quero algo leve e saudável para você, já que estava passando mal esta manhã. Venha logo.

O elevador chegou, enquanto eu ria da pressa dele.

— Estou subindo, querido. — Segurei com o braço para a ligação não cair. — Tenha paciência.

— Tudo bem. — Ele desligou.

Quando o elevador chegou ao último andar, Killian já me esperava do outro lado das portas. Ele me abraçou e me beijou, totalmente diferente de quando estávamos com as crianças. Se eu fosse branca feito papel, teria corado em todos os tons de rosa choque, porque Jenny estava a dois passos de nós, mas a minha sorte era essa pele bronzeada que Deus me deu.

O andar de Killian não era um dos mais movimentados. As únicas pessoas a efetivamente trabalharem lá em cima eram ele e Jenny. Era o andar das salas de reuniões, sendo sete delas: duas com videoconferência, três de recrutamento e duas normais. A dele era do tamanho do universo. No andar de baixo, funcionava a *ManesCorp* em si. Todos os setores necessários a uma empresa estavam ali: Financeiro, Marketing, RH, Operações...

Tudo. Todos os braços da *ManesCorp* (M Hotel, M Move, M Body etc.) respondiam diretamente a esses setores. Não havia um CEO para cada marca – Killian era o único CEO da empresa. Não sabia explicar, mas era isso aí. Nos andares abaixo, funcionavam tais setores, e cada marca tinha seu andar. A única que não tinha sede ali era a M Music, que ficava em Los Angeles com Carter. Fora essa, todas estavam lá. No térreo, havia uma recepção e um piso de estacionamento.

— Espero que não seja nenhuma gripe ou você vai pegar de mim, com toda certeza.

Ele sorriu e pegou minha mão, antes de me carregar até seu escritório.

— Eu vou sobreviver.

— Oi, Jenny. — Acenei para ela assim que Killian me soltou.

— Amei sua californiana. — Era a primeira vez que ela via desde que eu havia feito. — Você está melhor?

— Não sei o que houve. Felizmente, estou me sentindo muito bem agora.

Ela sorriu.

— Fico feliz por isso. — Virou-se para Killian — Aviso quando o almoço chegar, senhor Manning.

Ainda estava me acostumando com o almoço dos americanos. Quando morava no Brasil, era só uma coisinha de nada no café da manhã. Pão com leite. Bolo com café. Algo assim e um belo almoço. Aqui na terra do tio Sam (por que esse nome mesmo?), o povo tem um banquete no café da manhã, que é uma pilha de gordura e um lanchinho no almoço, tipo sanduíche. Mesmo já estando aqui há bastante tempo, eu não sabia lidar com isso. Isso lá é saudável, gente?

Killian caminhou comigo até sua sala. O escritório dele era enorme. Um sofá, duas poltronas, peças de arte, uma bela mesa com cadeira confortável e duas para convidados. Estantes com livros. Computador de última geração (além do seu *notebook* fechado sobre a mesa). Piso branco e um tapete felpudo. Se trouxessem um fogão e um frigobar, eu me mudava.

Nós nos sentamos no sofá e conversamos um pouco. Logo o almoço chegou e comemos juntos. Quando terminamos, começamos a nos preparar para a reunião com o Keith. Killian queria saber um pouco sobre a carreira dele, porque gostava de conhecer seus possíveis parceiros de negócios. Como Killian já ouvia as músicas dele, eu me preocupei em contar detalhes de sua carreira como *singles* mais vendidos, marcos importantes que ele alcançou e prêmios que recebeu. Eu estava falando sobre suas seis indicações ao Grammy quando Jenny anunciou a chegada dele ao estacionamento. Nós arrumamos nossas bagunças por ali, já que as embalagens estavam por todos os cantos.

— Veja se estou sujo em algum lugar.

Eu ri, porque ele tinha uma bela mancha de ketchup no maxilar que eu não tinha visto porque era o lado oposto ao meu. Peguei o guardanapo para limpá-lo.

— Agora sorria.

Nós fizemos isso ao mesmo tempo e nenhum dos dois tinha sujeira nos dentes, então saímos da sala para encontrar nossas visitas. Por sinal, demos a sorte de sair da sala no momento que o elevador se abriu.

Keith Jordan parecia uma fofura de gente e eu só queria apertá-lo. Ele era mais alto pessoalmente, mais ruivo e eu podia ver pequenas sardas no seu rosto. Sério, realmente fofo e apertável. Mas isso podia ser a adolescente em mim agindo. No fim, eu me portei como a profissional que Killian estava me ensinando a ser e fui educada, sorri etc. Fomos a uma das salas de reunião e nos sentamos.

Keith estava com seu agente e tinha inúmeras ideias para o projeto.

— Primeiro de tudo, eu vi o seu vídeo cantando Smallest e fiquei felicíssimo. — Ele se dirigiu a mim. — Quando liguei pra você, não sabia do *cover*, mas, depois que vi, percebi que essa parceria precisava mesmo acontecer. Você é uma excelente cantora, por sinal. — Querendo me esconder debaixo da mesa, sorri e agradeci. — A iniciativa de vocês é muito bonita e acho que podemos ir longe se fizermos ações com os músicos. Comentei com alguns amigos sobre a Fundação e o projeto que eu tinha em mente e alguns já toparam.

Ok! Todo esse suspense estava me matando.

— E o que você tem em mente?

Obrigada, Killian. Tirou todas as palavras da minha boca.

— Dois passos. O primeiro passo é juntar alguns artistas para um *single* de caridade. Já tenho três nomes apoiando a causa. Precisaríamos de uma gravadora apoiando o projeto e sei que você tem uma. Pensei que poderia ser interessante trazer alguns dos nomes de lá. O segundo passo é montar um evento grande com esses artistas, talvez outros, em que as pessoas paguem ingresso. O dinheiro do ingresso seria uma forma de patrocinar o local e as pessoas envolvidas; o lucro seria revertido para a caridade. — Keith e seu sotaque britânico respiraram fundo. — Essa é a ideia.

Killian imediatamente olhou para mim.

— O que você acha, querida?

Eu só queria saber o que se passava na cabeça dele nesse momento, na verdade.

— Acho trabalhoso, mas pode dar muito certo. — Eu olhei para Jenny. Se fôssemos fazer aquilo, todos teriam que topar. Era muito trabalho só para Killian. — Jenny?

— Acho uma ideia incrível. Mas creio que teremos alguns problemas de execução, senhor Manning. Estamos completamente de mãos cheias no momento e, como Marina disse, será trabalhoso.

Ele balançou a cabeça.

— Se a ideia for aprovada, vamos dar um jeito. — Killian se recostou na cadeira e vi quando a ideia surgiu na mente dele, porque um sorriso satisfeito brotou em seu rosto. — Eu quero você nisso, Nina. Quero que você fique responsável por todas as etapas do evento. Quero que entenda o projeto que Keith tem na cabeça e coloque em prática.

Foi impossível não arregalar os olhos. O homem estava ficando maluco.

— Homem, você enlouqueceu? O maior evento que eu já organizei, provavelmente, foi uma festa de aniversário infantil.

Ele riu.

— Você vai se sair bem, querida. E ajudaremos você, fique tranquila.

Balancei a cabeça e olhei para Keith, que ria, quando falei:

— Esses dois estão ficando malucos. E você mais ainda por deixar seu projeto em minhas mãos, mas tudo bem.

Até o fim da reunião, conversamos sobre as coisas que Keith tinha em mente e comecei a fazer uma lista de todas as tarefas que eu deveria começar para organizar a gravação do *single*. Ele me deu os nomes dos três artistas que quiseram apoiá-lo no projeto: Meri Hayes, Vince Allen e Hugh Moyes. Lembrei-me de toda a polêmica sobre o fim do namoro da Meri com Hugh e de como a mídia ficou louca com as fofocas. Não sabia o que era real e o que foi inventado, então achei que seria estranho ter os dois cantando a mesma música, mas quem ia ligar? Seria uma loucura de tão certo e geraria mídia para a causa. Grandes nomes da música atual estavam apoiando o projeto e eu estava pirando.

Enquanto Killian resolvia alguns problemas para que eu pudesse levá-lo para casa, desci para comprar os ingredientes do meu doce. Estava caminhando pelas ruas movimentadas de Nova York em busca de algum mercado grande (vamos combinar, eu nunca encontraria leite condensado em um desses pequenos; na verdade, eu ia sofrer para encontrar leite condensado nessa cidade). Foi no meio das minhas andanças que eu encontrei o melhor lugar da vida. Era uma pequena lojinha de doces chamada "Doce". O nome poderia ser clichê, se você pensasse rapidamente, mas chamou totalmente a minha atenção. "Doce" não é uma palavra muito comum nos Estados Unidos, o que chamaria a atenção dos americanos para conhecerem a loja. Para os brasileiros, é motivo de olhar várias vezes para ter certeza de que estamos vendo o que nossos olhos sugerem. Sério, gente. Uma loja chamada "Doce" em terras estrangeiras: quem não iria parar para ver?

Eu parei em frente à vitrine e comecei a salivar. Tudo quanto era tipo de doce maravilhoso em exposição. Quando entrei, foi pior ainda. Todos aqueles cheiros. Algo parecia estar assando na cozinha. E havia um belo pudim de leite em exposição na vitrine.

Eu tinha acabado de achar uma doceria brasileira em Nova York.

— Olá, seja bem-vinda! — Uma menina sorridente com um sotaque brasileiro pesadíssimo me saudou. Ela era jovem, devia ter uns dezoito anos e estava com o uniforme do meu novo lugar favorito no mundo.

Abri um sorriso ainda maior para ela e respondi em português.

— Você é brasileira? — Ela sorriu e assentiu. — Eu estou em casa! — Debilmente, dei um girozinho de felicidade no lugar onde estava.

Ela riu.

— Essa é exatamente a intenção da mamãe ao abrir esse lugar.

O lugar era uma graça: pequeno, mas duas mesinhas estavam em um canto para quem quisesse comer ali. Além disso, bolos, tortas, doces e todas as coisas mais maravilhosas que as mãos brasileiras poderiam criar estavam dispostas para babarmos.

— Ok, eu quero levar todas essas coisas maravilhosas para comer, mas eu realmente preciso de um pudim de leite.

A jovem sorriu.

— Para comer agora ou para levar?

Pensei a respeito. *"Ambos"* era, definitivamente, a melhor resposta.

— Quero comer uma fatia agora, pode ser? E levar um inteiro para casa.

— Claro. — Ela sorriu mais largamente. — Pode se sentar. Eu vou servir seu pudim e embalar outro para você.

Fiquei ali comendo pudim até que a mensagem de Killian chegou. Ele

Clichê

disse que já estava livre e voltei para o escritório. Consegui levá-lo de volta para casa sem nenhuma dor de cabeça e nós fomos discutindo tudo sobre o evento – as coisas que eu deveria fazer, os contatos que deveria ter e essas coisas. George iria buscar as crianças com Sara e trazê-las para casa.

Fomos direto para a casa da piscina e ele me fez voltar para a cama. Segundo ele, já tinha me esforçado bastante para alguém que havia passado mal pela manhã. Começou a trabalhar em seu *notebook* enquanto me deitei para uma soneca.

Quando acordei novamente, ele me chamava:

— Bom dia, Bela Adormecida.

Mesmo sonolenta, soltei uma risadinha, porque eu nunca imaginaria estar nessa situação.

— Quanto eu dormi?

Ele me virou para que eu o encarasse.

— Duas horas, no máximo. — Abraçou-me pela cintura e eu envolvi meus braços em seu pescoço. — As crianças chegaram e eu queria que passássemos um tempo com eles.

— Vá na frente. Eu vou tirar essa cara de quem acabou de acordar.

Ele riu, enquanto eu ia fazer o que disse. Quando saí do quarto para a sala, Killian ainda estava lá me esperando. Seu rosto era sério e ele veio em minha direção, abraçando minha cintura.

— Tem uma coisa que quero pedir a você, mas não sei como.

Olhei nos seus olhos, tentando enxergar o que era.

— Vamos, não tenha medo. Pode me dizer. O máximo que eu posso dizer é não.

— Na verdade, você já concordou em fazer isso. Eu só estou nervoso.

Sorri e segurei seu rosto.

— Ande, Kill. Você é um homem ou um rato? — Atingi meu objetivo, que era fazê-lo rir, e sorri junto com ele.

— Definitivamente um homem. Quero que você vá ao quarto azul comigo. Ally e Dorian vão a um passeio da escola amanhã e eu acho que é a oportunidade perfeita para entrarmos lá juntos.

Sorri de lado.

— Doeu?

Ele riu.

— Responda logo, mulher.

— Claro que eu vou com você. — Selei seus lábios. — Diga o horário e eu estarei lá. — Separei-me dele, para que pudéssemos ir à casa principal. — Mais alguma coisa a pedir?

Ele balançou a cabeça.

— Por enquanto, não.

Então eu peguei o pudim na geladeira e levei para provarmos com as crianças.

No dia seguinte, eu tive outro enjoo assim que acordei. Logo em seguida, estava bem. Nenhuma dor de cabeça ou vontade infinita de definhar na cama. Fui à casa da frente e preparei as crianças para o passeio deles. Nós dirigimos para o colégio e, na volta, Killian me esperava na sala da casa, lendo o jornal. Ele tinha dormido até tarde e não o vi no café da manhã com as crianças. Quando me viu, me beijou como fazia todas as manhãs.

— Vamos, eu estava esperando que voltasse.

Nós subimos e ele foi até seu quarto.

Eu já tinha estado lá dentro uma vez ou outra, mas não ficávamos juntos ali, por conta das crianças. Era um quarto grande, com uma cama enorme, duas cadeiras giratórias pretas, um *closet* e um banheiro privativo. Era um quarto bem masculino e combinava perfeitamente com ele. O fato de não ser o quarto que ele dividia com Mitchie fez muito sentido, porque não podia imaginar uma mulher como ela dormindo em um lugar sem toques femininos.

Fiquei parada na porta enquanto ele entrava e pegava uma única chave dentro da gaveta de sua mesinha de cabeceira. Veio em minha direção e segurou minha mão. Em seguida, atravessamos o corredor em direção ao quarto da porta azul. Ele abriu a porta com sua chave e entramos. Esse sim era um quarto de casal.

Realmente não era azul, mas tinha todas as paredes claras e estava decorado de forma aconchegante. Apesar disso, era fácil ver que fazia tempo desde a entrada de alguém lá dentro. Havia um vaso com uma flor murcha ao lado da cama. Sapatos de salto e uma calça social masculina estavam jogados no chão. Um par de jeans feminino estava estendido na cama, junto com um casaco roxo. Uma das paredes tinha um enorme espelho que se dividia e formava duas portas de correr. Em outra parede, um mural estava fixado. Nele, quatro fotos estavam presas. Eu fui até lá e Killian me seguiu.

Uma mulher loira que parecia uma estrela de Hollywood de tão maravilhosa aparecia em quase todas. Era Mitchie, eu sabia. Ela segurava seus filhos com muito carinho e eu podia entender um pouco melhor porque aquela família sentia tanta falta dela.

— Essa foto é Mitchie segurando Dorian — Killian começou a explicar, indicando uma das fotos. — Esse jardim fica na casa dos meus pais. Fomos visitá-los e alguém a tirou. Ela ficava em nossa mesinha de cabeceira, até que decidimos começar esse mural.

Era uma bela foto e eu podia sentir a saudade no tom de voz dele. Senti quando Killian passou os braços pela minha cintura e continuou contando:

— Essa foto é da primeira vez que conseguimos tirar férias em família, depois do nascimento de Alison. — Ele apontou para a foto preta e branca que estava embaixo da primeira. — Mitchie estava relaxando e ficou tão preocupada quando não viu as crianças ao seu redor, mas eles estavam apenas brincando a alguns metros de nós. Eu tirei essa foto. Ela ficava na sala, até que decidimos trazê-la para o mural. Mitchie dizia que a fazia se lembrar de sempre manter os olhos abertos e cuidar do que ela tem de mais importante.

Ouvi quando ele fungou e passei meus braços em cima dos seus, apertando-os. Queria que ele soubesse que eu estava ali com ele. Ele apontou, então, para a terceira foto, que estava logo em cima.

— Essa é da última vez que fomos ao parque de diversões com as crianças. Estava frio, mas eles estavam tão empolgados. Foi com essa foto que decidimos começar o mural. — Descansei a cabeça no ombro dele e deixei que contasse sobre a última. — Essa é de Mitchie com Ally, não lembro quando tiramos.

Eu balancei a cabeça e ele ficou em silêncio. Olhamos mais um pouco para as fotos e eu segurei a mão dele, indo até o grande espelho. Empurrei as portas para o lado e um enorme *closet* me saudou. Estava um pouco bagunçado, mas o que mais me espantou foi a quantidade de roupas masculinas ali.

— As suas roupas...

— Comprei novas. — Ele me cortou. — Eu não conseguia entrar aqui sozinho, nem para isso. A única pessoa a entrar aqui foi Sara. Ela pegou alguns documentos para mim. Em seguida, trancamos o quarto.

Vi também alguns brinquedos das crianças. Com o coração apertado, segui Killian quando me levou para o banheiro. Havia duas portas nele, uma para o *closet* e uma para o quarto, mas não foi isso que me incomodou. Todos os objetos de higiene dos dois estavam ali. Escovas de dente, xampus, roupa suja, tudo. Segurei a lágrima que queria cair, porque eu entendia a dor dele. Era como se a vida deles estivesse congelada naquele quarto, só esperando que ela voltasse para que continuassem. E isso doeu em mim também, porque a dor da perda dela tinha ido mais fundo do que eu achava.

Eu o levei de volta ao quarto e parei em frente ao quadro com as fotos.

— Acho que o mais importante é tirar esse quadro daqui. Pendurar em algum lugar em que todos possam ver. Continuar o que Mitchie queria com fotos das crianças, conquistas deles... Tudo. Todas as vezes que eles virem o mural, vão se lembrar da mãe que fez tudo por eles, que os amou desde o princípio e que está no céu, em algum lugar, olhando por eles.

— Eu também quero mudar esse lugar. Tirar as coisas que eu e as crianças poderíamos querer. Doar as roupas de Mitchie. Transformar em outro quarto de hóspedes. — Ele respirou fundo. — Ainda não pensei muito, mas você está certa. Enquanto esse lugar estiver fechado, é como se Mitchie estivesse presa em meu coração.

Killian

Janeiro de 2007
Lentamente eu abri a porta quando ouvi o grito de Mitchie.

— Killian Manning! Olha o que você me fez fazer!

Olhei para a porta do meu quarto. Havia uma enorme mancha azul nela.

— Eu não queria fazer isso, querida, mas vou ter que dizer — eu disse minutos depois, quando recuperei a fala. — Foi você quem começou tudo.

— Mas eu queria sujar você de tinta, não a porta do meu quarto! — reclamou.

— Então você não devia ter arremessado uma lata de tinta em mim.

— Mas você ia ficar uma gracinha todo pintado de azul — disse, risonha.

Eu me virei, sem acreditar que ela tinha mesmo dito isso, e balancei a cabeça.

— Você não vale nada, mulher.

— Mas você me ama, fazer o quê?

Eu ri, porque ela estava totalmente certa nisso.

— O que a gente vai fazer com o quarto desse jeito?

Ela parou para pensar. E toda vez que Mitchie parava para pensar, fazia um pequeno biquinho fofo, então eu abracei sua cintura e a beijei.

— Ei, eu estava pensando — disse quando nos separamos.

— Eu sei, mas esse seu bico é uma graça.

Ela riu.

— O que você acha de pintarmos a porta inteira de azul?

Franzi as sobrancelhas.

— Pintar tudo de azul?

— É. — Ela acenou. — Já está com uma mancha gigante. Vamos aderir à cor. Um dia, quando tivermos filhos, poderemos contar essa história a eles.

Eu sorri.

— Você já está pensando em filhos, mocinha?

— Estou sempre pensando em filhos, senhor Manning. — Ela sorriu e selou meus lábios. — Agora vá pegar pincéis e tinta azul.

Mitchie me empurrou em direção ao estúdio.

— Alguém vai precisar comprar um pouco de tinta azul para pintarmos essa porta. Eu não tenho mais dessa cor.

— Tudo bem. Vou pedir a Estevan. — Então ela saiu em disparada para o andar de baixo.

— Peça um rolo também!

Balançando a cabeça, eu entrei no meu estúdio de pintura.

Tudo bem. Meu quarto tem a porta azul.

Décimo Sexto

0,5%

Enquanto a comida do dia anterior fazia contato com meu vaso sanitário mais uma vez, minha cabeça fazia contas. Há quanto tempo isso vinha acontecendo? Quando foi minha última menstruação? Isso podia mesmo estar acontecendo comigo?

Meus pais eram católicos. Eles me levaram para a igreja quando eu era pequena e tudo mais, mas isso não fez de mim uma virgem. Quando eu cresci e chegou a hora de fazer sexo pela primeira vez, meu pai falava sobre os malefícios do anticoncepcional, as doenças que ele pode causar e como ele feria meu corpo. Pediu que eu usasse camisinha *sempre*. Por mais que eu tivesse deixado de frequentar a missa quando me mudei para os Estados Unidos, nunca usei anticoncepcional na vida. Fui muito criticada por isso, por diversas ginecologistas. Eu não dava a mínima.

Quando eu era jovem, meu pai me ensinou um método chamado Método Billings. Segundo ele, é um método de autoconhecimento do corpo para a mulher que ajuda a evitar (ou não) a gravidez. Aprendi e apresentei ao Killian assim que resolvemos levar nosso relacionamento ao próximo passo. Ele ficou preocupado porque não usamos contraceptivos e eu expliquei a ele, que só sossegou depois de procurar um médico amigo para saber sobre o assunto.

Só que eu era um problema em decorar meu ciclo menstrual.

Por mais que eu fizesse isso desde os dezessete anos de idade, eu vivia esquecendo meus períodos férteis e inférteis. Então é claro que algo como isso podia sim ter acontecido. Agora que tinha um celular, usava meu aplicativo, mas sabe como é o calor do momento, né?

Quando minha conversa com aquela superfície branca terminou, eu escovei os dentes novamente e me preparei para sair. Precisava buscar as crianças em trinta minutos, mas, pelo menos, o caminho até a escola delas não era tão longo. Passei primeiro em uma farmácia, comprei uns três testes de marcas diferentes e escondi na mala do carro. Em seguida, corri para a escola.

— Oi, mamãe. — Ally me abraçou e beijou minha bochecha.

— Oi, querida.

Dorian passou por mim sem dar oi. Ele sempre ficava um pouco chateado quando ouvia Ally me chamar de mãe, a ponto de mal sentar para tocar comigo. Ele preferia fazer isso sozinho no quarto dele. Às vezes, eu sentia como se tivesse dado cinco passos para trás no meu relacionamento com ele, enquanto avançava com Alison. Se um bebê estivesse mesmo a caminho, eu não queria nem pensar no que iria fazer.

Alison entrou no carro também e eu dirigi de volta para casa. Coloquei os dois no banho e corri até a casa da piscina, deixando Sara de sobreaviso. Ally tomava banho completamente sozinha, se eu precisasse.

Peguei minha sacola da farmácia na mala do carro e corri para o banheiro. Fiz todos os testes de uma vez, esperando o tempo certo para que funcionasse. Deu positivo em dois dos três.

Foi aí que eu me desesperei. Os cenários futuros da minha situação eram meio desesperadores. Eu era a brasileira pobre que tinha se apaixonado pelo chefe milionário. Sim, apaixonado. Eu podia não ter dito isso a ele, porque não era maluca nem nada, mas tinha plena consciência disso. Como se não bastasse ser a brasileira besta que se apaixonou pelo chefe, era a brasileira pobre besta que engravidou do chefe gato milionário. Eu poderia ser escorraçada. Chutada para a rua da amargura. Abandonada com meu bebê ao relento.

Foi por isso que liguei para a minha melhor amiga.

— Tia Norma — disse apressada, assim que ela disse *"alô"*. — Você está muito ocupada?

Pude sentir o sorriso do outro lado da linha, mas continuei nervosa.

— Nunca ocupada demais para você, querida.

— Eu estou ferrada, tia. Fiz uma bobagem enorme.

Ela respirou fundo.

— Você se apaixonou pelo seu chefe?

Essa mulher era o quê? Leitora de mentes?

Se for, errou por pouco.

— Também. Mas essa não foi a bobagem do dia.

— E o que foi então, minha filha?

— Engravidei.

Veja só, se eu tivesse ligado para a Adriana, ela estaria surtando sobre como eu finalmente tinha tirado a sorte grande na vida e que seria milionária também. Ela diria que sempre soube que eu tinha cara de ingênua, mas que eu não era nada boba. E é exatamente por isso que eu era a melhor amiga dela, mas ela não era minha melhor amiga.

— Do senhor Manning? — murmurei, concordando — Já contou a ele?

Balancei a cabeça, mesmo que ela não visse.

— Claro que não, tia. Ainda estou criando coragem, né? Ele provavelmente vai pensar que eu fiz tudo de propósito.

Ela riu do outro lado.

— Claro que não, sua boba. Essas coisas acontecem. O senhor Manning é um homem sensato e vocês estão em um relacionamento. Converse com ele, querida. Fique calma e converse com ele.

Eu respirei fundo, prevendo um cenário positivo pela primeira vez.

— Você acha mesmo, tia?

— Acho, querida. — Seu tom era totalmente maternal. — E se ele não apoiar você, vamos dar um jeito juntas, tudo bem?

— Obrigada, tia. Não sei o que seria da minha vida sem você.

Ela riu.

— Depois que conversar com ele, marque uma consulta no médico, ok? É importante.

— Tudo bem, tia. Eu vou fazer isso.

Nós desligamos e eu joguei tudo no lixo preparando-me para o que viria.

Na casa principal, as crianças já tinham terminado seus banhos e Sara estava dando leite e biscoitos para eles, antes que Dorian começasse sua lição. Sentei-me e Sara colocou um pouco de café para mim, enquanto eu mordia um biscoito.

Encarei o café, uma das minhas bebidas favoritas da vida, pensando se poderia beber aquilo. Sei lá, vai que... Tomei um gole. Eu já tinha bebido uma xícara de manhã e faria dessa minha última xícara. Acho que, se realmente fizesse mal, seria um conhecimento global, tipo álcool, mas enfim. Eu estava meio desligada pensando nas mil coisas que eu não sabia se poderia beber ou comer, quando Killian chegou.

Ele me roubou um selinho e beijou a cabeça das crianças.

— Nós precisamos conversar, Nina — ele disse enquanto sentava à mesa junto conosco e Sara colocava café e biscoitos para ele também.

— Claro. — Eu tinha certeza de que teríamos duas conversas diferentes, mas esse era o momento ideal. — Eu também tenho algo muito importante para discutir com você.

Deixamos as crianças brincando e fomos para o escritório dele. A nova ordem era bater na porta e entrar. Nós conversávamos com a porta fechada, mas não trancada.

— Você primeiro, querida. — Ele fazia questão de sentar no sofá ao meu lado toda vez que começávamos a conversar sobre qualquer coisa.

Eu respirei fundo. Queria que ele começasse, mas seria luta perdida tentar discutir sobre isso.

— Eu não sei como falar isso pra você.

Ele franziu as sobrancelhas.

— É ruim?

Pensei sobre isso. Será que essa situação era ruim? Bom, não era a que esperávamos.

— Depende do ponto de vista.

— Diga. — Ele puxou minhas pernas para o colo dele. — Seja o que for, vamos passar por isso.

Respirei fundo. Um, dois, três e vai.

— Acho que estou grávida — disse de uma vez.

Seus olhos se arregalaram imediatamente. Ele ficou alguns minutos em silêncio olhando para o nada e eu esperei até que ele voltasse ao planeta Terra.

Demorou um pouco. Tirei minhas pernas do colo dele. Entortei-me para olhar em seus olhos. Killian ainda estava encarando o nada, então entendi que o tratamento de silêncio era a sua resposta a isso. Tudo bem, eu não ficaria aqui para ver isso. Dando três tapinhas na perna dele, levantei-me para sair. Eu e o bebê estávamos sozinhos nessa.

O que era totalmente injusto, já que eu não estava sozinha quando fiz o bebê. Foi por isso que dei meia-volta e fui encará-lo. Ele podia me chutar da casa, mas ia saber exatamente o que eu pensava.

Virei-me para ele, com as mãos nos quadris.

— Você não tem nada mesmo para me falar? É isso?

— Estou pensando, Marina. Preciso pensar agora.

Balancei a cabeça. Pensar?

— Então é isso? É assim que funciona? Quando você queria me convencer a ficarmos juntos, vinha com aquele papinho doce? Agora, quando eu mais preciso de você, então você precisa pensar? Pensar em quê, droga? Não há nada para pensar! — Eu mexia as mãos loucamente.

— Marina, seja razoável! — ele pediu, levantando-se do sofá e caminhando até mim, aquela maldita cara séria no seu rosto. Eu queria socá-lo. — É possível que sejamos o 0,5% de falha? — Ele estava sério. Disse isso porque o método tinha de 0,5 a 1% de chance de não funcionar. A maior parte por conta de falha humana.

Respirei fundo, tentando me acalmar.

— Acho que eu errei nas contas.

— Vai ser complicado, Nina. — Ele invadiu meu espaço pessoal e passou os braços pela minha cintura. — Não sei como as crianças vão reagir. Não sei como eu vou reagir. — Ele balançou a cabeça, os olhos confusos. — Eu planejava um filho para daqui a alguns anos, quando estivéssemos casados há algum tempo, as crianças já estivessem acostumadas a nós...

— Eu sei que não estava nos planos... — Respirei fundo e desviei o olhar dele para criar coragem de dizer o que eu queria. — Eu vou me afastar, se for o que você quer.

Ele segurou meu rosto e vi seus olhos se arregalarem de novo.

— Você acha que vou deixar você sozinha nessa?

— Bom, foi o que você disse: "Eu preciso pensar!" — Sei que minha imitação foi péssima e que eu parecia ridícula, mas estava nervosa por estar, possivelmente, sendo chutada. Alterações de humor de grávida.

— Sim, eu disse que precisava pensar, querida. Em nenhum momento, eu disse que você estaria sozinha. Nunca deixaria você ou meu filho sozinhos nessa, mas não é fácil! — Ele respirou fundo. — Você entendeu tudo errado, Nina. O bebê não estava nos planos, mas agora vai estar. Em todos eles. — Ele bagunçou os cabelos com a mão. — Eu tenho muitas ideias na cabeça e é por isso que precisava pensar. Vamos discutir todas elas com calma, ok? — Ele fechou os olhos antes de dizer. — A última mulher que me disse que eu ia ser pai morreu. Meu filho morreu junto. Não é nada fácil pensar em ser pai novamente.

O silêncio foi profundo. O que eu diria, afinal? Novamente ele jogou o Cartão Mitchie. E isso me deixou com uma ligeira raiva. Eu entendia tudo. Entendia que devia mesmo doer. Mas será que a gente ia sempre bater na mesma tecla da morte dela enquanto estivéssemos juntos?

— Algum dia você vai superar a morte dela? — Engoli toda a raiva para falar isso como uma pessoa normal, então o meu tom de voz acabou ficando um pouco rígido.

Foi duro. Eu vi o rosto dele endurecer e Killian se fechou no mundo dele.

Cliché

189

Suas mãos se soltaram da minha cintura e ele se sentou de volta na poltrona, enquanto eu via sua mente trabalhar. Resolvi que não ia ficar ali esperando a boa-vontade dele de conversar e comecei a sair do escritório novamente.

— Nem pense em sair. — Ele se levantou apressado e segurou minha mão, antes de me carregar para o sofá junto dele, colocando-me em seu colo, como no início da conversa. — Você vai se mudar para a casa principal. Vamos contar às crianças que estamos juntos e que elas vão ganhar um irmão. Profissionalmente, quero que você deixe de ser babá das crianças. Você escolhe se quer continuar cuidando delas ou se quer que eu contrate outra. Gostaria que você se focasse apenas na gravidez e nas coisas da Fundação. Vamos contratar uma assistente, caso você precise de uma. O que você me diz?

— Você não respondeu minha pergunta e já começou a fazer planos. — Apontei isso, cruzando os braços na minha frente.

Ele deixou a cabeça cair no meu ombro.

— Eu tento, Nina. Tento não deixar a culpa não me corroer. Não penso mais na Mitchie o tempo todo. — Ele levantou o rosto do meu ombro para dizer as próximas palavras, segurando meu rosto em sua direção com uma das suas mãos. — Sou muito feliz por ter você ao meu lado. Quero uma vida com você. Sei que, com o tempo, vou ficar bem e superar tudo. Só que minha esposa e meu filho morreram há menos de um ano. Ela foi minha primeira namorada e a pessoa que eu escolhi para passar o resto da minha vida. Seguir em frente é o que eu mais quero na vida, mas, ao mesmo tempo, é estranho pensar que estou fazendo isso e ela está morta. Então, sim, eu vou superar a morte dela um dia. Fica mais fácil a cada dia, mesmo que, em alguns momentos como esse, a culpa me atinja. Só que ainda não faz um ano desde que ela se foi, é muito recente. Não esperava encontrar alguém tão especial em tão pouco tempo. Não esperava que nossa vida se desenrolasse dessa forma. Eu preciso que você tenha um pouco de paciência comigo. Saiba esperar. Pelo bem do filho que estamos carregando agora.

Ele desceu uma mão do meu rosto para minha barriga e eu não sabia muito bem o que dizer. Encostamos nossas testas e ele colocou seus óculos de lado, então olhamos no fundo dos olhos um do outro. Eu poderia esperar até que ele superasse a sua perda para termos a chance de sermos felizes? Pelo nosso bebê?

A resposta é sim. Com ou sem bebê.

— Tudo bem. Posso tentar.

Ele sorriu e encostou seus lábios nos meus.

— Agora... Sobre as coisas que eu disse... Você vai se mudar para a casa principal? Vamos contar às crianças que estamos juntos e que elas vão ganhar um irmão? Vai deixar de ser babá das crianças para se focar na gravidez e na Fundação?

Respirei fundo, afastando o rosto do dele. Comecei a falar, sem conseguir olhar bem nos seus olhos. Aqueles olhos verdes, quase cinzas, que me hipnotizavam desde o começo.

— Antes de qualquer coisa, eu quero deixar claro que não quero que você pense por um segundo que estou tentando me aproveitar de você.

Ele sorriu de lado.

— Eu não acho, querida. Se alguém está se aproveitando de alguém, esse sou eu. Pense em quanto trabalho da Fundação estou deixando com você.

— Você sabe que eu adoro tudo o que estou fazendo lá.

Ele sorriu.

— Não fuja do assunto, mulher. Você na minha cama e as crianças sabendo do bebê.

— Claro, acho que não podemos fugir dessas coisas. Eu quero que as crianças se sintam parte de tudo. Você está tendo um filho com outra mulher, não quero que achem que queremos substituí-los. — Ele concordou. — Posso focar na gravidez e na Fundação. Acho que poderíamos encontrar alguém para cuidar deles apenas quando ambos tivéssemos compromissos, o que acha? Alguma senhorinha idosa que faça isso por *hobby*.

— Ótimo, faremos isso. Precisamos nos certificar que o festival aconteça depois do nascimento do bebê, para que você não precise andar de um lado para o outro com uma bola enorme na barriga. — Isso era uma verdade absoluta. — Estamos nessa juntos, Nina. Vamos fazer funcionar, ok?

Concordei. Contrariando nossa regra de não beijar de língua quando as crianças pudessem interromper, ele me deu um longo e doce beijo.

No fim, o que Killian queria era o que ele já tinha sugerido: dedicar mais tempo à Fundação e deixar as crianças na mão de outra babá. Ele resolveu procurar em algumas agências de babás (isso parecia ser comum aqui nos Estados Unidos) por senhorinhas fofas que cuidassem de crianças esporadicamente e eu liguei para tia Norma para que ela jogasse a informação no circuito das empregadas domésticas. Logo em seguida, chamamos Sara no escritório e contamos a ela sobre o bebê e sobre eu parar de cuidar integralmente das crianças. Ela viu o sorriso de Killian ao contar que seria

Cliché

pai novamente e eu vi em seus olhos a aceitação.

— Já era hora de vocês dois assumirem isso de uma vez. — Ela sorriu. Vou falar com minhas amigas sobre uma babá.

Depois disso, Killian foi falar com seu amigo médico (ele parecia tirar amigos do além nessas horas) sobre uma obstetra de confiança e nós marcamos uma consulta com a doutora Hawkins para o dia seguinte. Estava feliz porque não era exatamente essa a reação que eu esperava de Killian. Claro, ele não era nenhum idiota completo e eu sabia, lá no fundo, que não me deixaria sozinha para cuidar da criança, mas eu também não esperava essa reação. Por pouco, ele não me pediu em casamento. Depois de todo o drama, é claro.

Já pensou nisso? Eu e Killian Manning casados?

Combinamos de só dizer às crianças sobre o bebê amanhã, depois do resultado do médico. Dois resultados foram positivos e um negativo. Nós queríamos ter certeza antes de falar a respeito com as crianças para não perturbá-las com isso sem motivo. Apesar disso, ele resolveu dormir na casa da piscina comigo. Segundo ele, estávamos nessa juntos e dormiríamos juntos sempre, a menos que algo incorrigível acontecesse.

No dia seguinte, pela manhã, colocamos as crianças no colégio (eu dirigia para ele trabalhar) e, em seguida, fomos ao consultório da Dra. Hawkins. Era uma clínica que ela abriu com mais três amigas de universidade. Todas as quatro eram reconhecidas nacionalmente e eu estava um pouco nervosa por estar em uma clínica tão fora da minha realidade. Esperava que meu bebê nascesse, algum dia, na calamidade que era o SUS. Se tivesse tido sorte na vida, talvez ele nascesse em alguma clínica que meu plano de saúde cobrisse. Nada como esse luxo todo com todas essas mamães luxuosas. Essas bolsas Prada sendo esfregadas na minha cara.

Fora o luxo das Mamães Prada, o lugar era uma fofura também. Todas as enfermeiras usavam jalecos rosa ou azul bebê e as paredes eram na mesma tonalidade. Cada cômodo com uma das cores, é claro. Os móveis eram brancos, o que deixava tudo ainda mais agradável. Ao chegarmos lá, fui direto ao laboratório coletar um pouco de sangue para o exame. O resultado sairia em aproximadamente duas horas; enquanto isso, esperaríamos em uma lanchonete em frente à clínica.

Killian quis conversar sobre o andamento do projeto do Keith e eu o atualizei sobre o assunto. A gravação do *single* seria na semana que vem. Pensamos em regravar alguma música, mas Keith e eu acabamos compondo algo. Ele me mandou uma letra e eu criei uma melodia no piano.

Mesmo que eu estivesse tremendo quando tive que ligar para a Meri (ela era fofa demais e arrumou um dia na sua agenda incrivelmente lotada), que deu uma risadinha quando eu disse que ligaria para Hugh Moyes em seguida. Confirmei com ter seu ex-namorado no mesmo projeto seria um problema. Ela disse que Keith era uma figura e que mal podia esperar para ter seu nome em revistas de fofoca por semanas. Hugh estava um pouco enrolado com a banda dele no momento (ele cantava em uma *boyband*), mas disse que poderia voar por um dia durante a gravação (que duraria três dias) e era o suficiente para a parte dele da música. Keith tinha gravado nós dois cantando a música no iPhone e passou para eles. Vince ficou feliz em participar e rapidamente arrumou sua agenda para estar livre nos três dias.

O lado negativo seria ter Carter durante toda a minha estadia na Califórnia. Ele disse que eram muitas vozes masculinas para a faixa, então preferiu produzir e tocar. Achei estranho da parte dele, mas apenas aceitei. Ele ainda estava deixando Killian na mão constantemente, então eu tinha uma missão quando estivesse na Califórnia ajudando na gravação: eu checaria dois caras para Killian, porque eles seriam os possíveis responsáveis pela gravadora. Como era a única parte da *ManesCorp* que estava em um estado diferente, a M Music tinha seu próprio diretor-executivo. Por enquanto, Killian preferia desse jeito.

Para completar o grupo de artistas que cantariam a música, convidamos a Kia. Ela era uma artista da moda e faria uma parte da música que parecia um rap, mas não era rap e que combinava perfeitamente com o estilo dela. Na manhã do terceiro dia, levaríamos algumas das crianças da Fundação para o estúdio e eles fariam um pequeno coro para o último refrão.

Duas horas passaram voando. Nós fomos nos sentar novamente na recepção, ainda conversando sobre Los Angeles. Falávamos sobre onde eu ficaria, quando ouvi meu nome ser chamado. Só que não foi bem meu nome.

— Senhor e senhora Manning, por favor.

É isso, gente. Eu não podia ser chamada de senhora Manning. Não era a senhora Manning e não sabia se algum dia queria ser chamada assim. Senhora Manning era uma mulher chamada Michele Manning, não Marina Duarte.

Entramos no consultório e a médica pediu que nos sentássemos.

— Eu sou a doutora Pamela Hawkins. Os resultados do seu exame estão prontos, senhora Manning.

Respirei fundo.

— Duarte. Meu sobrenome é Duarte. Nós não somos casados.

Ela olhou entre nós dois e deu um pequeno sorriso sem graça.

— Entendo. Sinto muito. Tenho o costume de supor tudo sobre as outras pessoas. — Ela nos deu um pequeno sorriso. — Sinto muito.

— Não se preocupe. Não será assim por muito tempo.

A médica sorriu com a frase de Killian e eu fiquei nervosa.

Marina Duarte não era a senhora Manning. Podem dizer o que quiser de mim, mas não quero que usem disso para dizer que estou tentando tomar o lugar de Mitchie. Respeito muito o papel que ela teve (e ainda tem) nessa família.

— Bom, pelos resultados do seu exame de sangue, vocês estão mesmo grávidos. Parabéns. — Ela sorriu, enquanto Killian apertou minha mão mais forte e beijou minha cabeça em seguida. — Se estiver tudo bem para vocês, eu gostaria de fazer um primeiro ultrassom para saber com quantas semanas o bebê está, se está tudo bem com ele e se é mesmo um bebê só. — Ela deu uma risadinha. Minha mente foi a mil pensando na possibilidade de ser mais de um. — Além disso, eu vou pedir que você faça uma série de exames e volte aqui quando todos estiverem prontos. Pode fazer aqui mesmo no laboratório da clínica e as meninas marcam outra consulta de acordo com o prazo delas. Tudo bem? — Nós concordamos. — Vou solicitar os exames aqui pelo sistema e, enquanto isso, vocês podem fazer as perguntas que quiserem.

— Eu vou precisar viajar de avião algumas vezes. Será que posso?

— Olha, vou pedir a você que marque qualquer viagem até, no máximo, sua 27ª semana de gestação. Depois disso fica mais complicado. É alguma viagem longa?

— Preciso ir à Califórnia na semana que vem.

— Não vai ser problema. Prefiro que você evite viajar de avião, se puder, mas, se for importante, pode ir sim.

Assenti.

— Nina, é melhor ir só dessa vez. Vamos dar um jeito de marcar as próximas reuniões aqui em Nova York, ok?

— São seis horas de viagem, não é? — Killian confirmou. — Vou pedir que beba bastante água durante o voo, levante-se para caminhar sempre que puder e troque a posição das pernas, para evitar varizes. Tudo bem?

Concordei.

— Você pode fazer uma lista de coisas que ela não pode comer durante a gravidez?

— É claro. Vocês têm outros filhos?

Deixei que Killian respondesse por nós.

— Eu tenho um casal. Juntos, é nosso primeiro bebê.

— Aqui. — Ela abriu uma de suas gavetas e tirou um pequeno livrinho, estendendo-o para nós. — É nosso manual para mamães de primeira viagem. O que você pode ou não comer, alguns dos sintomas que você vai sentir durante esse período, o que você pode fazer para lidar com eles, essas coisas. Está sentindo algo?

— Tenho ficado enjoada. Geralmente é de manhã, mesmo que não seja logo que eu acordo.

— Evite comer grandes refeições, prefira comer quando estiver se sentindo bem. Se você sente enjoo de manhã, procure comer à tarde e à noite. Evite comer antes de deitar. Se alguém preparar a sua comida, pode ajudar. Beba bastante água; manter um biscoito *cream cracker* ao lado da cama e comer logo que levantar pode ser bom. Evite comidas apimentadas e gordurosas. São muitas coisas, então eu sei que você não vai decorar. Está tudo aqui no livrinho, então devore cada parte dele, tudo bem? — Ela abriu a gaveta novamente e tirou um cartão. — O número da clínica e o meu telefone celular estão aqui. Estou nele vinte e quatro horas por dia, é só me ligar caso algo aconteça. Se eu não puder falar na hora, retorno em seguida.

Adorei a doutora Hawkins. Ela era doce e prestativa. Conversou mais um pouco sobre a gravidez e o bebê, então nos conduziu até a máquina de ultrassom. Foi durante o exame que ela fez que eu senti as coisas mudarem. Enquanto nós três olhávamos o pequeno serzinho crescer dentro da minha barriga (ela disse que eu estava de nove semanas), meu coração se encheu de amor e vi os olhos de Killian lacrimejarem.

— Não sei bem o que vamos fazer, querida — ele disse quando estávamos sozinhos dentro do carro, ainda no estacionamento. — Não sei como vamos lidar com a minha família. — Ele respirou fundo. — Minha mãe provavelmente vai ser desagradável com você, então eu já me desculpo por isso. Não sei como as crianças vão reagir. Não sei como nossos corações vão lidar com tudo isso. Eu só peço que não desista.

Meus olhos de grávida se encheram de lágrimas e eu o beijei, porque sabia que ia começar a chorar se tivesse que falar alguma coisa.

Killian e eu passamos o restante da manhã e início da tarde no escritório dele. Saímos a tempo para pegar as crianças na escola e levamos os dois para casa, sabendo que estava na hora de contar a elas que iam ter um irmão. Depois do banho dos dois, nós os levamos até a sala. Sentamos no sofá e colocamos as crianças entre nós.

Eu estava nervosa com a reação deles e Killian também.

— Crianças, há algo que nós dois precisamos contar a vocês — ele começou, antes de olhar para mim. Apenas sorri, porque queria que ele contasse. — Vocês sabem que Marina e eu estamos namorando, certo?

Dorian começou a fazer um bico enorme.

— Sim! — Ally gritou. — Papai e nova mamãe!

Olhei para Dorian, porque sabia quão chateado ele ia ficar por ela me chamar de mamãe.

— O que precisamos contar a vocês é importante — continuei.

— O que é, pai? — Dorian disse, aquele mau humor fofo de criança.

— Marina está grávida. Vocês terão um novo irmãozinho ou irmãzinha em breve.

As reações foram adversas. Dorian continuou sentado, os olhos congelados em um ponto fixo à frente. Ally levantou do sofá e se virou para nós.

— Mesmo com o irmãozinho novo, vocês vão continuar sendo papai e mamãe e amando a gente?

Killian sorriu para ela e concordou.

— Vamos amar vocês dois ainda mais com a chegada de outro bebê — eu disse.

— Eu preciso que vocês aceitem Marina e o irmão ou irmã que vocês vão ganhar na nossa família. Tudo bem?

— Sim! — Ally deu um prolongado grito e pulou em cima do pai.

— Não! — disse Dorian, em tom normal, ao mesmo tempo. Em seguida, ele ficou de pé e apontou para mim. — Você não é a minha mãe! Eu não gosto de você! Eu não quero você na nossa família, nem irmão nenhum! Eu quero a minha mãe de volta!

E então, ele correu da sala e deixou dois adultos boquiabertos.

Killian

Novembro de 2007

— Killian. — A voz de Mitchie soava nervosa do outro lado da linha.

— Oi, querida, o que foi? — perguntei no mesmo tom. Ela já estava com uma senhora barriga.

— Dorian. Acho que ele vai nascer.

Xinguei, porque eu estava muito longe de casa para colocá-la num carro.

— Tudo bem, querida. O motorista está comigo, então peça a Sara para levá-la. Eu a encontro no hospital.

— Sara foi ao mercado e levou o carro.

Ótimo. Agora ela não tinha como sair de lá.

— Fique calma. Pegue suas coisas e um carro irá buscá-la nos próximos minutos. — Abri a porta da minha sala. — Eu vou encontrá-la, querida. — Afastei o bocal do celular e sussurrei para Jenny: — Jen, preciso que mande um carro para minha casa. Urgente.

Ela assentiu e já começou a discar no telefone.

— Tudo bem. — Respirou fundo. — Você pode ficar na linha comigo? Estou nervosa.

— Claro, querida.

Nós conversamos enquanto eu juntava minhas coisas e entrava no carro. Nem eu nem ela estávamos muito acostumados com a falta de teclado desse tal de iPhone, mas o telefone era muito bom, de verdade. Fiz meu motorista dirigir o mais rápido possível até os Hamptons, onde estava localizado o hospital em que Mitchie teria nosso primeiro filho. Achamos que seria melhor do que ela precisar correr até a cidade para ter o neném.

Quando meu motorista entrou na rua do hospital, vi o carro que Jenny pediu deixar Mitchie na porta. O motorista a ajudava a sair do veículo. Corri até ela, desligando o telefone e colocando no bolso. Ela me viu e sorriu.

— Oi, querido!

Selei seus lábios, peguei sua bolsa e agradeci ao motorista. Eles já estavam acostumados a serem pagos diretamente pela empresa, então não precisei me preocupar com isso.

O restante foi um borrão. Eu estava supernervoso, porque, de tempos em tempos, Mitchie urrava de dor e as médicas só sabiam pedir para que eu tivesse *calma*, quando *calma* era a última coisa que eu sentia.

Quando elas acharam que era a hora, Mitchie começou a fazer força para empurrar e, aparentemente, toda essa força foi canalizada no meu braço. Eu nem sabia que minha mulher poderia ser tão forte. No fim, tudo compensou. Assim que olhei para nosso filho no colo da minha esposa, eu sabia que era o homem mais feliz do mundo.

Décimo Sétimo

MAMÃE

— Papai? Por que o Dori não está feliz com o irmãozinho? — Ally perguntou depois de nos ver congelados por algum tempo.

— Eu vou falar com ele. — Subi as escadas correndo. Felizmente, a porta do quarto dele não estava trancada e eu entrei sem bater. — Dorian — chamei. Ele estava deitado na cama e eu podia ouvir seu choro.

— Sai daqui. Não quero falar com você. — Sua voz estava abafada pelo travesseiro, então isso foi o que eu acho que ouvi.

Fui até lá e me sentei na beira da cama.

— Dorian, por favor, vamos falar sobre isso.

— Você não é minha mãe! — Ele se sentou na cama. Seu rosto estava furioso. A raiva estampada nele somada às lágrimas me deixaram momentaneamente congelada. — Nunca vai ser. Eu não vou esquecer a minha mãe nunca!

— Tudo bem, querido. Eu entendo — respondi, criando coragem para falar novamente. — Não estou tentando tomar o lugar da sua mãe.

— Então por que você e o papai querem me dar um irmão? Por que vocês ficam se beijando? Papai beijava a mamãe!

Respirei fundo.

— Eu sei, meu amor. Eu e seu pai gostamos um do outro. É por isso que nós nos beijamos e vamos dar outro irmãozinho para vocês.

— Não quero um irmãozinho! Já tenho a Alison! — ele gritou.

— Você tem o direito de ficar chateado sobre isso, querido. Mas você entende que não quero roubar o lugar da sua mãe? Que só quero que vocês sejam felizes?

— Então porque você está namorando o papai? Por que quer dar outro irmãozinho para nós? Isso não é o que as mães fazem?

— Dorian, querido, escute. — Aproximei-me dele e segurei seu rosto em minhas mãos. — Queria muito que sua mãe estivesse aqui. Que ela pudesse cuidar de você, da sua irmã e do seu pai. Amar vocês aqui de perto.

— Não pude evitar me sentir péssima, porque eu sabia que minhas próximas palavras quebrariam o coração dele. Havia lágrimas em seus olhos. — Só que Deus a quis perto d'Ele. Precisou levar sua mãe para cuidar de algumas coisas para Ele lá de cima. E vocês que ficaram precisam viver. Precisam continuar com suas vidas. Seu pai escolheu seguir a vida dele comigo. E nós queremos que você e Alison venham com a gente. Você não precisa gostar de mim. Pode continuar me odiando, se quiser. Só preciso que você aceite seu novo irmão, porque seu pai já o ama. E sua irmã também. — Ele começou a chorar. — Odeio fazer você chorar e sempre vou amar você. Só peço que você aceite as mudanças que estão acontecendo com a gente. Pode ser?

Ele assentiu lentamente. De braços cruzados, ele parecia a coisa mais fofa do mundo.

— Não quero chamar você de mamãe. Só tenho uma.

— Tudo bem, querido. Você pode me chamar como quiser. — Acariciei o cabelo dele.

— Vou te chamar de Nina. E não vou ficar triste com o irmãozinho, porque quero ver o papai e Ally felizes.

— Isso — concordei. — Obrigada, querido.

Dorian deitou a cabeça nas minhas pernas e se aconchegou.

— Mas vai ser um irmãozinho mesmo? Ou uma irmãzinha?

— Ainda não sabemos, querido. Vai levar um tempinho para saber.

Ele concordou. Em seguida, fez algo que eu não esperava naquele dia.

— Ele está aqui dentro? — perguntou, apontando para a minha barriga. Quando eu assenti, aproximou-se dela e falou: — Oi. Papai e Ally estão ansiosos para ver você. — Ele fez um carinho e saiu do quarto.

Desci direto para o banheiro e chorei, porque esse era só o início e eu não tinha ideia do que tinha feito para Dorian mudar de ideia.

Quando voltei para a sala (com um rosto levemente menos inchado), Killian estava lá com as duas crianças. Ele estava sentado no sofá com os dois deitados ao seu lado, encostados ao seu peito, conversando sobre Mitchie.

Nunca me senti mais fora de lugar naquela casa do que naquele momento. Só podia assistir enquanto ele contava como foi quando eles descobriram o nascimento de Dorian. Do medo que a mãe deles sentiu, mas o quão feliz ele estava com a notícia. De como eles não sabiam como cuidar de crianças, mas tiveram ajuda de Sara. Alison perguntou se ele sabia cuidar de crianças agora e se ele ia precisar de ajuda para cuidar do novo bebê.

Killian respondeu que sabia, mas que nós precisaríamos da ajuda dos dois para isso. Dorian disse, então, que ele adoraria ajudar a cuidar do bebê.

Meu coração se acalmou por saber que o pequeno tinha aceitado a ideia do irmão; as palavras duras que eu ouvi dele valiam a pena só por saber que meu filho nasceria num lar com amor.

Funguei e só aí percebi que estava chorando. Se estava prestes a iniciar a fase chorona da minha gravidez, acho que precisava de um pequeno aviso dos céus a respeito.

— Amor. — É, meu choro me denunciou. Olhei para Killian e não consegui evitar o sorriso, porque era a primeira vez que ele me chamava assim. — Não fique aí sozinha.

— Mamãe, venha sentar conosco — Ally chamou.

Fui até eles. Coloquei Alison no meu colo, antes de Killian passar um dos braços pelos meus ombros.

— Dorian e eu conversamos um pouco quando ele voltou. Bom, ele disse que vocês combinaram que ele não precisava chamar você de mãe, porque a única mamãe dele é a Mitchie. — Assenti e deitei a cabeça na curva do pescoço dele. — E ele vai aceitar o irmãozinho ou irmãzinha, porque eu e Ally estamos felizes. — Sorri, porque podia imaginar Dorian dizendo tudo isso. — Só que eu disse a ele que foi muito rude com você e que não deveria falar assim com as pessoas, então Dorian quer pedir desculpas.

— Sinto muito, Nina — ele murmurou, um pouco contrariado.

— Tudo bem, querido.

— Agora que estamos todos reunidos aqui, tenho uma coisa para mostrar. — Ele se desvencilhou de nós e ficou de pé. — Venham comigo.

Dorian deu a mão a ele e eu segurei a mão de Ally, enquanto ele nos levava até o hall de entrada da casa. Paramos em frente a uma parede e só aí eu percebi que ela estava vazia, sem nenhum quadro, como geralmente ela ficava.

— Papai, por que a gente está olhando para a parede vazia? — Ally perguntou.

— Calma, querida. Esperem aqui. — Killian subiu as escadas e voltou alguns minutos depois, carregando um quadro na mão.

Eu sabia do que se tratava.

— O que é isso, pai? — Dorian perguntou.

Killian não respondeu de imediato. Primeiro, ele pendurou na parede e eu vi que realmente era o quadro de fotos de Mitchie.

— Sua mãe estava fazendo isso antes de tudo acontecer. Ela queria retratar as fases da nossa vida. — Ele contou para as crianças a história de cada foto, como já tinha me contado antes. — É nosso dever continuar o que ela começou. Vamos juntar outras fotos que nós formos tirando ao longo dos anos e colocando aqui, ok? — As crianças concordaram. — Hoje papai quer colocar outra foto aqui e eu espero que vocês concordem.

— Que foto, papai? — Ally perguntou.

— É uma foto minha e da Nina. Espero que esteja tudo bem por vocês, porque já combinamos que ela e o bebê agora fazem parte da nossa vida, certo?

Tem um olho no mar das minhas lágrimas.

Como as crianças concordaram, Killian foi até a sala por um minuto e voltou com uma foto em que estávamos em uma praia aqui nos Hamptons. Levamos as crianças para brincarem um pouco um dia desses e Ally tirou uma foto enquanto ele me beijava. Eu já nem lembrava direito da existência dela.

— Ugh, vocês tinham que estar se beijando na foto? — Dorian reclamou.

Nós rimos, porque era bom que ele estivesse levando isso "bem".

A lista de exames que eu precisava fazer era longa. Glicemia, Sistema ABO e fator Rh, Sorologia para HIV e VDRL, Toxoplasmose e Rubéola, Hepatite B e C e Citomegalovírus, urina e fezes. Boa parte deles eu nem sabia o que era ou para o que servia, mas, dois dias depois de ir ao médico, voltei até lá para fazer todos eles. Fomos com George levar as crianças na escola naquele dia, porque Killian não queria que eu dirigisse depois dos exames. George levou primeiro as crianças, depois Killian e ficou me esperando na clínica. Quando eu terminasse todos os exames, o motorista me traria para casa e eu ficaria lá relaxando, de acordo com as ordens dele.

No dia seguinte à nossa primeira visita à clínica, Killian tirou uma folga do trabalho – o que era um verdadeiro milagre –, para me ajudar a mudar minhas coisas da casa na piscina para a casa principal. Muitas coisas ainda estavam em caixas na outra casa, porque não sabíamos o que fazer com elas, mas o quarto dele já estava tomado com as minhas coisas. A verdade é que eu acumulei alguns pertences desde que havia passado a morar aqui, porque sobrava o dinheiro do aluguel.

Ganhei um espaço no *closet* dele (não era muito grande, porque eu não tinha muitas roupas) e meus produtos de higiene tomaram uma boa-parte da pia do banheiro. Quando coloquei um pacote de absorventes em uma das gavetas que ele me deu no *closet* (o banheiro dele não tinha um só armário, é mole?), Killian riu.

— Há muito tempo eu não vejo um pacote desses no meio das minhas coisas. — Essa foi a resposta dele.

Tecnicamente, não estava no meio das coisas dele, mas não disse isso.

Nós fomos até o quarto azul e tiramos várias peças de roupa que ele gostava de lá. Não tínhamos muito tempo mais antes que as crianças chegassem, então resolvemos não mexer nas coisas dela, porque sabíamos que iria levar quase um dia para empacotar o quarto inteiro.

Killian ainda estava decidindo o que fazer com aquele cômodo, mas não queríamos pensar muito a respeito. O do bebê já estava decidido; seria no quarto de bagunça da casa. Ele já tinha pedido que fosse esvaziado o quanto antes, para que pudéssemos começar a arrumar tudo de uma vez.

Ficamos com medo de as crianças se espantarem com o fato de dormirmos no mesmo quarto, mas o fato de levantarmos antes deles e de irmos dormir depois que eles já estavam na cama ajudou. Não estávamos escondendo nada, mas não queríamos chocá-los. Acho que assim seria bom para os dois; acostumar aos poucos.

Levei boa-parte da manhã na clínica. No fim, dos nove exames que eu precisava fazer naquela manhã, eu já tinha levado urina e fezes e o único que eu precisava realmente fazer era o exame de sangue. Foram vários tubinhos para exame e a enfermeira disse que eu só poderia voltar a colher sangue no quinto mês, por precaução. Já estava com fome, porque precisava ficar em jejum para alguns. Minha consulta foi marcada para duas semanas, quando eu já teria voltado de Los Angeles e todos os resultados estariam prontos.

Assim que saí da clínica, pedi a George que me levasse à minha loja preferida em toda cidade de Nova York: Doce. Descobri que meu desejo de grávida era pudim de leite. Pedi que desse uma volta no quarteirão enquanto entrava para pedir um para levar.

A mesma garçonete da outra vez, Júlia, foi quem me atendeu. Quando estava saindo de lá, uma ideia surgiu na minha mente.

— Júlia, vocês têm um telefone para encomendas?

A jovem sorriu e assentiu.

— Aqui está. — Ela me entregou um cartão da loja. — Pedidos feitos até meio-dia são entregues no máximo às cinco da tarde, em sua maioria.

Pedidos feitos na parte da tarde, entregamos no dia seguinte.

Levei uma embalagem menor para dar a George, porque ele era a melhor pessoa de todas, então voltamos para a casa. Mesmo comendo um pedaço do pudim e um lanche que Sara fez para mim, eu ainda estava me sentindo meio molenga – eu culpava os exames. Foi por isso que corri para o quarto de Killian e, depois de um banho, deitei-me para dormir.

Ainda não me sentia como se fosse o meu quarto. Por um tempo, ainda seria o quarto de Killian, mas não estava exatamente preocupada com isso. Envolvida no calor de suas cobertas, com o cheiro dele me invadindo, adormeci.

Quando acordei, as crianças já estavam em casa e Killian tinha acabado de chegar.

— Sara me contou que você não almoçou — disse quando eu consegui abrir os olhos e encará-lo.

— Acho que dormi demais.

Ele riu.

— Como foi hoje cedo? Tudo bem?

— Nunca tirei tanto sangue na vida.

Ele me puxou para mais perto.

— Fiquei esperando que ligasse mais cedo.

— Sinto muito, querido. — Passei os braços por suas costas. — Cheguei, comi e dormi. Meu cérebro não estava pensando direito.

— Entendi. — Ele selou meus lábios. — Trouxe um lanche para nós, já que você ainda não comeu. Que tal comermos e depois descermos para ver um filme com as crianças?

— Parece um bom plano para mim.

Eu o beijei e nós nos sentamos na cama. Ele tirou uma bandeja do chão no seu lado e apoiou próxima a mim, em volta das minhas pernas. Havia um pedaço de pudim, pão de queijo (que eu ensinei a Sara como fazer depois de ter feito para as crianças e elas terem amado), café e chá. Já tinha bebido minha cota do dia, então sabia que o chá era meu.

Enquanto comíamos, ele me contou do seu dia e parei para analisar o giro de cento e oitenta graus que acontecera na minha vida.

Há oito meses, eu não tinha nada nem ninguém. Tia Norma era minha única parente viva e tinha seus próprios problemas para lidar, por mais que me amasse como ninguém. Além dela, eu tinha Adriana, mas não gostava de contar muito com ela. Como já expliquei, eu sempre seria sua melhor amiga, mas ela não era a minha.

Hoje minha vida era outra. Eu tinha uma amiga em Sara e sabia que sempre poderia contar com ela; tinha minha doce Alison, que me dava tanto amor quanto uma criança da sua idade poderia dar; tinha Dorian, que, por mais que não me amasse completamente, era uma das pessoas mais importantes da minha vida. E Killian. Ele podia não me amar, mas eu o amava. E amava por nós dois. Ele era um homem bom e me respeitava, cuidava de mim e do filho que íamos ter. Minha vida podia ser um dos maiores clichês do mundo, mas não era um conto de fadas com um príncipe no cavalo branco jurando amor eterno. Um homem que me dava tudo o que eu precisava em todos os sentidos era, com certeza, o melhor que poderia encontrar. Ele me amaria com o tempo.

Eu não estava reclamando. Killian era o melhor namorado que já tive na vida. O mais doce, o mais educado, o mais gentil. Se ele fosse apenas meu amigo, ainda assim, seria o melhor homem que já conheci.

Estávamos terminando de comer quando ouvimos as batidas na porta.

— Entre — Killian disse, tirando a bandeja da minha perna e colocando-a novamente no chão.

Ally veio em nossa direção e se sentou entre nós dois. Dorian veio em seguida com seu violão no braço e sentou em nossa frente.

— Tudo bem? — o pai perguntou a ambos.

— Eu aprendi a tocar essa música, mas a Ally não consegue decorar a letra para cantar. — Dorian fez uma careta. — Você pode cantar, Marina?

Sorri de lado.

— Claro, querido. Se eu souber.

— É *Count On Me*, do Bruno Mars. — Assenti, porque conhecia bem. — Eu queria pedir desculpas por ter gritado, então resolvi cantar essa música para o bebê.

— Então cante para ele, querido. Seu irmão vai gostar de ouvir sua voz.

Ele balançou a cabeça.

— Não posso cantar como você ou Alison.

— Não, você pode cantar como Dorian. E eu tenho certeza de que é maravilhoso. — Sorri para ele, incentivando-o. Com Dorian e sua música, eu sabia que só precisava incentivá-lo. E estava imensamente feliz por estarmos nos tratando assim e não aos gritos. — Cante, querido.

Bastou as primeiras palavras da canção soarem em meus ouvidos para as lágrimas se formarem. Esse transtorno emocional não me ajudava em nada. Como eu suspeitava, Dorian tinha uma voz ótima. Ele ia crescer uma criança muito talentosa e eu sabia que só precisava do treino vocal certo para ter uma voz incrível também.

A música falava de situações em que alguém precisaria de ajuda ou de um ombro amigo. *Se ficar preso no meio do mar, ele velejaria pelo mundo para encontrá-lo; se ficar perdido na escuridão, ele seria a luz a guiar.* Era uma música fofa e eu desisti de conter as lágrimas que escorreram dos meus olhos enquanto ele cantava.

Olhando no fundo dos seus olhos, naquele momento, eu não podia me sentir mais orgulhosa daquela criança difícil que eu conheci.

Killian

Julho de 2013

Quando abri a porta de casa, tinha um único desejo: cair na minha cama. Já era mais de onze da noite e o dia no trabalho havia sido cansativo demais. Arrastei-me até o andar de cima e vi que todos já estavam dormindo. Abri uma fresta da porta do quarto dos meus dois filhos e ambos estavam além do sono. Fui para o meu quarto e vi minha esposa do mesmo jeito. Em silêncio, passei pelo quarto e fui direto para o chuveiro.

Precisava de um longo banho, mas não demorei lá dentro. Mais do que o banho, precisava dormir. Assim que voltei ao quarto, Mitchie estava parcialmente acordada. Ela me deu um sorriso, então arrastei-me para o meu lado da cama e a puxei para mim.

— Sinto muito por acordá-la, querida, volte a dormir.

Ela balançou a cabeça.

— Eu queria contar algo para você, mas acabei cochilando.

— Então diga, querida. — Meus olhos se fecharam instantaneamente, porque o sono estava demais.

— O que você acha de adicionarmos outro membro à família?

Meu cérebro entrou em conflito. Àquela hora da noite eu já não estava muito apto a desvendar exatamente o que ela queria dizer. Outro filho? Um cachorrinho? O que era?

— Amor, meu cérebro está próximo ao desligamento padrão. Você pode, por favor, dizer exatamente o que você quer dizer com adicionar à família?

Ela gargalhou. Em seguida, segurando meu rosto, ela disse as cinco palavras que fizeram todo o meu dia valer a pena.

— Você me engravidou de novo.

Décimo Oitavo

MÚSICA

Killian me fez ir no jatinho dele.

Entenda, eu não estava *reclamando*. Só viajei de avião normal uma vez (do Brasil para cá). Quando fomos para o Texas, estávamos no jatinho e isso foi infinitamente melhor. Sem comparações. Só era estranho voar em um jatinho completamente sozinha. É claro que a tripulação estava lá, mas eles sumiram praticamente em todo o voo, então não contava. Assim, eu resolvi aproveitar um pouco do tempo livre para repassar o cronograma dos próximos dias.

- Meu voo chega às 6h em San Diego. Check-in no hotel às 7h.
- LAX às 9h para encontrar Vince e Meri.
- Keith e Kia já estarão no estúdio quando chegarmos.
- Dia de ensaios e gravação.
- No dia seguinte, produção da faixa.
- Gravação do vídeo.
- Hugh chega às 9h para gravar sua parte. Encontra todos para o vídeo à tarde. Vai embora às 19h.
— Último dia: estúdio e visita das crianças do coro.

Era um cronograma apertado, mas todos nós estávamos dispostos a fazer dar certo. Para ajudar, pousamos vinte minutos mais cedo em San Diego, o que facilitou meu cronograma apertado. Fiz questão de ser muito objetiva no hotel. Tinha certeza de que seria luxo puro (Killian era teimoso), então fiz o check-in, subi com o rapaz das malas, esperei que ele colocasse a mala do lado de dentro, dei sua gorjeta e desci em seguida para o restaurante. Pedi o café da manhã para que Sara e Killian não ficassem preocupados (tirei uma foto e enviei para eles) e comi rapidamente.

Quando estava terminando, avisei ao motorista que eu estaria pronta para ir em cinco minutos (não podia ficar esperando) e ele já estava na porta quando cheguei ao hall. Descobri que seu nome era Don (não sei se era nome mesmo ou apelido) e ele foi me mostrando a cidade no meio do caminho. Deixou-me no desembarque e disse que iria estacionar o carro, depois me encontraria ali. O primeiro voo era de Vince e pousaria às 9h em ponto. Faltavam uns dez minutos, tempo suficiente para eu chegar com tranquilidade até o local onde ele sairia.

Preciso ser sincera e dizer que só conhecia uma música dele. Ela é muito bonitinha e fala sobre um garoto que gosta de uma garota, mas ela acabou de sair de um relacionamento e ele não sabe se é a hora exata de tentar algo com ela. Por essa música e pela pesquisa que fiz na internet, vi que seu público era bem jovem. Ele tinha dezenove anos e uma cara de bom-moço que foi agravada quando o vi de perto. Meio que queria apertar suas bochechinhas.

Um gigante de dois metros estava ao seu lado quando saiu, mas ele estava ao telefone. Imaginei que era o assistente/guarda-costas que ele disse que traria.

Meu celular vibrou na minha mão e vi que era o número dele. Não atendi. Caminhei até ficar na sua linha de visão e acenei.

— Você deve ser Marina — disse ao se aproximar.

— Sim, sou eu. — Ele estendeu a mão e apertou a minha, então eu retribuí seu sorriso. — É um prazer conhecê-lo.

— O prazer é meu. — Apontou para o homem ao seu lado. — Esse é Dusty. Dusty, Marina.

Eu não estava acostumada com esses nomes americanos e acho que nunca acostumaria. Dusty lá é nome de gente?

Dusty era jovem. Geralmente esses guarda-costas estão acima dos trinta, mas eu daria no máximo vinte e cinco para ele. Em compensação, parecia um jogador de basquete de tão alto e musculoso. Esqueci-me de comentar que era um negro gato.

Eu disse a eles que o voo de Meri chegaria em quinze minutos e eles concordaram em esperar. Foi o tempo de Don chegar e combinamos que, se alguma coisa acontecesse e fãs brotassem do chão, ele o levaria até o carro. No fim, não precisamos. O voo de Meri chegou e ela, que estava com outra loira altíssima ao lado e um gigante do tamanho do Dusty, logo nos encontrou.

— Vince! Quanto tempo! — Ela deu um abraço esmagado nele. Foi engraçado ver a reação do rapaz.

— Hey, Meri! Aposto que sentiu minha falta.

Clichê 207

Ela empurrou os ombros dele, brincando.

— Você deve ser Marina.

Com um sorriso, eu assenti. Havia treinado por dias para que não acontecesse nenhum surto de fã e, aparentemente, funcionou. Fui capaz de cumprimentar Meri Hayes sem envergonhar a mim mesma.

Ela era mais loira e alta pessoalmente, mas era um doce. Tratava Vince como um irmão mais novo, porque disse que ele a lembrava de seu caçula. Meri dispensou o segurança e a assistente loira, dizendo a eles para descansarem e Dusty foi conosco.

Don dirigiu, obviamente, mas Dusty foi ao seu lado. Meri e Vince conversavam comigo e queriam saber tudo sobre as crianças da fundação, essas coisas. Ela disse que costumava doar livros para escolas e locais assim e perguntou se nós teríamos interesse em receber esse tipo de doação. Aceitei com toda a certeza, mas ficamos de combinar melhor sobre o assunto depois.

Ao chegarmos ao estúdio, Carter não estava lá ainda, mas Kia conversava com alguns rapazes dentro da sala de gravação que estava reservada para nós. Ela tinha um sotaque britânico forte, o que eu achei uma graça, apesar de viver na Califórnia há anos. Keith apareceu minutos depois com uma bandeja com seis cafés (ele, Kia, Vince, Meri, um dos rapazes do som e eu, mas eu só bebia duas xícaras por dia e um copo do *Starbucks* era demais, então passei). Foi um beija para cá, beija para lá; que saudades, me dá um abraço... Parecia uma reunião de velhos amigos. Estava achando tudo meio surreal, porque era muita gente famosa na mesma sala que eu.

Carter apareceu quando todos pareciam já ter se cumprimentado e se abraçado. Tudo recomeçou, porque Carter falou com cada um.

Quando começamos a falar sobre música, eu estava dentro da minha zona de conforto. Dois produtores iriam trabalhar na faixa conosco, além de Carter, e nós começamos a dividir quem ia fazer o quê. A música tinha um piano como base, bateria a partir do primeiro refrão, baixo, um violão suave e estávamos considerando usar violino no refrão e no final. Carter insistiu que eu fizesse o piano, já que eu tinha criado a melodia, além do baixo. Ele ficaria com a bateria e o violão. Apareceria no clipe também, apenas tocando.

Eu dispensei logo a ideia de estar no clipe; câmeras não eram para mim. Os cantores dividiram quem cantaria qual trecho da música, deixando uma parte para Hugh. Enquanto eles ensaiavam lá, fui gravar o piano.

A partitura estava lá e eu gravei duas vezes apenas. Na primeira, eu a segui religiosamente; na segunda, deixei a música me guiar e dei minha interpretação. A segunda ficou melhor, óbvio, mas a primeira também era necessária. Quando terminei, começamos a gravar as vozes. Todo mundo cantou sua parte uma única vez, enquanto ouvia meu piano.

Foi o suficiente para a hora do almoço chegar.

— Cara, a gente pode almoçar? — Vince perguntou, sentado no sofá que tinha ali na sala, a mão na barriga.

— Certamente! — Carter comemorou, tirando o fone de ouvido que usava. — Deveríamos pedir comida. Todos vocês juntos de uma vez vai deixar a imprensa e os fãs um pouco loucos.

— Posso sair para comprar, se precisarem — ofereci.

Carter negou com a cabeça.

— Meu irmão ameaçou minhas partes íntimas, caso eu deixasse você fazer algum esforço desnecessário. — Carter não usou exatamente a palavra "partes íntimas", mas não vou repetir as palavras exatas. — Eu amo minhas partes íntimas. E gosto de crianças, então vamos cuidar dessa coisinha aí.

— Ah! — Meri soltou um gritinho. — Eu sabia! Não quis falar nada para não ser grosseira. Você está grávida, não é?

Eu ri.

— Estou sim. Pouco mais de dez semanas.

Ela e Kia soltaram gritinhos e vieram para perto de mim.

— Uma das minhas melhores amigas está grávida. Você tem essa coisa de mamãe em você, que é linda! — Meri exclamou.

— Que graça! — Kia colocou a mão na minha barriga minúscula. — É menina ou menino?

— Ainda não sabemos. É cedo, então estamos esperando.

Nosso assunto se desviou para bebês, chás de bebê, roupinhas de criança e os meninos foram saindo um a um da sala para uma espécie de refeitório que ficava lá no estúdio. Eles decidiram pedir pizza e nós fomos arrastadas para o refeitório pelo cheiro quando ela chegou.

Ao chegarmos lá, os garotos estavam fazendo algum tipo estranho de rap sobre sabores de pizza ou algo do tipo. Meri me olhou com cara de tédio, porque aquilo era tão a cara dos meninos, mas Kia rapidamente se uniu a eles. Ela era melhor do que os outros na coisa do improviso, mas Keith era muito bom também. Nós até comemos a pizza, mas a melhor parte de tudo aconteceu quando eles começaram uma batalha de rimas. Meri e eu apenas ríamos. Como uma pessoa que tinha dificuldade em fazer rap em português, eu só fiquei lá sentada rindo.

Em algum momento, nós decidimos que era hora de voltar a trabalhar. Era muito bom falar sobre música com todos eles, mas meus hormônios descontrolados tinham vontade própria e, quando eles estavam regravando as vozes pela milésima vez e eu já tinha gravado tudo que era minha parte, enrolei-me em uma poltrona que tinha ali e, mesmo em meio a todo aquele falatório, acabei dormindo.

Acordei e assustei-me ao ver várias cabeças lado a lado ao meu redor. Todos estavam me encarando, com aquelas caras fofas.

— Você fala enquanto dorme — Carter observou.

Todos gargalharam.

Droga.

Ok, não era muito normal eu falar enquanto dormia. Apenas quando estava dormindo profundamente. Pensando nisso, esperava não ter roncado. Ou babado.

Socorro, não sei qual é o pior.

— Nina, volte para o hotel — Keith começou. — Você fez tudo o que podia aqui.

— Por mais que nós achemos uma graça ver você resmungar sobre Dorian, Ally... — Vince continuou.

— E Killian — Meri completou.

Escondi o rosto com as mãos.

— Você precisa descansar — Vince concluiu.

— Já citei que meu irmão ameaçou minhas partes íntimas caso você se esforçasse demais, certo? — Mais uma vez, "partes íntimas" não foram exatamente as palavras que Carter usou.

— Amanhã vamos precisar bastante de você nas gravações e falta pouco para terminarmos — Kia falou.

— Vocês são uns amores, sabiam? — Arrumei-me no sofá e todos se afastaram, saindo do meu espaço pessoal.

Alguém que não sei quem avisou a Don que eu precisaria dele e, em dez minutos, o homem estava lá. Colocou o percurso no GPS e eu acabei dormindo. Quando chegamos, acordei ao sentir o carro parar. Ele estava com um pequeno sorriso nos lábios.

— Não ria de mim. Quando você e sua mulher tiverem um bebê, ela vai dormir o tempo inteiro também.

Ele gargalhou e balançou a cabeça, enquanto saía do carro. Enquanto eu juntava minha bolsa, ele abriu minha porta.

— Chegue à cama antes de dormir, tudo bem?

Dei um soco no ombro dele e saí do carro.

— Tchau, Don. Obrigada por me trazer.

Ele acenou e entrei no hotel.

Já era por volta de 21h, então eu pedi o jantar no quarto (algo rápido, porque era bem capaz que dormisse em cima da comida) e fui para o chuveiro. Logo que estava vestida, a campainha do quarto tocou com a minha comida. O funcionário deixou uma bandeja na mesa, e decidi ligar para a mansão. Sara atendeu. Conversamos um pouco sobre as crianças e o dia delas, até que ouvi a voz de Killian ao fundo.

— Diga a ela que vou ligar em cinco minutos.

Ouvi Sara concordar.

— Você ouviu? — ela perguntou.

— Vou esperar a ligação dele. Obrigada, Sara. Amanhã conversamos.

Nós nos despedimos e desliguei. Estava de boca cheia quando ele ligou.

— Oi. — Odiava falar fofo, mas era isso ou nada.

— Oi, meu amor. — Ele tinha riso na sua voz. — Atrapalho?

— Não. — Mastiguei rapidamente e engoli, então falei novamente: — Estava comendo.

Ele riu.

— Eu podia esperar você terminar, era só falar.

— Já terminei. — Deixei os pratos sobre a bandeja e a coloquei na mesa, já que ela seria retirada depois. Fui para o banheiro em seguida. — Só preciso escovar os dentes. Que tal me contar sobre seu dia enquanto isso?

— As crianças sentiram sua falta. Mais Ally do que Dorian, assumo, mas querem você de volta. — Fez uma pequena pausa. — E eu também queria muito que você estivesse aqui, querida. Estava me acostumando a dormir com você.

Eu ri, cheia de pasta de dente na minha boca.

— Eu também — respondi depois de cuspir na pia. — Quem eu vou usar de travesseiro, enquanto você está longe?

— Querida, em cima da sua cama tem uma forma branca e retangular. Talvez duas ou mais. Elas são supermacias, sabia? Chamam-se travesseiros.

— Ri, enxaguando a boca. — Sério, use-os. É para isso que eles servem.

— Eu sei, amor — disse e sequei o rosto, então voltei para o quarto.
— Mas não é a mesma coisa, você sabe disso.
— Já terminou? Quero saber como foi tudo por aí.
Concordei e me deitei na cama.
— Estamos indo bem. Conseguimos gravar a faixa praticamente toda. Saí de lá quando eles estavam regravando pela milésima vez, para ter opções.
— Acha que vai dar tempo de fazer tudo?
— Sim. Hugh virá para gravar a parte dele amanhã de manhã, enquanto eu fico com os outros artistas no estúdio. Seu irmão vai aparecer nas filmagens também, tocando instrumentos.
— Ele se ofereceu?
Nós rimos, porque sabíamos que Carter totalmente se oferecia, se a intenção era aparecer.
— Na verdade, foi Vince quem sugeriu que ele deveria aparecer e todos concordamos.
— E você? — Eu podia ouvir o riso na voz dele.
— Eu o quê, homem?
Ele riu abertamente.
— Não quer aparecer no clipe?
— Nem pense nisso, criatura — cortei-o, antes que ele falasse alguma coisa. — Não vai acontecer, de jeito nenhum. — Ele riu novamente. — Ria mesmo. Acho que vou até estender minha viagem por mais alguns dias... Não vai dar tempo, né? Uma semana deve ser um bom tempo.
O riso cessou.
— Pode parar. — Foi minha vez de rir. — Três dias é o suficiente, mulher. Pode voltando com esse bebê para casa. — Nós rimos. — Como nosso neném está hoje?
Sorri, acariciando minha barriga.
— Está bem. Pode ter alguma baba sobre ele, mas isso é tudo.
Ele riu.
— Você nem tem barriga e as pessoas já estão babando, querida?
— Seu irmão comentou, o que foi suficiente para Kia e Meri. — Nós rimos. — Estou um pouco cansada, querido, mas não quero dormir enquanto conversamos.
— Tudo bem. Tem algo que eu quero contar a você.
Aconcheguei-me com os travesseiros e me preparei para dormir.
— Conte.

— Estava pensando em me casar novamente, sabia? — Fiquei em silêncio, porque esse era um assunto que definitivamente me interessava. — Comecei a fazer um planejamento para a empresa e minha vida no próximo ano, então fiz uma anotação para procurar uma noiva. — Engoli em seco, porque não queria que ele procurasse muito. — Você acha que eu conseguiria alguém para o cargo?

Ri.

— Definitivamente. Não acredito que você precise procurar muito.

— Daqui a uns oito meses. O que você acha?

Era o tempo exato de ter o bebê e passar o resguardo.

— Eu ficaria com nove meses. Oito meses vai ficar um pouco em cima do nascimento do seu filho, não acha?

— Nove meses — ele falou pausadamente. — Acabei de anotar aqui. Esteja lá.

Ok, Killian já podia parar. Eu já estava nervosa o suficiente.

Conversamos por mais algum tempo, mas acabei pegando no sono sem perceber. Na manhã seguinte, encontrei meu telefone debaixo de mim na cama, apitando loucamente com o horário que eu teria que despertar.

O dia foi longo. Entre passar no estúdio para me certificar de que Hugh já estava lá e todas as coisas estavam certas e apoiar com o que eu podia nas gravações, o dia foi realmente cansativo. No outro dia, as crianças me deixaram com as mãos cheias. Sério, eram apenas seis, mas exigiram tudo de mim. Era *"Nina, estou com sede"*, *"Nina, posso ir ao banheiro?"*... Fui e voltei tantas vezes que não sabia como estava aguentando.

Quando entrei no jatinho de Killian de volta para Nova York, dormi. Deitei na cama do quarto do jatinho e só acordei quando a pobre aeromoça veio me acordar, porque estávamos prestes a pousar.

No entanto, a melhor parte dessa viagem não foi conhecer Meri Hayes, Hugh Moyes ou passar os dias com aquelas pessoas incríveis falando sobre música. Foi chegar em casa e Ally pular no meu colo, com saudades. Foi Dorian vir correndo para me mostrar a música que ele ficou treinando. Foi Killian me beijar e dizer que sentiu minha falta.

Foi voltar para eles. Para a minha família.

Décimo Nono

COMEMORAÇÕES

Eu estava oficialmente grávida. Sério, era fácil de ver. Minha barriga não estava do tamanho da bola do Quico, mas você podia ver os três meses de gravidez dando olá para o mundo. Eu gostava. Era bonito estar grávida.

Ver o amor que todas as pessoas pareciam ter pelo meu filho era maravilhoso. Dorian gostava de tocar para o bebê. Ele não ouvia o que eu falava e não era a pessoa mais carinhosa comigo, mas absolutamente amava o espaço que seu irmão (ou irmã) habitava. Alison adorava encostar o ouvido na minha barriga e ficar ali ouvindo o bebê se mexer. Não sei se ela conseguia realmente ouvir alguma coisa, mas era seu novo lugar favorito no mundo. Killian dormia todas as noites com a mão apoiada na minha barriga, beijava-a com veneração e conversava com nosso bebê o tempo todo. Às vezes, quando eu acordava de manhã, ele estava sussurrando coisas para a minha barriga. Até mesmo Adriana apareceu com roupinhas amarelas (ainda não sabíamos o sexo, então ela disse que não queria errar) e acariciou minha barriga com carinho. Por mais confusa que sua visita tivesse sido, ela veio me ver e isso era bacana. Sara estava em êxtase o tempo todo. Ela cuidava do bebê como se fosse seu neto.

O que me lembrava da minha situação atual. Eu estava vestindo uma roupa que eu julguei adequada para o dia frio que fazia nos Hamptons. Era aniversário de Dorian e nós decidimos fazer uma pequena festa para ele. Seth chegou ontem com Brenda e as crianças. Ela ficou responsável por olhar todos eles enquanto eu cuidava da organização da festa. Os homens estavam cuidando de negócios (insira meus olhos rolando aqui). Só que o problema não era a festa e ter que fazer toda a organização praticamente sozinha. O problema era a mulher que chamava Dorian de neto.

Monica Manning era um nome que trazia sentimentos opostos naquela casa:

- As crianças amavam a visita da avó e mal podiam esperar por ela;

- Sara não gostava dela e já tinha me alertado dos problemas que ela poderia causar;

- Brenda me contou como ela a odiava e como Seth não enxergava o que a querida mamãe fazia;

- Killian brigara diversas vezes com a mãe, pela forma como ela tratou Mitchie ao longo da vida, e a relação deles era tensa. Mas, tudo o que ele me disse quando eu comentei sobre o fato de ainda assim tê-la convidado foi: *"Oh, eu não convidei. A questão é que você não diz não à Monica Manning".*

Eu ainda não sabia o que pensar.

Ok, na verdade, eu sabia sim. Sabia que estava com medo, já que ela tratou mal duas esposas dos filhos dela. E não sabia o que fazer, como agir perto dela e passar uma boa-impressão. Não esperava ser melhor amiga da minha sogra, mas queria que ela gostasse de mim. Queria que a mãe do pai do meu filho tivesse uma relação agradável comigo. Era pedir demais?

Desci as escadas depois que estava definitivamente pronta e ouvi aquela risada típica de pessoas ricas. Tive um calafrio e um pressentimento de que aquela noite não seria exatamente agradável, mas, mesmo assim, fui em frente. Pela minha nova família, por Killian, por Ally e por Dorian. Principalmente por Dorian. Respirando fundo, coloquei os pés na sala.

Nós tínhamos, basicamente, dois ambientes de festa: a sala e o jardim. Na sala, estariam os adultos que Killian se sentiu obrigado a convidar. Os pais dele; um casal de professores da escola nova que Dorian adorava; alguns pais dos amiguinhos dele e uns amigos de Killian. Do lado de fora, as crianças brincariam com os animadores que contratamos para a festa e os adultos que quisessem poderiam ficar ali.

Quando eu cheguei à sala de casa, vi que as risadas se dividiam a dois grupos de pessoas. Os homens riam de algo que o pai de Killian contava. Ele já tinha me mostrado uma foto de Levi Manning, mas nunca tinha esperado aquele homem em si. Ele era extremamente comunicativo e todos os homens ao seu redor pareciam em absoluta adoração. Além disso, ele tinha os olhos verdes, quase cinzas, que Killian herdou, além de um sorriso contagiante. Ele era, como posso dizer, bem-apessoado. Sabe aqueles pais clichês mais velhos que são bonitões e que se casam com várias esposas muito mais novas que eles? Bom, Levi Manning era esse tipo de pessoa.

Eu podia ver ali também o pai de Pat e Dana, amiguinhos de Dorian e Ally; o professor de Dorian que convidamos e uns outros três pais de amigos da escola nova. Do outro lado da sala, um grupo de mulheres também ria enquanto bebiam alguns drinques. Pelos copos, eu sabia que a bebida das mulheres era champanhe, enquanto a dos homens era uísque.

Afastados de todos eles, Killian conversava com a mulher que eu reconheci como sua mãe. Monica Manning era uma mulher meio perua, com maquiagem forte e roupas caras. Ela tinha os cabelos escuros cortados bem curtos e o olhar dela me dava medo. Killian tinha o semblante fechado e só o fato de apenas ouvir o que a mãe dizia, sem falar, mostrava que a conversa não era exatamente agradável.

Eu estava dividida sobre o que fazer, porque não queria lidar com a mãe dele ainda, mas também não queria deixá-lo sozinho. Ele resolveu o problema rapidamente quando olhou na minha direção por um momento e abriu um belo sorriso, chamando-me para ir até lá.

Foi o que fiz imediatamente.

— Oi, meu amor. — Selou meus lábios.

— Sinto muito pela demora.

— Você foi rápida. Sei que as coisas prenderam você.

Ouvimos um pigarro, e quis me esconder.

— Filho, já que foi rude o suficiente para interromper nossa conversa, por que não me apresenta à mulher?

Ele abriu um belo sorriso que não sei de onde veio.

— Mãe, gostaria de apresentá-la a Marina Duarte, minha noiva.

Noiva?

Oi, noiva?

No-i-va?

Desde quando, Brasil?

— Noiva? — Monica Manning disse o que eu queria dizer e não tive coragem.

Apenas sorri e deixei para protestar depois.

— Sim, mãe. Eu acabei de contar a você que Marina vai ter meu bebê. — Ele colocou a mão na minha barriga e sorriu. — A senhora não achava que eu iria deixar que ela fosse a mãe do meu filho sem ter um anel no dedo, não é?

— Eu já disse a você o que eu acho sobre essa mulher, filho. Quer que eu diga na frente dela?

Ele fechou a cara novamente.

— Não, mãe. No momento, quero que seja educada pela primeira vez na vida.

— Não fale assim comigo, filho! Não se esqueça de que sou sua mãe.

Ele respirou fundo e passou a mão pelo cabelo.

— Com licença, *mãe*. Vou levar Marina para conhecer o pai. — Ele me tirou dali e nos levou até onde o pai estava entretendo outros convidados. Eu podia sentir os punhais e as facas sendo arremessados nas minhas costas. — Por favor, ignore tudo o que ela disser hoje. Está furiosa por estarmos juntos. — Beijou a lateral da minha cabeça.

— Provavelmente vou ficar chateada, mas tudo bem. Não podemos agradar a todos, não é?

Ele sorriu, então parou no meio da sala e segurou meu rosto em suas mãos.

— Papai vai ser bom. Só quero que se divirta hoje, querida. — Beijou meus lábios. — Posso sugerir uma coisa?

— Até duas.

— Precisamos nos dividir para dar atenção aos convidados que estão dentro e os que estão fora. Minha mãe não vai sair para o jardim de jeito nenhum. O que você acha de ficar lá, enquanto eu fico aqui?

Sorri de lado.

— Claro. Agradeço por isso.

Ele sorriu e me beijou outra vez.

— Vamos conhecer o papai. — Ele segurou minha cintura e fomos até o grupo reunido. — Senhores — ele disse e todos sorriram.

— Meu filho! Já não era sem tempo de sua mãe deixá-lo falar com seu pai. — O sorriso dele era enorme. — Essa bela moça deve ser Marina. — Ele estendeu a mão para mim e a apertei, em retribuição. Levi Manning, em compensação, beijou minha mão antes de soltá-la.

— Sim, papai, é Marina, minha noiva.

O homem abriu um sorriso do tamanho do universo.

— Nem acredito que teremos mais um casamento! — Ele suspirou. — Estou há tanto tempo tentando convencer seu irmão a me dar uma nora que nem acredito que é você quem dará essa felicidade a seu pai, garoto! Sinto falta da sua garota Mitchie, mas mal posso esperar para conhecer essa jovem. — Killian estava sorrindo e eu também. Levi e Monica Manning eram dois polos diferentes. — É disso que eu falo, rapazes — ele disse, virando-se para os outros homens que nos encaravam. — Você sabe que criou bem um filho quando ele se casa e traz muitos netos. — Ele caminhou até ficar na minha frente e colocou a mão sobre minha barriga. — Como vai o mais novo membro dessa família? — Ele olhou no fundo dos

217

meus olhos.

Fiquei momentaneamente desconcertada.

— Vai bem, senhor Manning — disse, tentando não gaguejar.

— Por favor, chame de Levi, querida. — Ele me deu outro sorriso. — Já foi fazer todos os exames? Está tomando suas vitaminas?

— Já fiz os exames. — Senti-me uma menininha de dezessete anos que tinha engravidado e estava respondendo o questionário de um pai amoroso. — Voltamos essa semana para levar os resultados à médica e fazer um ultrassom.

Ele sorriu de lado.

— E quando vamos saber se é menino ou menina?

— No próximo mês — respondi, com um sorriso.

— Vamos sair para almoçar quando Killian estiver muito ocupado no escritório. Quero conhecer a mulher que devolveu um sorriso ao meu garoto.

Eu queria chorar de emoção com esse homem à minha frente. É, meus hormônios estavam um pouco descontrolados.

— Cuide do bebê, ok? — Levi disse e me soltou, colocando uma mão no ombro de Killian. — Juízo, garoto.

Killian pegou minha mão novamente e nos tirou dali, indo para o outro lado da sala.

Sobre os pais de Killian:
a) Carter Manning puxou a mãe.
b) Seth e Killian Manning puxaram ao pai.
c) Essa é a única explicação que posso dar.

Nós conversamos um pouco com as mulheres que estavam ali, na maioria, esposas dos amigos de Killian. Os pais e as mães dos amigos de Dorian estavam no jardim. Fui para o lado de fora, onde estava concentrada minha parte preferida da festa. Só podia agradecer a Killian pela sugestão.

Os pais estavam brincando de futebol americano junto com os garotos e um animador da festa. Outra animadora fazia pintura no rosto das meninas. Algumas mulheres estavam reunidas em uma mesa, conversando. Sara e Brenda estavam entre elas, então fui até lá.

Conversei um pouco com elas, mas o jogo dos meninos estava mais interessante. Eu não era exatamente especialista em futebol americano, mas eles estavam se divertindo muito e era legal ver os meninos jogando lado a lado com os pais. Seth jogava com Dougie e Jared (que era o melhor jogador do grupo) e era engraçado ver Brenda babando por seu marido. Maridos era um tópico frequente no assunto delas, principalmente porque uma mãe solteira que estava ali avaliava todos os homens que já estavam suados e correndo. Ela falava de brincadeira, então não estávamos tendo problemas de ciúmes. Pelo contrário, as mulheres aumentavam as avaliações dizendo o quanto eles eram maravilhosos. Ainda bem que os homens não estavam ali ou seria estranho ver aquela briga de egos.

Minha felicidade momentânea estava em saber que Monica realmente não sairia da casa e que Carter ainda não estava lá. Só que a tarde estava apenas começando e eu ainda ia passar por muita coisa antes de anoitecer.

A situação começou a ficar complicada quando Alison, que corria no jardim com as outras crianças, acabou sendo acertada pela bola dos meninos e caiu no chão.

— Alison! — Corri até ela, que chorava como se o mundo estivesse acabando ali mesmo. — Amor, onde machucou?

Ela continuou a chorar, segurando a testa.

— Droga. — Peguei-a no colo e levei-a para dentro com pressa. Entrei pela porta da frente direto para o banheiro do térreo. Xinguei mentalmente quando percebi que todos na sala tinham ouvido o choro dela. — Calma, querida. Vamos limpar.

— Tá doendo, mamãe. Fez dodói em tudo.

— Calma. — Eu a coloquei sentada na pia do banheiro. — Vamos fazer sarar já, já.

Peguei a caixa de primeiros socorros ali mesmo e abri ao lado dela.

— Alison, o que houve? — Killian entrou correndo no banheiro e eu vi que Brenda, Seth e algumas outras pessoas estavam ali na porta.

— Papai, tá doendo! — ela choramingou.

— Ela caiu, querido — expliquei, colocando um pouco de antisséptico em um pedaço de algodão para limpar os ferimentos. — Os meninos jogaram a bola e pegou nela, então ela caiu. — Eu me virei até ela. — Meu amor, vai arder um pouquinho, ok?

Ela assentiu.

— Ally, olha para o papai. — Ela se virou para ele e Killian segurou seu rosto entre as mãos. Aproveitei para começar a limpar a sujeira do joelho. — Lembra que eu disse que íamos tomar sorvete na segunda-feira depois da escola? — Vi que ela balançou a cabeça. — Que tal fazermos isso no domingo?

Ela ainda choramingava, mas Killian estava sendo bem-sucedido em distraí-la.

Cliché

— Dori e mamãe vão com a gente também?
— Claro, querida. Vamos todos tomar sorvete.
Ally sorriu.
— Então eu quero ir.
Terminei de limpar o joelho dela com o antisséptico e segurei seu bracinho direito para limpar o braço e o cotovelo.
— Ótimo! Vou comprar um bem grande para você, pode ser? — Ela assentiu. — Que sabor você vai querer?
— Chocolate. E flocos.
Fui até a caixinha pegar alguns *band-aids*. Tinha uns com desenhos de meninos e meninas, então eu peguei alguns para ela escolher.
Ally pegou um da Sininho e dois de florzinha. Passei uma pomada e coloquei os curativos, dando um beijinho em cima. A testa dela tinha um pequeno galo, então eu sabia que um pouquinho de gelo resolveria. Não era imprescindível, então resolvi perguntar a ela:
— Pronto, agora você vai ficar bem. Quer colocar um pouco de gelo na cabeça?
Ally balançou a cabeça negativamente.
— Ok, qualquer coisa, é só me dizer, ok?
— Ainda está doendo? — Killian perguntou a ela.
Ela balançou a cabeça negativamente outra vez.
— Então vamos lavar esse rostinho.
Ele a desceu da pia e eu puxei para perto deles o banquinho que colocávamos para as crianças alcançarem.
Quando o grupo que estava na porta do banheiro se dispersou (Killian levou Ally de volta), eu comecei a guardar as coisas na caixa de primeiros socorros e estava colocando-a no armário quando ouvi a voz que não queria.
— Então outro filho meu tem problemas com empregadas.
Respirei fundo, tentando impedir as imagens de Rita e Carter de invadirem minha mente novamente. Elas costumavam ficar escondidas, mas reapareciam toda vez que nossa relação de trabalho era ressaltada.
— Bom, fui demitida recentemente, senhora Manning. — Caminhei em direção à saída do banheiro, pronta para sair.
A megera parou na minha frente, tampando a passagem da porta.
— Escute aqui, *babá*. Você vai ser mãe do meu neto, então eu vou aturá-la durante os próximos meses. Da última vez que se casou, Killian escolheu uma garota educada e de família razoável. Contrariou meus desejos

de que ele se casasse com alguém importante, que realmente fizesse alguma diferença para os nossos interesses. — Ela estendeu um dedo na minha direção. — Não vou permitir que meu filho se case com uma caçadora de *Green Card* que não tem onde cair morta.

Fiquei em silêncio, porque, no fim do dia, isso era realmente o que eu era. Uma imigrante que não tinha casa, emprego ou *Green Card*.

— Se o que você quer é dinheiro, então eu vou pagar — ela continuou. — Podemos acertar um valor para que você suma. Deixe a criança com quem pode cuidar dela e desapareça. Volte para o país de terceiro mundo de onde você veio.

— Quem a senhora acha que é para dizer esse tipo de coisa? Sugerir algo como isso?

Sério, a mulher era louca. Ela não devia saber o que era ser pobre ou não sugeriria que eu fugisse com o dinheiro dela.

— Minha querida, o problema não é comigo. É com você, que é uma oportunista e apareceu com o truque antigo da gravidez. — Ela balançou a cabeça. — Meu filho é um homem honesto e você acha que pode se aproveitar dele por isso. Não vai acontecer. Tire suas garras dele e das crianças. — Ela me deu as costas. — Voltaremos a conversar quando o bebê nascer.

E eu fiquei lá igual a uma pateta, porque não tive reação para revidar.

Segurei as lágrimas estúpidas, porque eu não era obrigada a chorar por causa disso. Sério, não era.

Monica Manning não sabia o que era ser pobre. Só porque uma pessoa não tem uma conta bancária astronômica não significa que ela é uma oportunista. A maioria das pessoas pobres que estão espalhadas por aí batalham todos os dias, trabalham horas exaustivas e fazem o que podem para sustentar a si mesmos e suas famílias. Não precisam se aproveitar da fortuna dos ricos.

Na verdade, se fôssemos depender dos ricos para viver, já estaríamos mortos.

Para piorar, quando eu caminhava pelo corredor para ir ao jardim novamente, ouvi a voz de Carter soar da sala. Era só o que faltava mesmo. Consegui voltar ao jardim sem ser notada e vi que Ally já estava brincando com as crianças novamente. Não estavam correndo – a animadora fazia brincadeiras em que todos ficavam no mesmo lugar ou, no máximo, dançando. Os meninos tinham parado o futebol americano.

Fiquei lá em paz por pouco tempo. Estava relaxando ao lado de Brenda em uma das poltronas que ficavam no jardim quando um ser inconveniente se sentou entre nós duas. Ele estava assim desde que passamos três dias trabalhando juntos em Los Angeles.

— Veja se não são minhas duas cunhadas preferidas! — Ele jogou os braços pelos nossos ombros.

— Carter, desgrude. Você sabe que Seth *adora* quando você me toca.

— Seth é meio possessivo. É estranho. — Ele rolou os olhos e tirou o braço dos ombros dela, deixando o outro sobre o meu. — Ainda bem que Killian não se importa de compartilhar as coisas.

Tirei a mão dele do meu ombro e joguei de volta nas pernas dele.

— Não somos amigos. Não sou compartilhável.

— Você é engraçada, cunhadinha. Fica fofa quando está brava. E eu realmente daria em cima de você, mas gosto do meu irmão. — Ele se virou para Brenda. — E você, cunhadinha? Quando vai me dar outro sobrinho?

Ela bufou.

— Moleque, eu já tive quatro. Não acha que está de bom-tamanho?

Ele riu bem alto.

— Gata, eu vou ser solteiro para sempre e adoro ser assim. Não posso ter meu anel no dedo de uma mulher, porque vocês são uma espécie de sanguessugas. Infelizmente, nasci com um fraco para crianças. É por isso que eu aceitei essa daqui na família. — Ele apontou o polegar para mim. — Killian andava meio borocoxô e eu achei que nunca mais seria tio. Então ela apareceu e bum! Mais um mini-Manning estará correndo por aí em breve.

Brenda balançou a cabeça.

— Você é péssimo, sabia?

— Estou sentindo o amor emanando por seus poros hoje.

— Eu vou ver como as crianças estão. — Levantei-me.

— Oh, tem algo que eu preciso dizer a você, Carter. Nina, fique, por favor. Carter, relembre-me quais instrumentos você toca, além de cantar?

Ele sorriu de lado.

— Violão, teclado e bateria, querida Brenda. Por quê?

Ela abriu o maior sorriso do mundo, e eu comecei a rir.

— Nina, faça as honras, por favor?

— Você é ridícula, Brenda.

Ela riu também.

— Por favor, Nina. Olhe a cara de convencido dele.

— O quê? — Ele tinha mesmo um olhar convencido no rosto. —

Acha que pode mais do que eu, cunhadinha?

— Violão, teclado, violino, baixo, flauta, sax e um pouco de bateria. E, bom, você sabe que eu canto.

O queixo dele foi no pescoço.

— Eu duvido! — ele disse alto.

Várias pessoas que estavam ali na piscina nos olharam, em dúvida.

— Bom, eu toquei alguns deles para você na Califórnia.

— Eu desafio você a tocar todos esses instrumentos.

E foi por isso que, meia hora depois, eu e uma pequena plateia estávamos em um lugar que eu não conhecia da casa: o porão. Carter conhecia, mas foi Killian quem nos levou até lá. Alguns pais nos acompanhavam, mas a família de Killian ficou entretendo alguns convidados na sala. Exceto Seth e Brenda, é claro, que estavam ávidos por verem a nova cunhada *"destruindo"* o Mimado Manning. Eu só esperava realmente ser melhor que ele. Algumas crianças estavam ali também, como Dorian, Justin, Pat e os meninos de Seth.

No porão, havia um espaço bem aberto. Em um canto, estava uma academia que, aparentemente, era usada por Killian. Algumas peças de roupa dele estavam ali em um canto. No restante, parecia uma caverna masculina, com uma televisão grande, videogame, frigobar, mesa de sinuca e uma mesa para jogos de cartas. Achei estranho, porque nunca vira Killian trazer amigos em casa, mas não era da minha conta. Além de tudo, havia outra porta na parede próxima à escada. Uma sala enorme com inúmeros instrumentos novos estava escondida.

Quando Dorian entrou, ele estava surpreso.

— Que legal, pai! — Ele se virou para Killian, com os olhos arregalados, como se perguntasse de onde veio tudo aquilo.

Eu estava me perguntando também.

— É para você, filho. Seu presente de aniversário.

Presente de aniversário? Sério? Tudo aquilo?

Eu nunca ia me acostumar a conviver com pessoas ricas.

— Que irado! — Ele correu até uma guitarra Les Paul linda e maravilhosa e a segurou. — Esse é o melhor presente de aniversário de todos! —

Seu rosto caiu por um minuto. — Mas eu não sei tocar essas coisas.

Eu vi um sorriso brotar nos lábios de Killian.

— Nina sabe. Pergunte se ela pode ensinar a você.

Ele se virou para mim de imediato.

— Você pode?

— Claro, querido! — Eu sorri. — Vamos arrumar tempo para isso.

— Yes! — ele gritou, comemorando.

Sorri. Virei-me para Killian e agradeci, porque essa era a oportunidade perfeita de me reaproximar de Dorian.

— Mas você vai precisar emprestar esse lugar para mim e seu tio por um minuto. Pode ser?

Ele assentiu.

— É assim que vai funcionar — Carter começou, quando nós estávamos autorizados a usar o estúdio. — Vamos tocar os mesmos instrumentos e receber notas dos jurados. Nossos jurados serão Dorian, Justin, Pat, Jared e Dougie, porque crianças não mentem. — Sorri, concordando. — Começamos pelos instrumentos que ambos sabemos tocar e, se você me superar ou empatarmos, vai ter que provar que é boa nos demais.

— Mais alguma observação?

— Tocaremos as mesmas músicas.

Nós começamos com a guitarra e um solo de algum rock antigo que eu, por um milagre, conhecia. Só o solo da música tinha dois minutos, então apenas segui a partitura e fui. Partitura essa que pegamos da internet, é claro. Carter não usou a partitura, então os meninos deram dez pontos para ele e oito para mim. Fomos para o teclado e tocamos uma peça antiga, Bach. Carter cismou que deveríamos tocar algo do tipo e, já que ele estava usando partitura também, eu o acompanhei. Dessa vez, porém, eu recebi dez pontos e Carter, oito. A bateria foi diferente. Nós tocamos, com alma, uma das músicas de Carter. Da primeira vez, eu toquei a música dele no violão e cantei, para que ele pudesse dar o ritmo na bateria. Depois invertemos. Era uma maldita música chiclete que tocava no rádio o tempo todo, sobre ter ciúmes da namorada (a mesma que ele cantou no Baile Pequeninos), então eu conhecia letra e melodia. As crianças disseram que Carter deveria se manter apenas cantando a música, porque a minha bateria para a canção tinha sido muito melhor. Entretanto, eles deram notas iguais.

Foi aí que Carter me fez tocar os outros instrumentos.

— Agora você precisa me agradar, mocinha. — Ele apontou para si mesmo, enquanto se sentava em uma cadeira em frente a mim.

Eu tinha o violino posicionado e emendei duas músicas que eu sabia que faria as mulheres da sala chorarem: *I Will Always Love You*, da Whitney Houston e *Someone Like You*, da Adele. Bom, eu tinha mulheres chorando e casais dançando quando acabei. Mas o melhor de tudo foi ter Carter Mimado Manning de queixo caído na minha frente.

Quando terminei, fiquei de pé e agradeci as palmas.

— Não precisa tocar mais nada. Já estou me sentindo humilhado o suficiente.

— Ah, não! — Brenda gritou. — Você pode tratando de vê-la humilhar você nos outros instrumentos também.

Toquei um trechinho de *My Heart Will Go On* na flauta e a música completa no sax. Passei para o baixo e comecei a introdução de *Uptown Funk*. Era impossível não reconhecer essa música. Rapidamente Dorian e Carter se movimentaram para tocarmos a música. O pequeno pegou a guitarra. O Mimado foi para a bateria e a galera foi o gogó. Foi divertidíssimo e, no fim, eu tinha certeza de que Dorian amou aquilo tudo no seu aniversário. Eu era grata por ter participado daquilo.

Com Killian ao meu lado, ainda conversei um pouco com Levi, porque ele era educado, mas passei o restante da festa me esquivando da presença de Monica Manning. Consegui com sucesso, mas acabei me perdendo em alguns pensamentos. Por exemplo, desde quando Killian e eu estávamos noivos? Não conversamos sobre isso a sério e eu nunca faria um escarcéu na frente de todo mundo a respeito, mas não queria que meu coração se iludisse. Não ia me deixar levar pelas coisas que Monica disse sobre mim, mas também não sabia se poderia viver uma vida inteira ouvindo palavras ruins vindas daquela mulher. Ouvi quando ela falou sobre Brenda de uma forma que doeu em mim. Ela estava casada com Seth há tempos e ainda ouvia a mulher falar dela desse jeito... Não sabia se eu teria paciência.

No fim, deu tudo certo. O bolo estava uma delícia e as crianças ficaram completamente sujas. Eu só podia rir da fofura que foi vê-los com glacê por todo o rosto. Felizmente, havia uma equipe contratada para organizar a festa, então eles desmontaram tudo. O restante ficaria por conta dos funcionários de Killian, que viriam na segunda-feira para limpar.

Arrumei as crianças e os coloquei na cama. Pat e Justin iriam dormir lá em casa para comemorar o aniversário de Dorian. Jared e Dougie estavam dormindo ali também, já que seus pais ficaram hospedados na casa da piscina. Deixamos que eles ficassem jogando videogame até tarde e, quando Killian e eu terminamos de conversar sobre algumas coisas do festival e o lançamento do *single* de caridade, resolvemos que já era hora de colocá-los para dormir.

— Meninos, já passa de uma da manhã — eu disse ao entrar no quarto de Dorian. Como meninos não dormem na mesma cama e eles queriam dormir juntos, nós colocamos colchões no quarto de Dorian. — Vamos desligar o jogo.

— Nina, queremos pedir uma coisa a você — Dorian começou e, imediatamente, eu tinha três gatinhos do Shrek olhando para mim. Jared e Dougie estavam um pouquinho mais tristes no canto. — Você pode ensinar música para o Pat e o Justin também?

Eu sorri.

— Você vai me deixar treinar vocal com você? — Ele fez uma careta contrariada, mas assentiu. — Então eu ensino sim. Precisamos só pedir aos pais de vocês, meninos. Se eles disserem que tudo bem...

Eles comemoraram batendo as mãos uns nos outros.

— Agora vão todos para a cama. — Cada um pulou na sua cama e eu fui até onde os filhos de Seth se deitaram. — O que houve, queridos?

— Nós moramos longe demais para aprender música também — o mais velho respondeu.

— Oh, querido. — Passei a mão pelo cabelo dele. — Por que vocês não pedem ao pai de vocês? Vários rapazes na fazenda tocam violão. Vocês podem aprender um pouco com eles e ensino a vocês, quando vierem visitar seus primos. O que acham?

Eles sorriram largamente e concordaram.

— Boa noite, queridos.

Apaguei a luz do quarto e saí. Não esperava que eles dormissem agora, mas não podia contrariar cinco meninos pequenos que tinham tanto para conversar.

No quarto, Killian estava deitado na cama e fui para perto dele. Ele me puxou para os seus braços, beijou minha testa e suspirou.

— Obrigado por tudo hoje. Você foi incrível.

Sorri.

— Está disposto a conversar sobre hoje?

— Vamos falar sobre o que quiser. — Ele assentiu e beijou minha nuca. — Minha mãe falou alguma coisa para você?

Respirei fundo.

— Não é uma reclamação, eu só quero que você saiba. Ela me chamou de oportunista, disse que eu estava dando o golpe da barriga e ofereceu dinheiro para que eu desaparecesse e deixasse o bebê com você.

Killian suspirou, frustrado.

— Sinto muito. Ela arrumou apelidos semelhantes para Brenda quando Lola e Jared nasceram. — Ele abraçou minha cintura. — Você ficou chateada?

— Eu fiquei triste, porque queria que ela ao menos nos aceitasse, mas tudo bem. O mais importante é que temos um ao outro.

— Sim, temos um ao outro. — Ele beijou uma das minhas mãos. — Estou tão feliz por poder dizer que vamos nos casar.

— Sobre isso... — comecei, mas acabei hesitando. Killian tinha um sorriso tão bonito no rosto que fiquei com medo de estragá-lo.

— O quê?

— Não sabia que íamos nos casar.

Ele sorriu.

— Falei sério ao telefone aquele dia. — Oh. Eu me lembrei de quando conversamos na Califórnia e ele disse algo sobre se casar novamente e estar procurando uma noiva. — Ainda não lhe dei um anel, porque quero que você vá comigo escolher. E nossa vida está um pouco agitada no momento.

— Humm, sinto muito. Não imaginei que você estava falando sério.

Ele me olhou sério.

— Por quê? Você não quer? — Ele respirou fundo, mas eu podia ver o medo em seus olhos. — Sei que ainda tenho muito que superar e que tudo está acontecendo ao mesmo tempo, Nina, mas quero me casar com você. Muito. Cada dia que passa, gosto mais de você. A dor que eu tinha no meu coração está sendo substituída por sentimentos bonitos relacionados a você. E sinto muito por não poder dar a você tudo o que você merece nesse momento, emocionalmente. Vou chegar lá. Sinto muito também por ter simplesmente assumido tudo... — Ele parou para respirar.

Aproveitei esse minuto para falar:

— Kill, calma. Respira fundo. — Segurei o rosto dele em minhas mãos. — Eu me apaixonei por você. — Vi seus olhos se arregalarem e continuei, porque estava com medo de confessar que o amava: — Eu me apaixonei pelo homem que você é, pelo jeito que cuida das suas crianças e pela forma que trata as pessoas. Eu me apaixonei por tudo em você. — Ele sorriu, e eu também. — Se você quer se casar comigo, então eu também quero. Só não sabia que aquele era o pedido oficial.

— Porque não foi! — Ele começou com um estalar de dedos, em um tom de quem acaba de ter uma ideia. — Você receberá seu pedido oficial em breve. Aguarde-me.

Apenas ri e concordei.

Eu acabei me esquecendo completamente do assunto, já que uma semana se passou sem que nada acontecesse. Um belo dia, levantei-me da cama e percebi que estava sozinha. Não era muito difícil, porque Killian sempre dormia cedo e eu dormia até tarde, por conta do bebê. Quando me virei para o lado dele, havia uma tulipa e um bilhete.

> *Bom dia, meu amor. Eu tenho um recado. Por favor, siga meus bilhetes até o fim para que eu possa dá-lo a você. Levante-se, vista-se e desça para o café.*

Querendo dar uns gritinhos histéricos, joguei-me correndo no chuveiro, tomei banho, me vesti e desci. Sara estava na cozinha com um pequeno sorriso.

— Bom dia, Nina.

— Bom dia, Sarinha. — Dei um beijo na bochecha dela. Sara sorria e eu sabia que era por conta do seu apelido no diminutivo. Depois que eu havia explicado que era a forma brasileira de chamarmos alguém carinhosamente, ela sempre sorria ao ser chamada de Sarinha. — Killian está por aqui?

— Ele deixou seu café da manhã na sala de jantar. Deixou outra coisa também, mas disse que eu só devo entregar se você comer tudo.

Sorri e corri direto para a sala de jantar. Todas as minhas coisas favoritas estavam ali em poucas quantidades e comi tudo sem muita pressa, porque eu sabia que passaria mal se simplesmente engolisse tudo. Quando terminei, corri até Sara.

— Pronto, chefe. Comi tudinho.

Ela sorriu e me entregou uma moldura. Havia uma letra "A" pintada nela de uma forma toda estilizada e achei uma graça, mas não entendi. Virei a moldura e notei que um papel estava colado nela com durex. Soltei dali e li. Primeiro, havia um trechinho de *Hold On, We're Going Home*, do Drake. Em seguida, a seguinte frase:

> *Na primeira vez em que eu coloquei meus olhos em você, senti algo diferente. Por favor, vá ao lugar em que nos vimos pela primeira vez e encontre o segundo quadrinho.*

O lugar em que nos vimos pela primeira vez foi a sala da casa dele. Eu e meu quadrinho da letra "A" corremos até a sala. Fiquei me perguntando onde poderia estar. Estávamos no sofá na primeira vez que nos falamos. Fui até lá e encontrei um quadrinho com a letra "Y". Abri a carta que estava colada atrás para ler e encontrei outro trecho de música, dessa vez *All Of Me*, do John Legend. Em seguida, o texto:

> *Que bom que você encontrou o segundo quadrinho. O próximo está em um lugar bem fácil. Ainda me lembro de carregá-la nos braços pela primeira vez e deixá-la dormindo ali. Só gostaria de ter estado ao seu lado ao acordar, porque você é uma graça pela manhã.*

Fiquei tentando pensar em uma palavra que tivesse "A" e "Y", mas não consegui reconhecer. O lugar que ele disse não era assim tão fácil. Fiquei pensando em quando Killian me carregou nos braços pela primeira vez, mas não conseguia me lembrar. Então me lembrei do dia que ele me colocou no quarto de hóspedes e corri até lá.

Dessa vez, o trecho de música era *Let It Go*. Ri, porque esse seria mais fácil. Algo relacionado à Ally. A frase era a seguinte:

> *Ainda bem que você encontrou, meu amor. A próxima é a mais fácil de todas. Essa música de cima te lembra alguém?*

Essa era realmente fácil. Como não havia mais nenhuma pista e eu já sabia que tinha algo a ver com Alison, imaginei que estaria no quarto dela. Meus três quadrinhos e eu corremos até lá. Ao chegar lá, encontrei um quadrinho com a letra "E" dentro de uma cesta. A música no papel era *Style*, da Taylor Swift, e o texto era o seguinte:

> Ufa! Você veio ao lugar certo.
> Obrigado por aceitar meus filhos em sua vida, Marina. Isso significa tudo para mim.
> Eu me lembro de quando você cantou essa música. Eu não a conhecia muito bem, mas fui buscar e esse trecho ficou na minha cabeça. Sempre que eu estava em meu escritório e não queria ficar sozinho, havia um lugar que eu sabia onde você estaria, então ia trabalhar lá, para ter sua companhia. Lembra onde é? Ah, sua mão deve estar cheia de quadrinhos. Leve a cesta com você.

Saí em disparada até a biblioteca, enquanto colocava todos os meus quadrinhos dentro da cesta. Eu sempre estava lá e Killian aparecia para trabalhar lá também. Tinha achado o quadrinho da letra "E", o que me deixava com "A", "Y", "M" e "E". Eu estava confusa com essas letras, mas a única coisa que eu podia fazer era encontrar os outros quadros.

A outra música era *Everything Has Changed* e eu estava ligeiramente assustada com o bom-gosto musical de Killian. No mundo clichê em que vivíamos, esperava que ele gostasse de rock. O fato de ele conhecer *pop* me deixava um pouco boquiaberta.

Depois do trecho da música, estava o seguinte texto:

> Depois daquele dia que nos beijamos pela primeira vez, eu passei as minhas horas nesse lugar pensando nos seus olhos, no seu sorriso, em você de um modo geral. Agora, para que você se lembre do lugar com mais facilidade, duas dicas: passamos muito tempo ali juntos falando de negócios e foi ali que você me deu um fora pela primeira vez.

Rindo, eu fui até o outro lado do corredor onde ficava seu escritório. A letra desse quadrinho era um belo "R", que eu coloquei dentro da cesta junto com os outros. O escritório estava aberto e vazio. Rapidamente achei o quadrinho da letra "M" sobre a mesa. A música era — chorem comigo — *Smallest*, do Keith Jordan.

> *No baile, quando você cantou essa música, eu me segurei para não chorar. Já tinha escrito aquele discurso bem aqui no escritório, com essa música tocando, mas ouvi-la na sua voz foi o fim. Para encontrar o último quadrinho, por favor, encontre o lugar onde eu deixei aquelas flores e um trecho de música.*

A letra que estava lá, dessa vez, era outro "R". Pensei, então, na dica do quadrinho. O lugar onde ele tinha me deixado flores e um trecho de música era a porta da casa da piscina, então foi até lá que eu e minha cesta corremos loucamente. Era o lugar mais distante que ele já tinha me feito ir e eu estava meio ofegante quando cheguei, mas encontrei facilmente o último quadro. Era uma pintura nossa e eu fiquei abismada em quão bom o pintor era. Se fosse Killian, eu já sabia em qual nicho ele deveria investir a partir de agora.

A música da pintura era *Stay With Me* e o texto da carta foi o seguinte:

> *Bom, eu estava certo daquela vez. Não era amor, querida. Não posso dizer o mesmo agora. Por favor, junte todos os quadrinhos e leve até o porão da casa. Prometo que é o último lugar.*

Era o nosso trecho de música, e eu ri. Fiquei tão irritada quando ele tentou usar Sam Smith para me convencer! Agora, eu estava nervosa com o texto dele. Como assim ele não podia dizer o mesmo agora? O que esse cabeça de alface estava querendo dizer?

Respirando fundo, peguei minha cesta de quadrinhos e corri para dentro da casa, em direção ao porão. A única forma de entrar lá era passando por baixo da escada principal da casa. Havia uma porta que deixava o lugar

Clichê

fechado. Dorian e Ally estavam parados ali mesmo.

— Oi, mamãe!

— Olá, Nina!

Eu dei um beijo na cabeça da minha pequena e em Dorian.

— Tudo bem, crianças? — Eles assentiram. — Viram o papai de vocês?

— Ele pediu que nós levássemos você — Ally respondeu.

— Humm, tudo bem. Então me levem.

— Antes ele pediu que eu pegasse a sua cesta.

Quando a entreguei a Dorian, percebi que não tinha tentado montar nenhuma palavra, mas não tive mais tempo para fazer isso.

Nós entramos debaixo da escada e fomos descendo direto para o porão. Alison estava na frente e jogava pétalas de rosas pelo caminho, o que eu achei a coisa mais doce do mundo inteiro. Dorian estava atrás de mim com meus quadrinhos. Ouvi a porta se fechar atrás de nós e, de repente, *Sugar* do Maroon 5 começou a tocar. A música era doce, e eu estava curiosa pelo que eu encontraria quando chegasse lá embaixo.

Assim que chegamos à parte aberta do porão, eu vi Killian, maravilhoso em um jeans e uma camisa branca de manga comprida e botões. Ele tinha as mãos para trás e quando me viu abriu meu sorriso favorito. Ainda sob o som de *Sugar*, caminhou e parou na minha frente, segurando minha mão.

— Dorian, por favor, coloque todos os quadrinhos no chão — Killian pediu, e o menino obedeceu prontamente. — Vocês querem arrumar os quadrinhos daquele jeito que combinamos?

Os dois se abaixaram e começaram a organizar as letras. Enquanto eles arrumavam, *Sugar* ecoava pelos alto-falantes. Só consegui pensar que agora essa era, provavelmente, minha música favorita no mundo.

Eu vi as crianças colocarem letra por letra desse jeito:

M-A-R-R-Y-M-E.

"Marry Me", que é exatamente isso que você está pensando. "Case-se comigo".

A música tocava e a única coisa que eu conseguia pensar era naquelas sete letras e no quadrinho de nós dois juntos. Ally sorria para mim. Dorian sorria para mim. Killian sorria para mim. Eu só conseguia chorar.

— Foi você quem pintou? — perguntei a ele.

Killian apenas assentiu.

Ele tinha voltado a pintar para me pedir em casamento.

Eu estava me sentindo a melhor pessoa do universo.

— Nina — Killian chamou, entrelaçando nossas mãos. — O que você acha?

Eu só sabia chorar. Meus hormônios descontrolados e a tamanha lindeza que era esse homem me deixavam desnorteada. Incapacitada de falar, eu somente consegui acenar uma resposta.

Killian

Fevereiro de 2014

George estacionou o carro na porta de casa e eu desci. Estava bem cansado, então ter feito George dirigir para mim hoje havia sido uma sábia decisão, ainda mais sabendo que eu precisaria dirigir rápido para a entrevista com a babá. Já era a sexta babá que entrevistávamos e eu não tinha gostado de nenhuma para cuidar dos meus filhos. Sempre foi Mitchie quem cuidou e amou os dois. Ela era a mãe das crianças.

Sara os conhecia desde o berço e dava tanto amor quanto podia a eles, mas ela tinha suas obrigações e não podia ficar com eles o tempo inteiro. Precisávamos de uma babá e eu só contrataria uma quando soubesse que ela era perfeita para o cargo. Sara começaria a entrevista de hoje e dispensaria a garota, se ela não servisse. Uma amiga dela quem tinha indicado, então a referência era boa, mas nunca se sabe.

Assim que abri a porta, ouvi duas vozes na sala. Encostei a porta devagar e caminhei até a sala. De longe, vi que a jovem estava de costas para a porta da sala. Sara me viu chegar, mas fiz sinal para que ela não reconhecesse a minha presença.

— E o que veio fazer aqui, Marina? — Sara perguntou.

Eu a vi se mexer desconfortavelmente. Prestei atenção em cada uma de suas palavras, porque a perspectiva de vida contava e muito. Ela falava algo sobre aprimorar seu inglês para dar aulas. Português e música. Falou sobre suas experiências como professora de português em um colégio particular, aulas de música em um projeto social e uma *Starbucks*. Ela tinha experiência com crianças o suficiente, já que lidou com muitas delas.

Sara olhou para mim pedindo confirmação e eu assenti, dizendo a ela que continuasse. Só esperava que a garota não me visse ainda.

Sara continuou e pediu para ela contar sobre a relação com os pais. Aparentemente, ela não os tinha mais: perdeu a mãe aos oito e o pai, aos dezoito. Depois de ouvir sua história, eu sabia que não haveria ninguém melhor para cuidar dos meus filhos do que ela.

— Obrigado, Sara. Continuo daqui.

Sara se levantou para sair.

— Claro, senhor Manning. Estarei na cozinha, se precisar de mim.

Olhei para a garota, que havia se virado para trás. Não, garota não, mulher. Olhei para a mulher sentada no sofá da minha sala e senti todo meu corpo se arrepiar. Ela tinha uma pele sedosa e bronzeada, olhos carinhosos, "longos" cabelos pretos e lábios beijáveis.

Uma percepção me atingiu em cheio: eu estava desejando-a. Desde que conhecera Mitchie, anos atrás, a garota sentada no meu sofá era a primeira a me deixar sem palavras.

— Marina, certo? — Segurei o sorriso que queria sair dos meus lábios. O que estava acontecendo comigo? — Cheguei aqui bem no começo da entrevista. Sinto muito pela falta de educação, mas não quis interromper. Sou Killian Manning. — Estendi a mão para ela e senti sua pele realmente sedosa em contato com a minha quando ela a apertou. — Sua tia Norma falou bem de você.

Vigésimo

COISINHA

Eu estava com a bola do Quico na barriga. Se formos honestos, minha barriga não foi a única coisa que aumentou de tamanho aqui. Meus pés estavam superinchados e minhas costas doíam o dia inteiro.

O show beneficente precisou ser adiantado, mas foi ótimo, mesmo que eu tivesse ficado sentada em uma cadeira ao lado do palco em boa-parte dos shows. Deu excelentes resultados, mas eu só estava trabalhando com eles sentada na minha casa com as pernas esticadas. É, ficou mais fácil chamar a casa de Killian de minha por volta do quinto mês de gestação. Prestes a trazer essa criança ao mundo, eu já estava totalmente confortável com o lugar onde morava. Felizmente. No fim das contas, a Fundação conseguiu um lucro incrível com os ingressos e vendas das coisas lá dentro, já que o local (Central Park) e todas as bandas foram de graça. Cada banda tinha um stand com CDs, camisas e tudo mais que quisessem vender, então foi dessa forma que eles ganharam dinheiro com o evento. Nós sabíamos que não era muito, mas não era esse o intuito do show e deixamos tudo bem claro.

Sobre a senhora Monstro (achei que esse era um bom-apelido para a mãe de Killian), ela não me procurou de novo. Eu sabia que, se ela fosse aparecer, seria em breve, já que o bebê estava quase pronto para sair. Seu marido, pelo contrário, veio me buscar em casa três vezes para almoçarmos. Ele me levou a um daqueles restaurantes caríssimos, mas tudo bem. Levi era completamente o oposto da esposa e eu até ficava um pouco triste por ele não visitar muito as crianças.

Levamos Ally e Dorian para verem um ultrassom. Foi exatamente no que descobrimos o sexo do bebê. Eles ficaram cheios de dúvida quanto ao pequeno serzinho dentro de mim, então Killian resolveu pagar por uma ultrassonografia em 4-D para que vissem nosso pacotinho. Ficaram encantados pelo rostinho formado, os bracinhos, tudo. Eu também fiquei. Quando saíram de lá, resolveram fazer uma lista com os possíveis nomes para o bebê. No fim, o nome que Dorian escolheu venceu.

No momento, a mais nova banda de Dorian estava fazendo bastante barulho aqui no estúdio. Já era noite e os meninos precisavam ir para suas casas, mas eles estavam se preparando para tocar em um show de talentos da escola. Dorian era o guitarrista e vocalista da banda, Pat era o baterista (o menino tinha o dom) e Justin era o baixista. Disse a Dorian que, em breve, eles precisariam de outro guitarrista e que, se eles quisessem mesmo ser uma banda de pop, iam precisar de um tecladista também, mas estávamos indo aos poucos. Foi fácil ensinar música para os meninos, porque eles eram muito dedicados. Crianças aprendem as coisas com mais facilidade e, se é algo que elas gostam, fica mais fácil ainda.

Ultimamente, a casa vivia cheia de crianças. A escola nova foi incrível para os dois e ambos viviam trazendo amiguinhos em casa. Alison e Dana eram inseparáveis e eu gostava de ver minhas crianças realmente felizes.

Ainda assim, nem tudo eram flores por aqui. Ally era um doce comigo, mas Dorian podia ser um pouco espinhoso. Ele amava a criança no meu ventre e continuava cantando para o bebê, conversando etc. O problema mesmo era comigo. Por menor coisa que eu fale, ele reclama. Não faz o que eu peço. Só me ouve se for algo relacionado à música – e, mesmo assim, reclamando bastante. Se eu não estivesse grávida, estaria lidando bem com isso. Ninguém é obrigado a gostar de mim, afinal. Só que para os meus hormônios de grávida... Bom, isso me fazia chorar o tempo inteiro. Claro que não na frente de todo mundo, mas a família Manning devia pensar que eu estava sofrendo de incontinência urinária, porque eu estava frequentemente visitando o banheiro. Para chorar, infelizmente.

— Como ficou, senhorita Duarte?

Juro que tentei, mas esses meninos insistiam em me chamar de "senhorita" (por quê?) e pelo sobrenome. Crianças, Nina era suficiente.

— Está bom, Pat. Só que vocês ainda precisam trabalhar nessa timidez. Pat, quando a música crescer, use força nos braços. Quero que toque com vontade. — Ele fez sinal de positivo com o polegar. — Justin, fique calmo. Você tropeçou em algumas notas por causa do nervosismo e da pressa. Precisa ficar atento ao compasso. — Ele assentiu. — E Dorian, está se esquecendo de respirar. Não pode ou não terá ar para prolongar as notas do final.

Por um milagre, ele apenas concordou sem reclamar.

Senti braços envolverem minha cintura e eu sabia imediatamente que eram de Killian. Sorri enquanto o sentia acariciar minha barriga.

— Papai! — Dorian gritou assim que o viu. — Pode ouvir a gente tocar?

— Foi para isso que eu vim, filho. Vamos ver se vocês já estão bons nisso. — Dorian comemorou. — Querida, queria conversar algumas coisas sobre a Fundação com você quando os meninos forem embora. Enquanto você está aí com eles, vou malhar um pouco, certo?

— Claro, querido. Eu chamo você quando terminarmos aqui.

Ele ouviu os meninos tocando e os elogiou, o que deixou Dorian muito feliz. Em seguida, foi malhar um pouco. Descobri que ele costumava fazer isso em horários estranhos e fiquei totalmente confusa porque, de todos os meses que morei nessa casa, não sabia que ele malhava até o aniversário de Dorian. Na verdade, não sabia nem da existência desse porão até que viemos aqui tocar naquele dia. De qualquer jeito, agora era um dos lugares em que eu passava mais tempo durante o dia, já que Dorian queria aprender todos os instrumentos possíveis. Quando não trazia os amigos, ele ficava ali sozinho. Eu tinha até uma poltrona confortável para ficar à vontade.

Sara veio avisar quando os pais dos meninos vieram buscá-los. Ok, não os pais, as babás. Primeiro a de Justin e, enquanto estávamos subindo, a de Pat chegou. Ninguém estava muito satisfeito em sair, mas foi preciso. Killian já estava malhando há mais de uma hora, então não me surpreendi quando vi que estava entrando no chuveiro.

— Quer se juntar a mim? — Seu tom era brincalhão, então resolvi apenas ignorar.

Assim que saiu de lá, vestido com moletom e uma camiseta, pediu que eu chamasse as crianças e as reunisse no hall. Fiz exatamente isso e, quando tinha ambos lá comigo, Killian desceu as escadas com sua pasta.

— Papai, vamos colocar outra foto no quadro? — Ally perguntou.

Killian sorriu e tirou uma foto de dentro dela.

— Sim, querida. Papai revelou algumas fotos e acho que essa precisa entrar no quadro. — Ele pendurou uma foto. — O que vocês acham dessa?

Sorri ao ver a foto. Dorian a tinha tirado há algum tempo. Alison beijava a minha barriga e Killian observava.

— Eu tirei essa foto, não foi? — Dorian perguntou. — Eu sou bom nisso, olha lá!

Nós rimos.

É. O garoto era bom. Além de ter uma voz linda e ser um ótimo guitarrista, ainda era um fotógrafo promissor.

Acordei sentindo uma dor desumana. Parecia que pegaram a cólica mais forte da minha vida e me deram injetada na veia para o efeito ser mais rápido. Sentei-me na cama e o braço de Killian caiu ao meu lado. Ele estava com o sono tão pesado que nem se moveu.

As dores eram fortes na parte de baixo da bola do Quico, então eu o segurava com toda a minha força. Olhei para o relógio para marcar o horário. Se fossem contrações, eu precisava saber o intervalo entre elas. Contei mentalmente e ela durou longos 45 segundos, mas eu já estava secretamente assustada com o quanto doía. Eu me virei para acordar Killian, porque, se eu sofreria, ele sofreria comigo.

— Querido, acorda.

Assim que consegui chamar sua atenção, ele pulou da cama. Com a aproximação do bebê, ele estava assim.

— Vai nascer? Chegou a hora? — Ele já tinha perguntado isso das outras vezes que eu o havia acordado nos últimos dias. Era engraçado.

— Acho que vai.

Ele assentiu.

— Quando foi a última contração?

— Apenas uma até agora. Estou esperando para ver o intervalo entre elas.

Ficamos juntos esperando as contrações. Sabíamos que não adiantaria correr desesperadamente para o hospital. Além disso, tínhamos tudo pronto para sair quando fosse preciso. Elas ainda estavam chegando em intervalos de cinco minutos, então fomos nos arrumar sem pressa.

Tomei um banho e Killian me ajudou a colocar um vestido. Vestiu jeans e uma camisa de manga comprida. Dei uma de carioca e coloquei havaianas, porque ninguém merecia colocar sapatos com os pés inchados como os meus. Enquanto isso, o intervalo entre as contrações diminuiu para quatro minutos. Então, suspendemos o plano de arrumar as crianças e pedir que Sara fosse conosco para o hospital para que ela as olhasse. Nós tínhamos uma senhora muito fofa como babá, mas não quisemos acordá-la no meio da madrugada para nos acompanhar.

Deitei-me na cama para esperar, enquanto Killian foi acordar todo mundo. Pediríamos que Sara arrumasse as crianças e as levasse ao hospital depois do café da manhã. Enquanto estava deitada, liguei para a doutora Hawkins. Avisei que as contrações estavam vindo a cada quatro minutos, durando 45 segundos. Ela disse que seria bom se fôssemos logo para a clínica, já que ficava longe dos Hamptons. Poderíamos ir para um hospital e ela iria até lá, se quiséssemos, mas ela achou bom irmos para a emergência da clínica já que tínhamos tempo.

Killian colocou minhas músicas preferidas para tocar e eu tentei relaxar. Toda vez que alguma contração muito forte começava, ele tentava parar para ficar comigo. Elas eram rápidas, mas dolorosas. Minhas costas doíam o suficiente para que reclamações minhas chovessem ali.

Quando chegamos à clínica, já estava tendo três contrações a cada dez minutos, então eles me colocaram em uma cadeira de rodas. Killian foi preencher minhas fichas, e fui levada para uma sala. Lá, recebi uma roupinha de hospital. Enquanto estava me trocando, senti um líquido descer pelas minhas pernas, então soube que minha bolsa tinha estourado.

Killian entrou no quarto e veio direto ficar ao meu lado. Puxou uma cadeira e ficou sentando ali.

— Como estamos, querida?

Eu ri.

— A bolsa acabou de estourar. Ainda bem que você não estava aqui para ver. Parecia que eu tinha feito xixi em mim mesma.

Ele gargalhou.

— Eu vi isso acontecer duas vezes, querida. Não iria me assustar. — Beijou minha mão. — Em quantos minutos estamos?

— Três minutos. Estou esperando a dilatação, apenas.

Começamos a falar sobre outras coisas, como as roupinhas que gostaríamos de colocar no bebê, as brincadeiras que gostaríamos de ensinar, os instrumentos que iria aprender e as aulas que gostaríamos que fizesse.

Duas horas se passaram até que nosso bebê estivesse pronto para nascer. Eu estava sentindo as contrações cada vez mais fortes e agora não era apenas a cólica mais forte que eu já tive. Parecia que eles tinham reunido todas as cólicas dos meus catorze anos de mocinha em uma única dor. Ela vinha de uma vez só, destruía tudo de mim e depois ia embora. Logo em seguida, ela estava de volta.

Foi neste momento que Killian pediu que chamassem a médica. Ela fez todos os procedimentos necessários e logo a parte que me dava mais medo chegou.

A hora de empurrar.

Mas, pesando três quilos, quatrocentos e vinte gramas e medindo cinquenta e um centímetros, Colin Manning nasceu.

Eu podia ver a emoção nos olhos de Killian ao olhar para o menino quando a enfermeira o entregou para mim. Ele nos envolvia com ambos os braços e eu nunca ia me esquecer a imagem do sorriso que ele tinha no rosto. Aquele pacotinho de gente teria o melhor pai do mundo, além dos melhores irmãos. Eu só rezava para ser a melhor mãe possível.

— Marina — Killian disse, encostando sua testa na minha.

A emoção que eu sentia naquele momento... Não conseguia descrevê-la. Ver tudo o que eu sentia refletido nos olhos de Killian deixava meu coração ainda mais acelerado.

— Eu amo você.

E eu vi no fundo dos olhos dele que era verdade, então chorei.

Vigésimo Primeiro

SIM!

Eu senti beijos por toda a minha coluna e cócegas se espalharam por mim. Era uma boa-mudança de ares na forma como eu acordava, se formos pensar no fato de que estava despertando apenas com gritos ultimamente.

Colin dormia quatro horas seguidas por noite, então gritava, colocava seus pulmões para fora e acordava toda a casa. Em seguida, dormia por mais quatro horas. Nós colocamos o berço no nosso quarto nos primeiros dias, porque o quarto do neném ficava longe e nós poderíamos não ouvir. No entanto, isso começou a acabar com a nossa vida a dois, então uma encomenda para nós dois chegou pelo correio.

Era uma babá-eletrônica e veio com um bilhete nela.

> *Irmão, como você se esqueceu da nossa melhor amiga?*

Como Seth foi o primeiro a ter filhos, sofreu sem saber do milagre da babá-eletrônica. Quando Dorian nasceu, Mitchie pediu uma a Killian e, desde então, ela era a melhor amiga dos homens Manning. Killian não ter comprado uma quando foi pai novamente foi quase um insulto para Seth, que desligou o telefone na hora em que soube e abriu o site da Amazon.

Não éramos pais há muito tempo. Quer dizer, não éramos pais de Colin há muito tempo, porque Killian já era pai. Enfim, você entendeu.

Apenas dois meses se passaram desde que ele nasceu. Foram dois meses muito agitados. Além de todo o cuidado com o bebê, todas as visitas que apareceram na casa para ver o menino de Killian (sério, não sabia de onde ele conhecia tanta gente), o trabalho na Fundação e as demandas de Ally e Dorian, ainda precisávamos cuidar das coisas do casamento.

Killian não admitia o fato de nosso filho nascer e eu não ter o sobrenome dele. Nós discutimos sobre isso e eu acabei aceitando me casar antes de o bebê nascer, mas fiquei muito inchada e não conseguia ficar de pé por tanto tempo, então concordamos que seria melhor adiar. Não que Killian tivesse gostado da ideia.

Eu não podia fazer nada, na verdade. É claro que eu queria casar com ele e tudo mais, só que eu não tinha tanta pressa. Disse a ele que essa coisa de precisar ter o sobrenome dele era um pouco desesperada. Já tínhamos até combinado (depois de muita discussão) que eu teria minhas preces ouvidas: eu não seria a senhora Manning. Sério, senhora Manning era a Mitchie. Faria uma coisa que os americanos têm o costume de fazer e adotar dois nomes: seria a senhora Duarte-Manning. Ficou engraçadinho, mas eu preferia isso a usar apenas o sobrenome dele. Fora que eu gostava de Duarte.

— Bom dia, querida.

Voltando ao mundo real, comecei a me contorcer com os beijos de Killian na minha coluna. Sério, fazia muita cosquinha!

— Bom dia, amor. — Virei-me para que não pudesse fazer isso, então ele começou a beijar e morder minha barriga. — Não tem mais bebê nenhum aqui, homem.

— Eu sei, mas quero te beijar mesmo assim. — Ele tinha um belo sorriso. Puxei-o para cima e lhe dei um selinho, enquanto ele abraçava minha cintura. Notei, então, que já estava de jeans e camiseta. — Brenda está aí embaixo e pediu que eu viesse chamar você. Parece que as pessoas que vão fazer cabelo, essas coisas, já chegaram.

E então minha ficha caiu.

Hoje é o meu casamento.

Eu vou me *casar*!

— Homem do céu, nós vamos nos casar hoje!

Ele riu da minha animação.

— Sim, é por isso que eu corri aqui para cima quando ela disse que eles já tinham chegado. Aparentemente, vão trancar você aqui dentro e não vão deixá-la sair até a hora do casamento.

Eu ri. Isso era algo que eles fariam com toda a certeza.

— Vou sentir sua falta. — Tive um estalo e pulei da cama. — Vou escovar os dentes para beijar você.

Killian gargalhou. Ele não se importava muito com hálito matinal, mas eu sim.

Vamos apenas dizer que, quando terminei de escovar os dentes, nós nos beijamos com censura de dezoito anos. E então, eu entrei no chuveiro e ele foi ver algumas coisas da festa que seria montada no jardim.

Nós nos casaríamos em uma igreja católica em Bridgehampton. Era bem fofinha com um sacerdote muito amável. Desde que o bebê nasceu, eu estava frequentando-a com as crianças. Sabia que tudo lá estava sendo organizado para o casamento que, diferente do Brasil, aconteceria à tarde. Muitas coisas eram diferentes aqui em relação ao Brasil, para falar a verdade. Sara e a organizadora contratada foram de muita ajuda.

A babá das crianças estava lá quando desci. Dorian tinha ido com o pai fazer coisas de homem, enquanto Ally era mimada por nós mulheres. Quis que ela fosse minha garota das flores, então jogaria pétalas de rosas pelo caminho na minha frente. Eu estava mudando as regras do casamento americano, mas não muito. Dorian levaria nossas alianças. Quer dizer, não levaria exatamente. Ele ficaria ao lado de Killian no altar e guardaria as alianças em seu terno. Estava se sentindo importante por conta disso e essa era a intenção. No fim, a babá ficaria cuidando do neném. Havia braços o suficiente para segurar o novo bebê por ali, então ela também não precisaria se preocupar. Eu não gostava de deixar o bebê nas mãos das pessoas, mas hoje seria necessário.

O dia foi longo. Quando Killian me acordou, era por volta das oito e meia da manhã, mas, até eu descer e terminar meu café reforçado, o relógio já marcava mais de nove. Aí foi um tal de depila aqui, depila ali, faz unha, cabelo, almoça, cabelo, sobrancelha, vestido. Fotos. Muitas fotos. Enquanto elas terminavam de fechar meu vestido. Enquanto colocavam cordão e brincos. Arrumando o véu. Segurando o buquê... Você nem faz ideia! O bom é que muitas fotos eram espontâneas, então não precisei ficar com aquele sorriso congelado no rosto.

Quando ouvimos o carro que levaria Killian e os padrinhos para a igreja sair da garagem, elas desceram comigo para mais algumas fotos. O jardim da casa de Killian já estava todo decorado e era muito lindo. Todos os convidados receberiam havaianas para ficar na festa, já que ela seria feita no gramado e era horrível andar de salto alto nele. Eu poderia ter ficado horas encarando o jardim e a decoração feita para aquele dia que era só nosso, mas a fotógrafa era insistente e rapidamente me tirou dos meus devaneios.

O caminho para a igreja foi longo, tamanho era meu nervosismo. Sentada na limusine que George dirigia, eu só conseguia pensar em tudo que me fez chegar até aqui. As mulheres falando não me atrapalhavam.

Eu só consegui pensar no sorriso de Ally quando a conheci e em como ela me conquistou desde o primeiro momento. Em como se transformou nessa menina sapeca que era hoje. Em como eu a amava mais do que qualquer coisa no mundo. Pensei também em Dorian. Pensei no "eu não gosto de babás" que ele me disse logo que nos conhecemos. Em como ele era um menino maravilhoso, mas que sentia tanta falta da mãe que ia ser difícil conquistá-lo. Na ligação que conseguimos criar toda vez que sentamos juntos para fazer música.

E então, pensei em Killian. No homem ferido que eu conheci. Todos os nãos que disse a ele. Todos os sins que eu disse a ele. Todas as vezes que ele cuidou de mim, tudo o que mudou na minha vida... O pedido de casamento. A primeira vez que disse que me amava. É claro que eu já tinha sentido isso antes. Quando ele me olhava e dizia que eu era a melhor coisa que tinha acontecido com ele nos últimos tempos. Na primeira foto nossa que ele colocou no quadro. O fato de ter uma foto minha na carteira e uma nossa na mesa do seu escritório.

Eu o amava. Ele me amava. E era bom ouvir isso.

Todas essas coisas compensavam o que eu tinha ouvido da senhora Monstro nos últimos dias. Todas as ameaças que ela fez de tirar meu bebê de mim. Todas as coisas que ela disse sobre eu estar me aproveitando de Killian, de ser má influência para as crianças e tudo mais. Eu estava nervosa com a nossa relação nos próximos anos, mas preferi não falar nada disso para Killian. Como diz Katy Perry, jogue paus, pedras, bombas e me golpeie. A pessoa que eu sou não será destruída por nenhum sentimento ruim que venha de fora.

Chegamos à porta da igreja e eu estava absolutamente nervosa. Ainda estava cedo, porque eu era o cúmulo da pontualidade. Fui levada a uma salinha para esperar, então pedi para ficar um pouco sozinha ali e me deixaram. Estava com meu celular, então coloquei uma música bem baixinha para tentar relaxar. Antes de deixar o celular sobre a mesinha que tinha ali, decidi escrever uma mensagem para Killian.

> Eu o amo. Mal posso esperar para andar por aquele corredor.

A resposta chegou no minuto seguinte.

> E eu vou ser o homem mais feliz do mundo quando você caminhar por ele.

Ouvi duas batidas soarem na porta e desliguei a música. Coloquei o celular sobre a mesa e permiti a entrada de quem quer que fosse.

De repente, meu pesadelo ambulante entrou na sala.

— Ouvi que você pediu um tempo sozinha. — Ela trancou a porta. — Bom ver que está reconsiderando sua estupidez.

— Não estou reconsiderando, senhora Manning. — Balancei a cabeça. — Vou me casar com Killian, não importa o que você tente jogar sobre mim.

Ela riu. Não havia um pingo de humor naquele riso.

— Você é a escória, Marina. Não tem modos. Não sabe se comportar em um jantar importante... Levi disse que mal sabe escolher uma comida em um restaurante chique, como acha que vai ser quando precisar dar um jantar de negócios na sua casa? Você não tem nenhuma etiqueta e só vai envergonhar Killian.

— Não foi bem assim. — Lembrei-me de quando fomos almoçar e eu contei a ele que ainda estava aprendendo tudo sobre pedir comida em lugares luxuosos. Será que ele tinha debochado de mim para ela? — Eu disse ao seu marido que estou aprendendo um pouco com Sara e Killian.

Ela deu aquela risada novamente.

— Uma empregada aprendendo com a outra. Você é mesmo uma vergonha.

— Além disso, Killian não costuma dar jantares na casa dele. — Não mesmo. Em um ano que eu morava lá, ele nunca tinha dado.

— É claro que ele não dá. Aquela Mitchie era quem cuidava dos jantares para ele. Killian não tem tempo para lidar com isso. Pelo menos isso sabia fazer. Todos falavam bem dos jantares dela. Já os seus... Killian deve ter tanto medo de que você o envergonhe que não leva ninguém naquela casa. Quanto mais dar um jantar.

Eu sabia o que ela estava fazendo. Tentando me atingir com palavras e tudo mais. Ela sabia exatamente quais fraquezas minhas atingir, por algum motivo. Fui inocente de cair na dela, mas era demais. Eu estava emotiva nos últimos dias por conta do casamento e todo o resto, então deixei que todas as palavras de ódio que ela tinha guardadas ali me atingissem. E sentia-me horrível por isso. Por deixá-la me vencer. Por ouvir o que ela disse e duvidar do que Killian e eu tínhamos.

 Odiei-me ainda mais por destruir minha maquiagem de casamento com tantas lágrimas no minuto em que ela saiu da sala. Encontrava-me no chão, chorando mais do que tinha feito em toda a minha vida. Eu pensava em tudo que deixaria para trás se não subisse naquele altar. Pensava em deixar minhas crianças, o amor da minha vida, a segurança da casa dos Hamptons. Perder todo o amor que eu tinha conquistado no último ano. Novamente, ficar praticamente sozinha no mundo. Lutar pela minha própria sobrevivência. Deixar meu bebê sem nunca ter conhecido uma mãe. Fazer Ally perder outra. E então a dor de ter perdido meus pais me atingiu com tudo. E eu não soube o que fazer.

 — Foi a jararaca da sua sogra que saiu daqui? — A porta se abriu e a voz da Adriana soou pelas paredes.

 Eu tentei secar as lágrimas e ficar de pé, mas o máximo que pude fazer foi virar as costas para ela. Quando tentei me levantar, ela segurou meu braço e me virou para ela.

 — Ah, não! O que a bruxa falou? — Ela xingou palavrões cabeludos, antes de suspirar e olhar para mim. — Marina! Desde quando você deixa palavras de qualquer um te atingirem desse jeito?

 — Ela está certa, Adri. — Balancei a cabeça. — Você não sabe o que ela disse e não vou repetir, mas ela estava certa em vinte por cento das coisas. Não posso fazer isso com ele.

 — Não saia daqui. Não faça nenhuma bobagem. — E ela desapareceu.

 Tratei de limpar meu rosto, o que me deixou com quase nenhuma maquiagem, então ouvi alguém bater na porta.

 — Nina, por favor. Adriana trancou a porta para eu não ver você, mas ela disse que tem alguma coisa errada. Você está me ouvindo? — Era a voz de Killian.

 Fui até a porta e encostei-me a ela.

 — Sim... — Minha voz soou horrível, então eu pigarreei. — Estou aqui.

 — O que houve, meu amor? Fala comigo. — Havia uma ponta de desespero na voz dele.

 — Kill... Você tem certeza sobre isso?

 — Claro que eu tenho certeza, querida. Você... Você não quer se casar? — Ele parecia com medo.

 — Você não está fazendo isso só por causa do bebê, né?

 — Você sabe que não, Nina. O bebê foi o que me fez pedir você em casamento? Foi. Mas eu quero. Amo você, Marina. Você e as crianças são tudo o que tenho de importante na minha vida. — Ele respirou fundo. — O que aconteceu para você ficar em dúvida?

— Não... Não estou em dúvida. Eu também amo você. É só que... — Engoli em seco. Não queria dizer que foi a mãe dele quem me deixou assim.

— Alguém disse alguma coisa para você? Foi a minha mãe? — Fiquei em silêncio. Eu sabia que isso provavelmente me entregaria, mas não podia mentir para ele. — Foi ela, não foi? — Eu balancei a cabeça, mas era incapaz de dizer alguma coisa. — Droga. Nina, por favor, escute. Eu amo você. O que a minha mãe diz ou deixa de dizer não importa. Ela não gosta das namoradas dos filhos dela. Sempre acha que elas são inapropriadas. Deixe-a. Ela vai desaparecer da nossa vida a partir de amanhã. Só vai aparecer em festas. Eu juro, Marina, eu juro. Nunca mais vou deixá-la sozinha quando minha mãe estiver por perto. Você é mais importante que ela. — Eu já estava chorando de novo. — Você é a mulher que escolhi para passar o resto da minha vida, Marina. Para criar os meus filhos. — Ele respirou fundo novamente. — Por favor, não desista de nós.

Depois dessa e das lágrimas que voltaram a escorrer por meus olhos, o que eu poderia dizer? Eu poderia sobreviver à senhora Monstro, se Killian me quisesse. E, bom, ele me queria.

— Eu já vou, Kill. Preciso refazer a maquiagem.

Alguns minutos de silêncio se passaram.

— Vou mandar alguém aqui para ajudá-la.

— Eu amo você, Killian.

— Eu também, querida.

E então ouvi os passos dele indo para longe dali.

Havia um espelho no canto, então fui até lá, secando as lágrimas do rosto. Dois minutos depois, ouvi batidas na porta e ela foi destrancada. Brenda estava entrando com Sara e tia Norma. Elas tinham nécessaires na mão.

— Oh, querida, você está bem? — Tia Norma me abraçou.

— Vou ficar, tia. — Respirei fundo. — Acho que preciso de ajuda.

— As maquiadoras ficaram na casa para retocar sua maquiagem por lá, então você vai precisar confiar em nós. Lá elas refazem tudo para você.

— Confio totalmente em vocês.

Elas me sentaram em uma cadeira e Brenda começou a trabalhar em mim, com ajuda das outras.

— Vocês não têm ideia do que o bofe acabou de fazer! — Era Adriana, minutos depois, entrando e batendo a porta atrás dela. — A jararaca acabou de ser expulsa do casamento. Ele estava fervendo de raiva, pediu que a chamassem do lado de fora da igreja e fechassem a porta, então ele começou a gritar. — Ela riu. — Não sabia que seu homem podia ficar tão irritado, amiga. Faltou pouco para ele virar o Hulk. — Foi a nossa vez de rir. — Se formos ser honestas, ele virou o Hulk sim, só não ficou verde. — Rimos ainda mais. — Enfim, disse que ela era uma pessoa má, que não a queria no casamento dele, porque ela não entendia de felicidade ou algo do tipo. Então *expulsou* a mãe do casamento! Eu estou no chão, Marina. Eu vi todos os forninhos caindo um por um e nem sabia o que fazer!

Quando Adriana me fez rir de novo, eu só conseguia pensar que ela não era de todo ruim. Adri podia ter me magoado várias vezes, mas, na hora certa, trouxe quem eu precisava e ainda me fez rir.

Até que elas terminassem minha maquiagem novamente, eu já estava no clima daquele dia especial. Killian estaria me esperando do outro lado do corredor da igreja e eu estava ansiosa para ir até ele.

Ver todas as pessoas que importavam para mim dentro daquela igreja trouxe lágrimas aos meus olhos, mas eu as segurei como pude. Meus três filhos estavam no altar comigo: Dorian parecendo um príncipe em cima do altar, Ally com as flores ao lado das mulheres e o bebê no colo de Adriana. Fizemos nossos votos e eu tropecei no inglês em alguns deles de tão nervosa que eu estava. O olhar nos olhos de Killian dizia que eu tinha feito a coisa certa em continuar com aquela decisão. E era isso o que importava para mim.

— Você não imagina quão feliz eu fiquei quando a vi entrar naquela igreja — ele sussurrou no meu ouvido enquanto dançávamos, já na nossa festa.

— Obrigada por ir lá me convencer. — Beijei seu peito, bem em cima do seu coração. — Você disse as palavras certas na hora certa. Amo você.

— Eu também amo.

A música acabou e nós paramos de dançar, sob a chuva de palmas dos nossos convidados.

— Bom, parece que a nossa senhora Duarte-Manning tem uma pequena surpresa para o senhor Manning — disse a garota que era vocalista da banda que contratamos para o casamento.

    Sorri, separando-me de Killian. De forma inesperada, uma cadeira apareceu ali onde dançávamos, como eu tinha pedido, e eu o fiz sentar-se ali. Corri até o palco e peguei o microfone que ela me estendeu. Já tinha até ensaiado com a banda sem Killian saber.

    — Amor, espero que goste — disse no microfone, então o guitarrista deu o primeiro acorde para eu pegar o tom.

    Era *Dear Future Husband*, da Meghan Trainor, que tem a melhor letra de todas. Comecei a música bem devagar, como a original fazia, segurando o pedestal e apenas olhando para ele. Killian começou a rir, porque ele sabia exatamente o que eu pretendia com aquela música. A música ficou mais rápida e todo mundo começou a gritar e bater palmas.

    Desci do palco e parei na frente dele. Pedi que as pessoas cantassem comigo e foi o que elas fizeram. Eu fazia gestos junto com a música, falando sobre o fato de ele trabalhar demais e outras coisas, enquanto Killian tinha um sorriso divertido no rosto que eu absolutamente amava. Quando a música falou sobre ele ter que saber me tratar como uma dama, mesmo quando eu enlouquecesse, fiz um carinho no rosto dele e pisquei, afastando-me no fim da estrofe. Havia um círculo de pessoas dançando ao nosso redor, então achei Brenda e fui dançar ao lado dela durante o refrão.

    Depois do refrão, voltei para onde Killian estava e, na parte *"my body right"*, requebrei um pouquinho, porque esse era meu jeito de fazer graça. Fui novamente para a galera, dessa vez achando Adriana. Dancei com ela até o fim do refrão. Ainda gesticulando junto com a música, parei ao lado dele. Cantarolei, falando sobre qual lado da cama eu dormiria. Dei um beijo no rosto dele, bem na parte que a música falava em ganhar alguns beijos, se ele abrisse as portas para mim e me comprasse um anel. Na verdade, nisso de comprar um anel, eu mudei o final para "ele me comprou um anel", levantando a mão para a galera ver. As pessoas, então, começaram a gritar e assobiar.

    Era engraçado, porque todos estavam tão felizes conosco... Gritavam, batiam palmas e cantavam junto.

    Sem contar a banda, que estava fazendo um trabalho incrível.

    Outro refrão estava chegando, então fui dançar com as crianças. Peguei nosso bebê no colo e puxei Dorian e Ally para perto de nós dois. Ele estava um pouco envergonhado, mas ela girava e fazia *pliés* o tempo inteiro. Ambos estavam uma graça, mas o melhor era o fato de o bebê estar no meu colo

Clichê

e não ter acordado de sua soneca. As crianças puxaram Killian da cadeira e Ally o fez dançar no ritmo da música. Eu só podia sorrir porque ter a minha nova família reunida ali era a definição de um dia feliz para mim.

Na última frase da música, Killian me puxou para perto com uma mão; a outra segurava Dorian. Ally segurava a saia do meu vestido, porque eu tinha o bebê em uma e o microfone em outra. Quando Killian me beijou, senti que eu era, definitivamente, a pessoa mais feliz do mundo inteiro.

E como as histórias de amor mais clichês que já existiram, essa começou com duas pessoas que carregavam suas próprias bagagens e terminou com um belo casamento. O meu casamento.

Agradecimentos

Não é a primeira vez que eu escrevo um agradecimento para esta história. Na verdade, é a terceira. Lembro da sensação de dever cumprido, do nervosismo na segunda. Dessa vez, meu coração está cheio de gratidão.

Gratidão a você, que já conhecia esta história, mas decidiu adquiri-la em uma nova edição.

Gratidão a quem pela primeira vez leu personagens tão queridos por mim, Killian e Marina, aqueles que começaram tudo.

Também a todas as pessoas que encontrei pelo caminho e que conheci graças à publicação de Clichê. Minha vida mudou de 2016 até hoje e eu sou muito feliz por tudo o que aconteceu.

Mas existem alguns agradecimentos que eu não poderia deixar de fazer de jeito nenhum, porque sem elas esta nova edição não aconteceria: às minhas falidas (vocês sabem quem são) e à Roberta Teixeira (e a equipe MARAVILHOSA da The Gift Box).

Clichê sempre terá um espaço no meu coração e eu nunca vou saber agradecer da forma correta pelo modo como este livro mudou a minha vida. Obrigada. Obrigada, obrigada, obrigada.

Beijos,
CAROL DIAS

A The Gift Box é uma editora brasileira, com publicações de autores nacionais e estrangeiros, que surgiu no mercado em janeiro de 2018. Nossos livros estão sempre entre os mais vendidos da Amazon e já receberam diversos destaques em blogs literários e na própria Amazon.

Somos uma empresa jovem, cheia de energia e paixão pela literatura de romance e queremos incentivar cada vez mais a leitura e o crescimento de nossos autores e parceiros.

Acompanhe a The Gift Box nas redes sociais para ficar por dentro de todas as novidades.

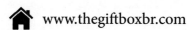 www.thegiftboxbr.com

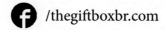 /thegiftboxbr.com

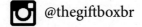 @thegiftboxbr

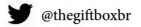 @thegiftboxbr

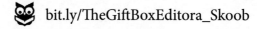 bit.ly/TheGiftBoxEditora_Skoob

Impressão e acabamento

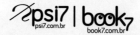